CONEXÃO

RODRIGO DE SOUZA

CONEXÃO

EDITORA
Labrador

Coordenação editorial
Pamela Oliveira

Assistência editorial
Leticia Oliveira

Projeto gráfico, diagramação e capa
Amanda Chagas

Preparação de texto
Carla Sacrato

Revisão
Laila Guilherme

Imagens da capa
Amanda Chagas - geradas
em prompt Midjourney

Dados Internacionais de Catalogação na Publicação (CIP)
Jéssica de Oliveira Molinari - CRB-8/9852

Souza, Rodrigo de
Conexão / Rodrigo de Souza. – São Paulo : Labrador, 2023.
288 p.

ISBN 978-65-5625-347-3

1. Ficção brasileira 2. Ficção científica I. Título

23-2324 CDD B829.3

Índice para catálogo sistemático:
1. Ficção brasileira

EDITORA
Labrador

Editora Labrador
Diretor editorial: Daniel Pinsky
Rua Dr. José Elias, 520 – Alto da Lapa
05083-030 – São Paulo – SP
+55 (11) 3641-7446
contato@editoralabrador.com.br
www.editoralabrador.com.br
facebook.com/editoralabrador
instagram.com/editoralabrador

PRÓLOGO

Kass estava prestes a trair seu povo.

Mais que isso. Abandonaria uma longa vida de dedicação a uma causa nobre e, com ela, um futuro de oportunidades, glória e honra.

Mas ele estava decidido. Não voltaria atrás. Tinha bons motivos.

Kass apertou o botão que abria seu casulo e saiu para a seção de hibernação da Harim, a espaçonave climariana que vinha sendo seu lar nas últimas décadas. Mais de dois mil e quinhentos casulos ocupavam a imensa câmara do tamanho de um prédio. A tripulação inteira estava lá, entrando em hibernação, preparando-se para a viagem de retorno a Climar, seu planeta natal.

O tempo era escasso. Restavam apenas alguns minutos. O maior risco era a guardiã. Como responsável pelo primeiro turno de segurança da viagem de volta a Climar, ela entraria em um estado de semi-hibernação, com consciência e capacidade para tomar decisões. A única que poderia impedi-lo caso ele não fosse rápido o bastante.

Vestiu-se apressado e disparou pelos corredores.

— Doutor Kass, por que o senhor saiu do seu casulo? — perguntou Atena, a inteligência artificial que controlava a maioria das funções da espaçonave. A voz vinha dos comunicadores instalados em painéis pelo caminho. — Precisa de assistência?

— Vou verificar uma coisa antes de partirmos.

— As ordens da capitã Yali são para que a Harim decole após os procedimentos de hibernação da tripulação estarem finalizados. Realizei uma verificação, e o casulo designado para o médico-chefe está operando no nível ótimo. Gostaria que fosse designado outro?

Ele ignorou a pergunta de Atena. Quanto menos explicasse, melhor.

— A guardiã Val já está em semi-hibernação?

— Processo em andamento. Ela estará apta a se comunicar em cerca de doze minutos.

Kass entrou em um elevador.

— Andar da câmara do núcleo! — ordenou.

Assim que saiu do elevador, correu em direção à câmara. Luzes azuis se acendiam à sua passagem, lembrando-o de que estava sendo observado e que seus atos eram objeto de registro. Utilizou a *Conexão* para abrir a porta, liberando uma pequena carga conectiva ao pressionar a mão no painel de acesso.

Dirigiu-se à ponte que ligava a plataforma que circundava o núcleo ao seu painel de controle. Uma coluna de luz vermelha intensa se projetava do teto até o piso, que ficava alguns andares abaixo, envolvendo a estrutura metálica que girava veloz e resguardava o núcleo.

Acessou o painel, dando um comando com a *Conexão*.

— *Mostre o compartimento do anatar.*

— Doutor Kass, o que está fazendo? Posso auxiliar? — perguntou Atena.

A plataforma de acesso ao anatar, o dispositivo em formato de pirâmide que funcionava como uma chave para ligar a espaçonave, elevou-se do chão, ao lado do painel. Kass improvisava. Sabia o que fazer, mas não tinha certeza de como. Havia uma tampa; uma proteção simples, que deveria ter sido aberta pela última vez quando a Harim entrou em serviço. Ele tentou abri-la, sem sucesso. Emperrada ou bloqueada?

— *Abra a tampa.*

O comando foi inútil.

— Este compartimento tem abertura manual — explicou ela, sempre tão atenciosa e intrometida.

— Não abre.

— O conserto será providenciado. Retorne à câmara de hibernação, doutor Kass.

Uma espaçonave construída com a mais avançada tecnologia, a um custo astronômico, e uma porcaria de tampa estava emperrada? Kass ficou em dúvida se Atena dizia a verdade. A inteligência artificial da Harim tinha a capacidade de ser ardilosa?

Ele não tinha tempo para aquilo. Deu vários socos na tampa até quebrá-la. Jogou os pedaços longe. Uma segunda tampa, que dava acesso ao compartimento onde se encontrava o anatar, se tornou visível.

— Doutor Kass, alerto que a remoção do anatar trará graves consequências ao funcionamento da espaçonave e viola os protocolos de segurança. Suas ações podem levá-lo à corte marcial.

— Sou o único membro da tripulação ativo, não é mesmo?

— A guardiã Val estará disponível em cerca de oito minutos.

— Então, até lá, para todos os efeitos, sou o capitão de fato, não é mesmo?

Atena não respondeu imediatamente, como seria de costume. Era uma situação inusitada. Até mesmo a inteligência artificial precisava ponderar sobre os regramentos envolvidos, as diretrizes da missão, o quanto ela poderia interferir em um comando de um membro graduado da tripulação. Essas questões envolviam certo grau de subjetividade, eram mais complexas do que meros cálculos matemáticos.

— O médico-chefe está correto — respondeu Atena, com uma fração de segundo de atraso.

— Abra a tampa de acesso ao anatar.

— Autorização via *Conexão* requerida.

Kass utilizou a *Conexão,* e a segunda tampa deslizou para o lado. Ele hesitou por um momento. O estômago estava embrulhado; o coração dava marretadas no peito.

Que Talab me perdoe, pensou.

Removeu o anatar, e a coluna de luz vermelha em frente a ele se apagou. A velocidade com que a estrutura metálica que envolvia o núcleo girava diminuiu até parar por completo com um clique. Ela se separou no meio, revelando o núcleo: uma massa vermelha brilhante.

A Harim silenciou. Os painéis indicavam que apenas os sistemas de suporte de vida e de emergência da nave operavam normalmente. Eles funcionavam de forma independente em relação ao núcleo, compartilhando fontes de energia suplementares espalhadas pelas várias seções da espaçonave. O projeto visava à proteção da vida da tripulação. Para a sorte de Kass, ninguém parecia ter levado em consideração a possibilidade de haver um tripulante rebelde.

A guardiã Val teria uma surpresa quando sua consciência despertasse do estado de semi-hibernação. Ele ainda tinha seis minutos para escapar. Correu desesperado até o hangar, atravessando os corredores que, agora, emitiam uma parca luz vermelha de emergência. Acessou o painel, instruindo a Harim a abrir o portão e fechá-lo assim que partisse.

Faltavam apenas dois minutos quando acionou o aerocarro. O veículo passou como um raio pelo portão, ganhando o céu noturno.

Enquanto as duas luas de Cenes — o planeta que eles vinham habitando há vinte anos — derramavam seu brilho prateado sobre o painel do aerocarro, uma sensação de alívio tomou seu corpo. Programou o curso com destino a Esperança, a base de pesquisas que tinham estabelecido em um local isolado.

Em instantes, os minúsculos pontos de luz da cidade de Azúlea ficaram para trás. Só o tempo diria se ele tinha tomado a decisão correta. Era provável que jamais soubesse.

1

Theo acordou com alguém gritando ao seu lado. Demorou um instante até que se desse conta de que era Gielle.

Conheceram-se em um bar. Esbarraram-se, fazendo respingar a caneca de cerveja dele e a taça de vinho dela. A troca de desculpas iniciou uma conversa, e em questão de minutos eram só sorrisos e flertes. Depois, um jantar, um passeio no parque, outro jantar e a última noite na casa dele. Mas agora Gielle se tapava com o lençol e o examinava como se ele fosse o próprio demônio.

— Você é abiadi! — acusou ela.

Ele se levantou só de roupa de baixo e olhou-se no espelho.

Merda, pensou.

O seu camuflador de aparência — o dispositivo na corrente em volta do pescoço — havia desativado enquanto dormia, revelando a característica física mais marcante dos abiadi: o cabelo prateado, que descia em madeixas que se moviam de forma ondulante, como se tivessem vida própria. Ele passou a mão pela cicatriz de queimadura, que se iniciava no lado esquerdo do peito, subindo pelo pescoço e se estendendo até a bochecha, dando-se conta de que isso também poderia ser motivo para o grito.

Gielle desviou o olhar, meio envergonhada, o cabelo castanho escondendo o rosto.

Pelos dois motivos, deduziu ele.

Theo acionou o camuflador através da liberação de uma pequena carga de energia conectiva. Ajustou sua aparência até encontrar aquela que costumava ser o seu retrato para o mundo. Os cabelos se alteraram para um tom castanho-escuro, com o brilho e o movimento de um cabelo humano. A pele repuxada e avermelhada da cicatriz se suavizou até se mesclar à perfeição com o tom branco pálido do resto do corpo. Ele se modificava apenas o necessário para não ser identificado como abiadi, por isso mantinha a pele pálida e os olhos negros, além da outra característica herdada dos climarianos: uma magreza de músculos definidos.

Ela pareceu ainda mais aterrorizada depois da súbita transformação. Fez uma expressão de espanto, seguida de um olhar de raiva.

— Uso este camuflador de aparência — ele explicou, um pouco atrapalhado, esboçando um sorriso que pretendia ser charmoso. — Tecnologia climariana, obviamente.

Ela começou a se vestir como se a sua vida dependesse disso, colocando a camisa de seda do lado avesso.

— Gielle — chamou ele.

Ela calçou os sapatos e começou a olhar em volta até encontrar o casaco jogado num canto.

— Desculpe, quando entrei no bar naquele dia não pensei que fosse encontrar alguém. Estava esperando o momento certo para contar.

— Você usou a *Conexão*? — perguntou ela em tom acusatório.

— Não uso a *Conexão* em encontros.

Gielle fungou enquanto abotoava os botões do casaco e lançava um olhar pelo quarto até achar a bolsa em cima da poltrona de veludo verde.

— Só esconde quem você é — cortou ela.

A observação de Gielle caiu como uma chicotada. Naquele ponto, sabia que seria inútil tentar se justificar. Só outro abiadi, um mestiço de humano e climariano, compreenderia.

Algumas lojas, hotéis e até mesmo restaurantes afixavam cartazes nas portas, indicando que não atendiam mestiços; os donos receavam ser ludibriados pelo uso da *Conexão*. Antes mesmo de fazer alguma coisa errada, os abiadis eram considerados culpados. E ninguém, exceto os próprios abiadis, achava isso errado.

Em geral, eles tinham umas poucas mechas de cabelo prateado e quando queriam — ou necessitavam — as escondiam com chapéus ou lenços. Mas Theo era abiadi por completo; o único, até onde ele sabia, com o cabelo todo prateado. Para ele, disfarçar a origem era impossível. As mechas prateadas na cabeça se moviam suavemente sem parar, como um ninho de finas víboras albinas, um farol anunciando ao mundo a sua origem. E como cabelos abiadi não podiam ser cortados, não dava para se livrar deles.

Quando caminhava pelas ruas da cidade de Azúlea, as pessoas se afastavam, dispensando-lhe um olhar atravessado; de vez em quando, deixavam escapar um xingamento, chamando-o de "trapaceiro" ou "bruxo prateado".

Por isso, o camuflador era o seu bem mais precioso. O dia em que adquiriu o objeto, ou meio que o roubou usando a *Conexão*, foi uma libertação. Convenceu o vendedor a cobrar apenas o exato valor que carregava consigo, uma fração do preço pedido; às vezes o receio contra os abiadis era justificado.

Não, Theo não se arrependeu nem um pouco de ter enganado o sujeito, um cenense que não fazia ideia da serventia do colar e não poderia usá-lo, porque o equipamento só funcionava com quem tinha o poder da *Conexão*. O colar permitiu que ele se misturasse à multidão; que esquecessem quem e o que ele era, livrando-o do peso de ser abiadi e dos olhares de nojo ou pena lançados para a cicatriz.

Passou a se deslocar pelo mundo sem ser julgado pela aparência. Fazia amizades, namorava, os negócios prosperavam. Tinha até mesmo conseguido comprar um apartamento em um bairro respeitável, localizado no lado certo do rio Pérola, que rasgava a cidade ao meio. Com uma ajudinha da *Conexão*, é claro.

— O camuflador é a única maneira de eu levar uma vida normal — justificou-se para Gielle. — O mais normal possível para alguém como eu.

— O normal para você é viver na mentira, enganando as pessoas.

Ele engoliu em seco e a seguiu para fora do quarto.

— Posso presumir que não nos veremos mais? — perguntou, tentando ser sarcástico. Para sua vergonha, soou como se estivesse implorando.

Ela se virou para ele, já com a mão na maçaneta, e lançou um olhar de fúria.

— Escuta aqui, não sou avessa a experimentar coisas consideradas proibidas ou pouco convencionais, mas você escondeu que era abiadi. — Ela apontou para o cabelo dele. — *Muito* abiadi. Você tem sorte de eu não te denunciar à polícia.

Theo suspirou. Não era a primeira vez que o ameaçavam. Controlou o ímpeto de perguntar o que exatamente ela diria para as autoridades, qual seria a acusação, que provas teria de que ele a enganara. Depois de um momento, concluiu que não valia a pena.

Ela não valia a pena.

Havia se sentido atraído pela moça, afinal, ela era linda. E mais que isso: era inteligente e espirituosa. Entendia de vinhos, arte e lugares distantes e exóticos. Era fotógrafa e escrevia artigos para jornais. Gostava de registrar os acontecimentos do mundo e tinha opiniões bem embasadas sobre os mais variados assuntos. A danada até mesmo ganhara dele no jogo de dardos, o que não acontecia desde a época da universidade. A conversa fluía com muita naturalidade, como se eles se conhecessem há anos.

Ela era fascinante.

O bar onde se conheceram era frequentado por abiadis e Gielle não parecia se importar, o que o fez acreditar que ela tinha mente aberta. A mulher perfeita para ele. Nas vezes seguintes em que se viram, todas em lugares públicos e na parte rica da cidade, sentiu ímpetos de desligar o camuflador. Porém sempre acabava desistindo, com medo de estragar o momento e de que alguém do seu círculo de clientes ricos e preconceituosos o visse. Depois acabava se esquecendo do assunto e as horas passavam voando.

Só que agora ela revelava quem era de verdade: uma moça rica e mimada, que se incomodava com o cabelo prateado e com a cicatriz. E ele havia sido o passatempo da semana.

Theo deu de ombros; abriu a porta e fez um gesto com a mão para que saísse.

— Adeus.

Gielle empinou o nariz e saiu batendo os pés.

Era sempre assim. Quando descobriam o que ele escondia, tudo desabava tão rápido quanto um castelo de cartas. Amizades, negócios e amores se desmanchavam. E ele ficava lá, catando os pedaços, tentando salvar o que podia. Um exilado no seu próprio mundo.

Gielle era só a última a dar as costas para ele; uma em uma longa lista.

Sozinho novamente.

Mas Theo nunca estava sozinho de verdade.

Assim que fechou a porta, uma imagem começou a se formar no meio da sala. Um holograma, uma projeção transmitida da Harim. Uma mulher vestindo uma roupa ligeiramente transparente, leve e colante, como seda, que se movia como se houvesse uma corrente de ar, grudando na pele, dando forma aos seios e às curvas do corpo. Os cabelos volumosos e prateados caíam pelos ombros. O rosto típico dos climarianos: a pele de porcelana, a testa alta, os lábios de um vermelho intenso e os olhos negros. Bela e misteriosa.

A guardiã Val.

— Resolveu adotar um visual "mulher da vida" hoje?

Ela apontou para ele, indicando sua quase total ausência de roupas.

— *... não queria que você se sentisse deslocado...*

— Acho que já passamos desse ponto.

Theo foi em direção ao quarto, atravessando a imagem da guardiã, que se dissolveu em fumacinhas por uma fração de segundo.

— *... isso foi meio rude...*

— Te machuquei, por acaso?

— *... você está mal-humorado hoje...*

— É mesmo? Por que será?

— *... suspeito que a moça que acabou de sair seja a culpada...*

— Desde quando você está aqui?

— *... há tempo suficiente...*

— Já disseram que você é intrusiva?

Ela deu de ombros.

— *... você queria o que dela? ela dormiu com um cenense e acordou com um abiadi. você pensou que isso ia acabar de que jeito? é sempre a mesma coisa, quem sabe você muda de estratégia...*

— E se meus clientes descobrirem que sou abiadi?

A guardiã já tinha providenciado um novo traje para si, menos revelador. Um vestido cor de pérola, com faixas brancas cruzando o corpo, a moda típica dos climarianos, mais apropriado para a noite do que para o turno da manhã. Segurava uma piteira e pôs-se a soltar longas baforadas.

— *... se você continuar procurando companhia no lugar errado...* — Ela deixou o raciocínio no ar. Soltou uma sucessão de círculos de fumaça antes de continuar: — *... para mim não tem problema, desde que você continue trabalhando na nossa questão...*

A questão a que ela se referia era a busca pelo anatar, o objeto roubado por um tripulante rebelde há quarenta anos, que permitiria religar a espaçonave. Quando a Harim fosse religada, a tripulação enfim retornaria a Climar, seu planeta natal. O anatar também, ainda que de forma indireta, traria a solução para o mardarim, a doença causada pelos raios danosos emitidos pelo mau funcionamento da Harim, que assolava a população até mesmo de outros continentes.

Theo desviou o olhar. O relógio da sala tocou oito badaladas, interrompendo aquela conversa para lá de desconfortável. Ele abriu o guarda-roupa, examinando as calças e os casacos pendurados.

— Alguma sugestão do que devo vestir para a minha reunião de negócios com Lorde Viramundo às dez?

A climariana deu de ombros.

— No bilhete que recebi ontem, o lorde dizia que achava que tinha encontrado o anatar e queria uma consulta; minha opinião de especialista.

Se isso não despertasse o interesse da guardiã, nada mais faria. Ela o fitou por um instante.

— *... se for para este tipo de reunião...* — A guardiã tragou seu cigarro imaginário, pensando um pouco antes de continuar: — *... algo discreto, senão o lorde pode pensar que você está querendo ofuscá-lo, afinal de contas o sujeito acha que é o próprio Deus das Luas, mas que deixe bem claro que você não é um qualquer, que está quase no mesmo nível dele...*

— *Quase no mesmo nível* soou como piada — disse ele. Lorde Viramundo era um dos homens mais ricos de Primeia.

— *... a intenção era essa...*

Theo tirou uma calça azul do armário e um casaco também azul, só que de um tom mais escuro, com bordados e botões dourados, e o segurou na frente do corpo. Era um dos seus trajes mais elegantes. Virou-se para a guardiã.

— Então?

— *... hum, não. botões dourados são muito chamativos. você está lá para fazer negócios, não para uma festa...*

— Achei que você se animaria um pouco mais com a perspectiva de encontrar o anatar.

A piteira havia sido substituída por um cachimbo, igual ao do Lorde Viramundo.

— *... não é a primeira vez que ele diz que encontrou o anatar...*

— E se dessa vez for verdade?

— *... é provável que seja uma perda de tempo. tempo que está se esgotando...*

— Você sempre diz isso, mas nada muda — ele comentou, enquanto mexia no guarda-roupa, tentando encontrar um traje adequado.

Ela franziu a testa.

— *... mais cedo ou mais tarde a Harim vai quebrar de vez. a vida de mais de dois mil e quinhentos climarianos está em jogo...*

— Estou fazendo o possível — Theo bufou. — Ainda tenho que pagar as contas. Viramundo é um ótimo cliente, preciso dele.

Val continuou a observá-lo enquanto tirava rápidas baforadas do cachimbo. Aquela conversa continuava se repetindo. Era exaustivo, em especial o tom melodramático. Ele sabia da importância de encontrar o anatar, não precisava ser lembrado a todo momento.

O abiadi trocou o casaco por outro, de um tom azul-claro, com botões prateados, e mostrou para ela.

— *... melhor...* — disse ela, balançando a cabeça. — *... use o sapato de couro preto, aquele com fivela...*

Theo vestiu a calça e uma camisa branca, separou o sapato, pendurou o casaco ao lado da porta e foi à cozinha. Serviu-se de um copo d'água e o tomou com um comprimido de Benetox, o remédio que prevenia o aparecimento do mardarim.

A guardiã apareceu ao seu lado. A piteira estava de volta. Lançou uma longa baforada em direção ao teto.

— *... este remédio vai perder o efeito se a Harim entrar em colapso...*

Theo pegou uma frigideira de dentro do armário, fechando a porta com uma batida. Estava pronto para usar sua válvula de escape preferida para lidar com as frustrações: cozinhar.

Quando Val percebeu que ele ia se dedicar a preparar um café da manhã elaborado, deu um suspiro e sumiu. Relacionavam-se dessa maneira desde que ele tinha onze anos. Uma eterna troca de farpas e observações sarcásticas, como se fossem mãe e filho empenhados em um conflito eterno. A climariana desaparecia e retornava quando lhe convinha.

Ao menos ele sabia que ela nunca o abandonaria. Afinal, ele era o único que poderia ajudá-la.

2

Theo decidiu ir à casa de Lorde Viramundo a pé, aproveitando o dia fresco e ensolarado para uma caminhada. As ruas da Bela Vista recendiam o odor adocicado das flores de azúleas, a árvore que dava nome à cidade, que, naquela época do ano, estavam carregadas com pequeninos botões dos mais variados matizes de azul. Os terrenos do bairro eram ocupados por casas e pequenos prédios de apartamentos colados uns aos outros, com suas paredes de tijolo aparente, janelas brancas, portas pintadas em vibrantes tons de vermelho ou azul e alpendres sustentados por elaboradas colunas.

Os vizinhos passavam por ele, cumprimentando-o com um acenar de chapéu ou um sorriso. Tudo muito civilizado, bonito e elegante. Afinal de contas, estavam no lado norte da cidade, onde moravam os bem-nascidos, as pessoas do mais fino trato e — apenas para fazer de conta que as coisas eram justas e calar as vozes discordantes — alguns não tão bem-nascidos e de grosso trato, mas que tinham conseguido ascender no aspecto social e sabiam disfarçar a origem, como Theo.

Seguiu até a Beija-Flor, a avenida que margeava o rio Pérola. Um dirigível cruzava o céu em direção ao aeródromo, parecendo audacioso ao passar próximo à Harim. Apesar do tamanho da aeronave, que devia medir bem mais de duzentos metros de comprimento, parecia um passarinho atravessando uma janela se comparada à espaçonave climariana que fazia parte da paisagem de Azúlea desde a chegada dos alienígenas, havia sessenta anos.

A Harim tinha formato piramidal e, com o tamanho de uma pequena montanha, era visível de praticamente qualquer lugar de Azúlea. Seus habitantes cresciam à sombra da estrutura, acostumados com o ligeiro ondular luminoso multicolorido em sua superfície dourada.

A mansão de Karlo Nairé, o ilustríssimo Sexto Lorde Viramundo, se aboletava no topo de uma elevação na Avenida Rouxinol e tinha uma vista impressionante da Harim. Depois de cruzar um portão de ferro com decorações no formato de graciosas folhas de trepadeiras, Theo prosseguiu por uma alameda sinuosa até a residência.

Era uma construção retangular enorme, de calcário cor de areia, que se espalhava por três andares, com colunas de capitel trabalhado na porção frontal. Duas alas se estendiam a partir da parte central, dando ao complexo o formato de "U". Havia estábulos para os cavalos e garagens para as carruagens em uma área separada, além de um lindo jardim de flores e arbustos, pontuado com fontes e estátuas. Estava mais para uma declaração de riqueza ao mundo do que para um lar.

Um empregado de libré abriu a porta de madeira entalhada e o conduziu por um corredor ornado com pinturas a óleo dos antigos lordes Viramundo até a biblioteca, deixando-o sozinho à espera do atual lorde.

Era uma sala magnífica, com pé-direito duplo e estantes de mogno do piso ao teto com centenas, talvez milhares, de livros. Uma biblioteca de fazer inveja a qualquer escola ou até mesmo a uma pequena universidade. Completavam a decoração uma escrivaninha enorme, com pés trabalhados no formato de patas de leão; um tapete vermelho, com desenho de uma caçada à raposa; um conjunto de sofás de couro negro; e esculturas de deuses antigos. Uma única acha de lenha crepitava na lareira, deixando o ambiente abafado. Theo aproveitou para examinar alguns dos títulos nas estantes. A coleção de livros sobre os climarianos era quase tão boa quanto a da Universidade de Primeia.

A guardiã Val apareceu ao seu lado, em uma confusão de seda esvoaçante.

— *... se você não se importa, vou acompanhar...*

— Pensei que você achasse esse encontro um desperdício de tempo.

— *... ainda acho, mas pode ser divertido observar as bobagens que esse homem costuma dizer. tenho que me ocupar com alguma coisa...*

Theo repetiu o argumento que usara mais cedo.

— Ele é um dos meus melhores clientes.

— *... você deveria diversificar a clientela...*

A porta se abriu, e Lorde Viramundo ingressou como se fosse o anfitrião de um baile de gala.

— *... eis o bufão...*

Ele era uma figura imponente, com seus quase dois metros de altura, pele negra como carvão, porte robusto e mechas de cabelo grisalho nas têmporas. Vestia um traje branco com bordas douradas e o desenho de sua casa — uma águia solitária cruzando o céu, com montanhas da região de Viramundo ao fundo — bordado ao redor dos punhos e no peito. Usava um anel de rubi enorme na mão esquerda e brincos de ouro no formato de argola.

Ele olhou em volta, procurando por alguém.

— Professor Theo! — cumprimentou com seu vozeirão. Ele insistia em chamá-lo assim, apesar de o abiadi nunca ter pisado em uma sala de aula nessa condição. — Ouvi sua voz, achei que estivesse acompanhado.

— Estava apenas lendo os títulos da sua coleção em voz alta — disfarçou ele. — É impressionante.

— Tenho edições raras de vários clássicos — explicou, sem esconder o orgulho.

Fez um gesto, indicando que se sentasse em uma das cadeiras em frente à escrivaninha. Tocou uma sineta, e logo um empregado apareceu.

— Traga um chá preto com limão e diga para minha sobrinha vir aqui. Quero apresentar o professor — ordenou.

— *... interessante como ele manda servir chá antes de perguntar se você quer...*

Theo nada disse à guardiã. Já era mestre em ignorar suas observações, fingindo que ela não existia quando havia outras pessoas em volta.

— Não sabia que o lorde tinha uma sobrinha.

O lorde pegou o cachimbo em cima da mesa e começou a prepará-lo enquanto explicava:

— Filha da minha irmã e minha herdeira presuntiva. Mora em Monte Belo. A mãe dela me encarregou da tarefa de lhe arranjar um bom marido aqui na capital. Chegou há um mês. Ótima moça. Bonita e muito inteligente também. Estudou História e Arte na Universidade da Província de Bakur.

Theo se limitou a sorrir, contendo o ímpeto de ironizar a ideia ultrapassada de que ele deveria arranjar um bom marido para a sobrinha. Um costume que persistia nas classes mais abastadas.

— Tenho certeza de que o lorde não terá dificuldade de achar alguém digno.

Ele fez uma expressão de dúvida.

— Não é uma tarefa fácil. O irmão dela é que vai herdar as propriedades do meu cunhado. Direito de primogenitura e tal. Ela precisa de um bom casamento.

Um bom casamento para manter o status. As intrincadas relações das famílias nobres de Primeia e suas heranças. Problemas de gente rica.

— Mas deixa eu te mostrar a minha aquisição mais recente. Um verdadeiro achado.

Abriu uma gaveta e tirou de lá um objeto cilíndrico, feito de cristal climariano, e o pousou com uma expressão satisfeita em cima da mesa.

— Então? Examine e me diga se encontrei o anatar.

A guardiã Val deu uma gargalhada.

— *... pelo menos dessa vez o material de que o objeto é feito está correto...*

Theo redobrou os esforços para ignorar a guardiã, que havia se sentado na mesa segurando um cachimbo igual ao do lorde e imitava seu jeito de fumar. Ele teria que dar muitas explicações se desse uma gargalhada do nada. Então concentrou-se no cilindro, examinando-o com atenção, fingindo interesse. Não era a primeira vez que via um daqueles.

— Onde o lorde achou este artefato?

— Em Tilisi.

Tilisi era uma cidade portuária no outro lado do Mar das Brisas, famosa pelas ruas perigosas, bordéis e cassinos, a uns bons quinze dias de viagem de trem e barco. O abiadi não conseguiu evitar lançar um olhar indagativo em direção ao lorde.

— Não é tão ruim quanto dizem — acrescentou o lorde em um tom malicioso após soltar várias nuvens em formato de círculo. — Pode até ser divertido. Tenho uma mina de carvão nas montanhas próximas à cidade e vou lá a negócios uma ou duas vezes por ano.

— *... como um difusor de energia climariano foi parar naquele buraco?...*

Theo mordeu o lábio, refreando o ímpeto de lembrar à guardiã que o dono do antiquário onde ele havia adquirido o camuflador comentara que o objeto tinha vindo de algum lugar do Reino de Vastraz, e Tilisi era sua capital.

— E então, professor. Alguma conclusão?

— O anatar é um objeto único, com a função específica de acionar a Harim.

— É um objeto único, é verdade — assentiu com a cabeça e, sem tirar o cachimbo da boca, soltou a fumaça adocicada, com um ligeiro aroma de cacau. — Mas ninguém tem certeza da sua função exata.

— *... eu tenho...*

Theo forçou um sorriso, procurando uma forma de dizer o que pensava sem melindrar o nobre:

— Em uma das muitas versões que circulam, os climarianos foram impedidos de retornar ao seu planeta natal por um integrante do seu próprio povo, que havia se apaixonado por uma cenense. Proibido de levar a amada e obrigado a partir com os demais, porque não podia permanecer em Cenes sem os biorrenovadores da Harim, que lhe permitiam viver para sempre, o galanteador alienígena decidiu roubar o dispositivo que acionava a nave.

A guardiã, ainda sentada na mesa, deu uma gargalhada nervosa enquanto Lorde Viramundo abria um sorriso para lá de condescendente. Ambos falaram ao mesmo tempo:

— Não o tomava por um romântico, meu jovem professor.

— *... que versão romântica e simplista dos fatos é essa?...*

Theo deu seu sorriso mais charmoso, contendo a vontade de apontar à guardiã a ironia de ela concordar com a opinião do lorde que tanto desprezava.

— É a versão mais encantadora, por certo. Acho melhor do que a que resume tudo a uma disputa política interna, com uma briga entre facções e um final trágico para todos os lados.

A guardiã expeliu uma sucessão de baforadas em formato de círculo e filosofou:

— *... outra meia-verdade; um pouco mais realista, mas também triste...*

— De qualquer modo, o anatar, como o próprio lorde concorda, é um objeto único, e receio que este aqui — segurou o cilindro em direção à luz do sol, que entrava por uma das janelas — é um difusor de energia, do tipo empregado em várias máquinas climarianas.

Lorde Viramundo murchou. Pousou o cachimbo no suporte de prata e suspirou.

— Tem certeza?

— ... *infelizmente*... — suspirou a guardiã Val.

— Espero que o lorde não tenha gastado muito no dispositivo.

— Oh, não. A pessoa que me vendeu não fazia ideia do que era, comprei por um valor irrisório. Sabia que a chance de ter achado o anatar era pequena. Não seria eletrizante se tivesse?

Viramundo era um dos mais conhecidos — com certeza o mais rico — colecionadores de objetos da cultura climariana. E, como os demais dessa raça exótica, era um dos caçadores do anatar. Milionários entediados, jovens sonhadores em busca de fama ou fortuna e fanáticos religiosos formavam um grupo eclético, que se conhecia pessoalmente ou de nome e disputava informações a respeito da possível localização do artefato climariano há décadas.

Ele pegou de volta o cachimbo e continuou, depois de soltar mais um pouco de fumaça, o que foi copiado pela guardiã da forma mais exagerada possível.

— Minha paixão por estudar os climarianos vem de longa data. Já lhe contei da vez que visitei a Harim com o meu pai, o Quinto Lorde?

O abiadi já tinha ouvido aquela história três outras vezes, e a cada vez o nobre a fazia parecer um pouco mais importante que a anterior.

A climariana rolou os olhos e jogou a toalha longe ou, melhor dizendo, o cachimbo.

— ... *desisto*...

O lorde se levantou, caminhando de um lado para o outro e acentuando as partes que achava mais relevantes com um balançar do cachimbo. Lembrava um ator no palco, empenhado em entreter a plateia com um monólogo.

— Eu tinha apenas sete anos de idade. Era um baile de gala, um dos primeiros de que participei, climariano ou cenense. Foram convidados somente os mais altos representantes de Cenes, que participavam do Conselho Climariano como assistentes, e suas famílias.

Tenho que dar o braço a torcer, os alienígenas sabiam como dar uma festa. Apresentaram a tecnologia climariana em seu esplendor. Música encantadora saía das paredes; globos de luz pairavam no ar e pareciam saber onde e quanto iluminar; robôs realizavam tarefas como se fosse a coisa mais comum; comidas exóticas, com sabor e textura perfeitas, eram produzidas em máquinas dentro da pirâmide. Um verdadeiro espetáculo. Presentearam vários humanos com broches pela lealdade aos visitantes do espaço, inclusive meu pai. Você é muito novo — disse o lorde, apontando para Theo com o cachimbo como se indicasse um defeito —, nunca conheceu um climariano de verdade, muito menos visitou a Harim. Não tem como saber a experiência incrível que era.

— *... pelo amor de Talab, ele era só um fedelho assustado que passou metade da festa agarrado no vestido da mãe...*

— Não sou daqueles que negam a superioridade dos alienígenas. Para os climarianos nós não passávamos de brinquedos ou animais de estimação, que eles usavam para se divertir ao se aventurar no espaço e descobrir novos mundos. Só acho que ganhamos tanto quanto eles. Por Talab, antes deles não conhecíamos a eletricidade, as máquinas a vapor e os remédios quase milagrosos. Eles nos deram a revolução industrial. Foi um salto gigantesco. E para eles não custou nada. A tecnologia deles era centenas ou milhares de anos mais avançada; os prateados nos deram migalhas.

— *... pobres vítimas, mais um pouco e começo a chorar...*

Viramundo mesclava admiração e raiva em seu discurso, uma mistura de sentimentos bastante comum em relação aos climarianos.

— Era o que eles podiam nos dar, lorde.

O lorde olhou para ele, estudando-o como se fosse uma espécie rara.

— Tenho pensado em montar uma expedição. — Fez uma pausa, esperando uma reação de Theo.

— Expedição?

— Para encontrar o anatar. Um pequeno grupo de pessoas preparadas e com recursos. Começaríamos em Tilisi e de lá iríamos aonde as informações e as evidências nos levassem. Três meses de viagem pelo menos.

— Tilisi?

— ... *Tilisi?...*

— Os locais mais óbvios, como Azúlea, já foram todos revirados de ponta-cabeça. E as outras grandes cidades e lugares plausíveis também: Dandara, Monte Belo, Baía dos Desastres e Ilha da Verdade da Deusa. Por Talab, até os oásis do Deserto das Miríades já foram escarafunchados. Eu mesmo estive lá. Quero tentar lugares novos.

— ... *sugira a ele dar uma olhada dentro de um vulcão ativo...*

Lorde Viramundo se aboletou novamente atrás da sua mesa, com as mãos pousadas nos braços da cadeira, como se fosse o próprio Rei de Primeia sentado em seu trono.

— É aí que você entra, meu caro professor. Gostaria que você se juntasse à minha expedição.

A guardiã deu uma gargalhada.

— ... *isso sim seria um desperdício de tempo. ofereça a tralha que você trouxe para ele de uma vez, arranque uns trocados desse idiota e vamos embora logo...*

— Tilisi é muito distante, e os meus negócios são todos aqui em Azúlea, meu lorde.

— Pago todas as despesas: bons hotéis, passagens de primeira classe, guarda-roupa novo e equipamento. Um salário de dez ducados por semana e um bônus de mil ducados se encontrarmos o anatar.

A cabeça de Theo girou com os valores. Dez ducados por semana! Ele tinha sorte quando ganhava isso em um mês. E mil ducados era um dinheiro que ele jamais conseguira juntar revendendo artefatos climarianos. O suficiente para realizar seu sonho de abrir um restaurante. Chega de trabalhar por comissões e ter que usar a *Conexão* para ganhar a vida.

Contudo teria que ponderar muito bem a proposta. A viagem seria longa. E se o lorde acabasse descobrindo que ele era abiadi? Além disso, Lorde Viramundo não era apenas um milionário entediado; tinha seus motivos nem um pouco nobres para gastar tanto tempo e dinheiro na busca pelo anatar, o que o deixava com um pé atrás.

— É uma proposta muito generosa e tentadora, por certo.

— *... talvez não seja uma ideia tão ruim. ao menos teríamos dinheiro suficiente para viajar até Esperança...* — Ela balançou o cachimbo em direção a Theo.

— Quais são os planos do lorde caso a expedição encontre o artefato?

O nobre se revirou na cadeira, desviando o olhar. Teria sido esse um sinal de vergonha? Talvez ainda houvesse salvação para a alma do lorde, afinal de contas.

— Ainda não decidi. Tenho pensado em criar um museu em que todo o material sobre os climarianos, que venho acumulando há décadas, fique disponível para ser estudado ou admirado por qualquer pessoa. O anatar seria a peça principal.

A climariana cruzou os braços e balançou a cabeça.

— *... quanta nobreza...*

— Ou talvez eu doe para a Igreja Lunista. O Bispo Edmundo Klink ficaria extasiado.

A verdade é que Lorde Viramundo, entre os seus muitos negócios, era o maior acionista da Farmabem, a empresa fabricante do Benetox, o medicamento que tratava o mardarim. Se o anatar caísse nas mãos erradas, ele perderia uma fortuna.

— O lorde precisa da resposta agora?

— Estou na fase de convites; quero fechar o grupo até o próximo sétimo. Partimos em dez dias. Achei que o professor fosse agarrar a oportunidade na hora — disse o lorde em um tom ofendido.

— Estou muito interessado, mas tenho compromissos aqui em Azúlea nas próximas semanas. Vou precisar de uns dias para resolver meus assuntos. Não gostaria de aceitar e depois ter que me retratar.

— Ah, claro. Negócios, negócios. Assim que tiver a resposta, mande uma mensagem. Trouxe algo para mim hoje?

— *... discutimos sobre a viagem mais tarde. esta conversa não me interessa mais...* — disse Val antes de desaparecer, deixando uma imagem distorcida no seu rastro por alguns segundos.

— Sim, um objeto interessante e raro.

Theo tirou o objeto do bolso do casaco e o colocou sobre a mesa. Tinha a aparência de uma soqueira, preta fosca, com pequenos furos na parte externa dos nós dos dedos.

— Uma arma de mão climariana! — admirou-se Viramundo. Colocou os óculos, pegou uma lupa de uma gaveta e pôs-se a examinar o objeto com cuidado, à procura de falhas.

O lorde só conseguiria utilizar a arma como uma soqueira comum, jamais como os alienígenas o fariam. Afinal, era um objeto com tecnologia climariana, que dependia da *Conexão* para funcionar. Theo havia adquirido um par de soqueiras de um comerciante de armas ilegais em um encontro nas docas que quase o fizera sujar as calças de medo. Decidira ficar com um exemplar para uso pessoal. Detestava violência, porém em algumas ocasiões, como na aquisição das próprias soqueiras, se sentia desprotegido. Em busca do anatar, cada vez mais se arriscava em viagens a outras cidades e países e por vezes visitava lojas em becos escuros, com donos desonestos e vizinhos perigosos. A arma o fazia se sentir seguro.

— Está em excelentes condições de conservação — observou o lorde.

— Sem dúvida, foi um achado. Pensei logo no lorde quando a vi.

— Acontece que eu já tenho uma arma climariana na minha coleção, um modelo mais poderoso — disse, colocando a arma sobre a mesa. — Só compraria se fosse para uso pessoal, mas, obviamente, não consigo fazer com que funcione.

Theo teria que usar o poder da *Conexão* se quisesse realizar aquela venda. Para usá-la em uma pessoa, era necessário despertar um sentimento nela e entrar em sintonia com esse sentimento.

Inveja, cobiça, prazer, piedade, desejo. Quanto melhor se conhecia alguém, mais fácil ficava. Era quase um flerte, uma forma de sedução. A "vítima" tinha que se sentir próxima, ainda que por um momento fugaz, e essa proximidade trazia uma propensão a concordar. Atingida a sintonia, aplicava-se uma dose de energia conectiva.

Theo sabia o que fazia Lorde Viramundo balançar. Seu ponto fraco: a vaidade.

— Que pena — disse o abiadi, fingindo desolação. — Talvez o Lorde Valkyr queira. A coleção dele tem crescido bastante, com certeza nada comparada à sua, mas uma arma climariana será uma bela adição. Tenho certeza de que ele ainda não possui uma dessas.

O lorde franziu a testa e apertou o cachimbo até os nós dos dedos embranquecerem. Valkyr era seu inimigo nos negócios em geral e o rival com o qual disputava o título de maior colecionador de objetos climarianos. Theo estendeu o braço para pegar a arma de volta e roçou sua mão na do nobre, descarregando uma pequena carga de energia conectiva. Sentiu o fluxo escorrendo pelo seu braço, como uma descarga elétrica, e a sua vontade se sobrepondo à de Viramundo.

E então... *Conexão.*

— Tem certeza? — insistiu Theo.

O rosto do lorde relaxou e se abriu em um sorriso.

— A arma está em um estado de conservação muito melhor do que a que tenho, e por certo as duas juntas fariam um lindo par para a minha coleção. Conseguiu testar?

— O abiadi que me vendeu tinha um bom poder de *Conexão* e fez um disparo de demonstração — mentiu ele. O próprio Theo havia testado e, de fato, funcionava. Não arriscaria enganar o lorde desse jeito; ele sempre poderia pedir a um abiadi para conferir a autenticidade e funcionalidade do objeto. — Não me peça detalhes, não posso confirmar que ele obteve a arma de forma totalmente legal.

Lorde Viramundo alargou o sorriso; adorava uma pequena conspiração.

— Quanto?

Theo havia pago três ducados e cinquenta barões.

— Oito ducados.

— Um preço razoável, sem dúvida.

Sob a influência da *Conexão*, o produto sempre era melhor, mais bonito ou mais útil e uma verdadeira pechincha. O efeito durava alguns minutos. Era incrível como os clientes que se arrependiam quase nunca voltavam atrás. É provável que isso ocorresse por vergonha, sem conseguirem explicar a si mesmos a razão de terem mudado de ideia ao concordarem com uma compra que de início não queriam.

Enquanto Viramundo lhe repassava o dinheiro, que pegara em uma caixa em uma das gavetas da escrivaninha, a porta da biblioteca se abriu. Uma criada trazia o chá. Junto com ela, entrou uma moça. Tinha a pele cor de chocolate, olhos grandes e amendoados, boca carnuda e um corpo cheio de curvas.

Theo gelou.

Era Gielle.

— Finalmente — disse o lorde se levantando. — Deixa eu apresentar a minha sobrinha.

Ela o examinou com uma expressão espantada, de quem recebe uma visita inesperada, levantando suspeitas na mente do tio.

— Vocês já se conhecem? — perguntou o lorde.

Theo não sabia o que dizer. O seu negócio estava a ponto de ir por água abaixo. Não apenas aquela venda ou o Lorde Viramundo como cliente. O nobre era um homem influente. Bastaria uma palavra sua para os amigos endinheirados e o abiadi teria que mudar de cidade ou de país, e até mesmo de nome, se quisesse continuar a ser um negociante de objetos climarianos.

— Ah... acho que não tive o prazer — ele balbuciou, arriscando tudo. Esticou a mão e armou o sorriso mais charmoso que conseguiu. — Eu sou o Theo, Theodosio Siber.

A sobrinha do lorde apertou os olhos e sorriu ardilosamente. Ela vestia o tipo de roupa que era a última moda das moças ricas para passear no centro da cidade, fazer compras e almoçar com as amigas: calça comprida e um casaquinho por cima de uma camisa, com uma quantidade infinita de botões que apertavam o peito, ressaltando o busto. Tudo em vários tons de verde. O cabelo havia sido alisado e preso em um coque com uma presilha de esmeralda, combinando com a roupa.

Apesar do nervosismo, Theo a achou deslumbrante.

— Gielle Nairé — apresentou-se. Apertou a mão de Theo, cravando as unhas compridas na sua pele. — Achei que sim, tio, que o seu convidado não me fosse estranho, mas estava enganada. Confundi o senhor Theodosio com outra pessoa, alguém sem importância.

— Como sou otimista, vou interpretar que alguém sem importância é melhor que alguém que se detesta — disse Theo, esforçando-se para apaziguá-la.

Gielle respondeu com um olhar pétreo.

Viramundo levantou uma sobrancelha, com uma expressão intrigada.

— Junte-se a nós — apontou as cadeiras em frente à escrivaninha. — Acabei de convidar o professor para nossa expedição.

O lorde trocou o cachimbo pela xícara de chá. Theo e Gielle o acompanharam na bebida.

— Gielle vai junto, professor. Ela me convenceu a participar da aventura.

Theo, que sorvia o chá, se engasgou, obrigando-se a pousar a xícara na mesa para tossir.

— Está tudo bem? — perguntou o nobre.

— Uma folhinha de chá ficou presa na garganta — respondeu, meio rouco. Ele limpou a voz e forçou um sorriso. — É uma aventura e tanto para uma moça da nobreza.

A sobrinha parecia se deliciar com o quanto ele estava atrapalhado.

— Gosto de conhecer lugares diferentes; povos e costumes diversos. Não tenho medo de novidade. Tenho conhecimento na área, compartilho o interesse sobre os climarianos com o meu tio. Além disso, sou fotógrafa e pretendo escrever um livro a respeito, com enfoque na influência dos alienígenas sobre a nossa sociedade, em especial o legado que deixaram com os mestiços.

— Acho que eles não gostam de ser chamados de mestiços — disse Theo, controlando uma súbita irritação. — Preferem abiadi.

— É mesmo? Não sabia. Em Monte Belo quase não temos abiadis, e gostaria de entrevistar alguns para completar o meu trabalho. Talvez o professor possa me apresentar um abiadi com condições de me dar uma entrevista.

Theo se controlava para não explodir.

O assistente de Lorde Viramundo os interrompeu, cochichando algo no ouvido do patrão, que se desculpou e saiu apressado para tratar de algo urgente, deixando Theo e Gielle a sós.

Trocaram olhares. O dela era de superioridade.

— Você pretende me dedurar? — implorou. Theo odiou o tom da própria voz; não devia nada a ela.

— Não enquanto eu achar divertido.

— Minha vida e minha subsistência são divertimento para você?

Ela deu de ombros e cruzou as pernas. Bebericou o chá enquanto o examinava.

— Sério. Não tive intenção de te enganar.

— Pois é, mas enganou.

Ele engoliu em seco. Resolveu revidar na mesma moeda.

— E você não contou que o seu tio está encarregado de te arranjar marido.

Ela estremeceu e desviou o olhar. Theo havia atingido um ponto fraco. Ele esperou um momento antes de mudar de tática.

— Nós passamos bons momentos juntos, não foi?

Ela colocou a xícara na mesa e falou, irritada:

— E eu tenho como saber se não foi só por causa da *Conexão*?

— Não funciona assim, é impossível deixar vários encontros agradáveis à base da *Conexão*; muito menos uma noite inteira.

Ela lançou um olhar de dúvida. O abiadi se aproximou, passando a ponta dos dedos no ombro dela, descendo pelo braço.

— Você também sentiu, não foi?

Ela estremeceu. Fitou-o nos olhos, com os lábios entreabertos quase como se pedissem um beijo. Theo colocou a cautela de lado.

— Talvez a gente pudesse retomar com um novo encontro. Um chá da tarde?

No momento em que proferiu a proposta, deu-se conta de que sua ousadia tinha vindo muito cedo.

A sobrinha do lorde arregalou os olhos e empurrou a mão de Theo.

— E nesse encontro você iria como abiadi ou como cenense? Quem sabe a gente se encontra em uma das casas de chá que o meu tio e os amigos dele costumam frequentar, e você aparece lá todo alto, charmoso e com os lindos cabelos prateados à mostra?

Theo recuou. Havia se deixado levar pela confiança que sentia quando usava o camuflador de aparência.

— Mesmo que você não se importasse em arriscar perder o tio Karlo como cliente, ele me deserdaria se eu namorasse um abiadi — disse ela de forma casual, porém Theo pôde perceber uma preocupação real.

— Tem certeza de que o problema seria o lorde? Ele não parece ser preconceituoso... quer dizer, não nesse nível.

— Não? — perguntou ela espantada. — Então por que você não se mostra para ele como você é?

— Lorde Viramundo não é o meu único cliente; também tenho que me preocupar com o que os outros podem pensar de mim. É muito difícil alguém como eu ser aceito para fazer negócios, mesmo em uma profissão não regulamentada que não está vedada a abiadis.

— Por que será? — perguntou ela com uma expressão desdenhosa.

— O que eu quis dizer é que o seu tio não é preconceituoso quando comparado ao resto da nobreza — corrigiu ele.

Deserdar a sobrinha por se envolver com alguém como ele parecia excessivo. Por outro lado, seria mesmo? Pensando bem, não se lembrava sequer de um abiadi casado com alguém da classe alta, muito menos com a nobreza. Mesmo os poucos abiadis bem-sucedidos se casavam com outros abiadis ou com cenenses de origem humilde. Concluiu que os nobres — aqueles que eram ricos há gerações — nunca consideravam prateados bons partidos.

Ela respondeu depois de permanecer pensativa por um momento:

— Não, de fato ele não é. Ele *não* pode ser — disse ela com malícia. — Mas daí a aceitar o envolvimento da sobrinha com um abiadi vai uma grande distância.

Theo não entendeu o que ela quis insinuar, todavia concluiu que tinha razão. Ele sabia que Viramundo empregava abiadis — um dos jardineiros da mansão tinha mechas prateadas —, o que indicava que ele não tinha uma aversão completa à ideia. Contudo, duvidava que tivesse algum trabalhando no seu banco ou em uma posição de gerência em uma de suas fábricas ou minas. Por outro lado, ela estava preocupada com ter sido enganada ou o problema era a herança?

— De qualquer maneira, nada disso tem importância, já que o lorde está encarregado de lhe arranjar um *bom* marido — provocou ele.

Gielle desviou o olhar e se remexeu na cadeira.

— Isso é coisa da minha mãe.

— Tenho certeza de que choverão pretendentes.

Ela deu de ombros.

Theo se perguntou o que Gielle queria da vida. Queria dinheiro, tinha medo de que o tio a deserdasse. Queria liberdade, não parecia empolgada com a perspectiva de um casamento arranjado. Queria aventura, convencera o tio a levá-la junto em uma expedição pelo mundo.

Mas era possível ter tudo? Na cabeça de Theo, ou de qualquer um que crescera no Pântano, esse era um sonho distante e fora da realidade. O mais próximo que ele tinha de uma família era Val; não conseguia manter um relacionamento por muito tempo e era obrigado a disfarçar o prateado para conseguir ganhar o suficiente e ajudar a guardiã a encontrar o anatar. Para ele, a vida era feita de sacrifícios, renúncias e perdas.

— Ainda vou precisar da entrevista para o meu livro. Talvez você possa ser útil, afinal de contas. — Gielle se levantou, no que foi acompanhada por Theo. — Gosto muito do tio Karlo e se sentir que você está prejudicando ele, prejudicando de verdade, dou um jeito de te colocar na cadeia — disse, fixando o olhar no abiadi com determinação.

Ele engoliu em seco. Gielle se retirou, sem dar tempo para Theo articular uma resposta. Deixou-o em pé no meio da sala, sentindo-se um idiota.

3

Theo saiu da escola apressado. Ajeitou o uniforme, cruzou a rua e atravessou uma das inúmeras pontes estreitas de madeira que cruzavam os canais fétidos que corriam pelo Pântano, o bairro mais pobre de Azúlea. As ruas estavam apinhadas de gente entrando e saindo das casas, levando e trazendo do mercado no centro da cidade carrinhos de mercadorias e montando pequenas bancas de tortas e doces na calçada para vender aos transeuntes.

Quando cessou o ruído estridente provocado pelo afiador — um velho desdentado que trabalhava em frente a um açougue e diligentemente passava uma faca no esmeril —, Theo ouviu uma risada de porco, seguida do barulho irritante de um graveto pipocando por uma grade de metal — pá, pá, pá... Virou-se para trás e lá estava a trinca maldita. Pancho e seus inseparáveis amigos, Bola e Tatu.

O garoto abiadi disparou pela rua; cruzou uma ponte, quase derrubando uma velhinha que caminhava apoiada em uma bengala; passou por debaixo de uma banca; e dobrou à direita na esquina. Os gritos de "pega ele!" foram seguidos do barulho de botinas pisando nas pedras soltas da calçada.

Ainda com os meninos no seu encalço, desviou de um rapaz que carregava umas caixas e pulou por cima de um cachorro, que quase o mordeu. Por fim, entrou correndo por uma viela que passava atrás de uma porção de restaurantes, procurando por algo que pudesse escondê-lo.

Theo se agachou num canto atrás de uma enorme lata de lixo, segurando a mochila no peito como se fosse um escudo. O coração pulsava no pescoço. O sol ardia no alto, o suor escorria pelas costas e o fedor de lixo se misturava com o odor de esgoto, que pairava como um miasma por todo o Pântano.

— Ô, prateadinho, onde você se meteu? — perguntou Pancho, o líder da trinca, com a voz estridente. O sujeitinho era um ano mais velho, porém estava atrasado na escola porque havia repetido de ano. Até os professores se irritavam com a burrice dele.

— Ele deve tá numa dessas latas — disse Tatu, que até seria considerado um menino bonito, se não fosse tão pouco afeito a manter hábitos básicos de higiene.

— É, o lixo deve tá na lata de lixo — disse Bola, rindo da própria piada como se fosse um suíno. Ele comia por dois e vestia roupas que pareciam estar prestes a explodir no corpo rechonchudo.

Os passos se aproximaram. Em resposta, Theo fechou os olhos e se apertou contra a parede.

— Achei o merdinha do cabelo esquisito — disse Tatu.

Theo se levantou e encarou os colegas de escola, tentando disfarçar o pânico.

— Tava se escondendo? — perguntou Pancho. — Por quê, hein? Bateu o medinho?

— Tem medo, mas não tem vergonha — disse Tatu, cavoucando o nariz.

Pancho, o maior dos três e que para Theo dava a impressão de ter o dobro do seu tamanho, arrancou a mochila das suas mãos e entregou-a para Bola, que imediatamente passou a vasculhá-la, jogando para o alto os livros e os cadernos.

— Só tem livro aqui — disse Bola. — O prateado não tem nada pra comer ou fumar, nem bolinha de gude.

Theo se esforçou para agir o mais firme que conseguia, contudo, sua voz saiu fraca.

— Devolve minhas coisas. Vocês não podem pegar o que é dos outros.

— Vai fazer o quê, prateado? — perguntou Pancho. — Tentar usar a magia abiadi em nós?

— Eu não sei usar a *Conexão* — disse ele, tentando parecer convincente. Theo sabia, entretanto não dava para usá-la em alguém que te odiava, ao menos não quando a pessoa estava ocupada te odiando.

— Você é um mentiroso, abiadi de merda — disse Pancho.

De súbito, Theo decidiu que, já que ia apanhar, ao menos ia dizer alguma coisa antes. Algo importante e verdadeiro para marcar a ocasião e dar àqueles idiotas o que pensar. Então reuniu toda a coragem que tinha no mundo e deitou o verbo.

— Pelo menos não uso sapato furado e camisa rasgada — apontou para Pancho. — Nem sou gordo como um porco — fez um sinal com o queixo para Bola. — E nem fico com o dedo no nariz tirando meleca — encostou o dedo no nariz, imitando Tatu.

Ele se arrependeu assim que terminou de falar aquelas palavras da mais profunda sabedoria infantil. Não que elas não fossem verdade, porque elas eram muito verdadeiras, mas porque a mãe lhe ensinou que combater preconceito com mais preconceito só fazia aumentar a quantidade de preconceituosos. Além disso, eram três contra um. E três garotos pobres, sem nada a perder e zangados, batem muito mais forte do que três garotos que são apenas pobres e sem nada a perder.

Como era de esperar, a trinca preferiu a ação à filosofia. Os três se jogaram nele na mesma hora, chutando e socando. Em segundos ele estava no chão, em posição fetal, tentando se proteger dos pontapés e implorando para que parassem.

— O que vocês estão fazendo aí? — gritou um homem na esquina da viela.

— Sujou, vamos embora! — gritou Pancho.

A trinca saiu correndo, dando gritos e risinhos, celebrando a vitória sobre o abiadi.

Theo sentia o gosto de sangue na boca e explosões de dor pelo corpo.

O homem se aproximou.

— Você está bem, garoto?

Era alto, magro e moreno, com os cabelos a caminho do grisalho. Estendeu-lhe a mão, esboçando um sorriso. Era daqueles que sempre têm um sorriso para dar em qualquer situação. Usava uma túnica cor de açafrão, atada na cintura com uma corda, e sandálias de couro.

Era o Padre Dominic, o sacerdote da Igreja Lunista, da paróquia do Pântano.

O menino abiadi aceitou a ajuda do sacerdote, levantando-se com esforço. Passou a mão pelo nariz para limpar o sangue e tentou ajeitar o uniforme da escola, num misto de vergonha e dor. O sacerdote virou-o de um lado e de outro, examinando-o em busca de um braço ou uma perna quebrados. Apertou o nariz de Theo, fazendo-o gritar.

— Não está quebrado — sentenciou o padre. — Eles te deixaram com uns roxos, mas você vai ficar bem.

O garoto concordou com o diagnóstico. Não era a primeira vez que fugia dos colegas de escola e apanhava. Tinha experiência na arte dos roxos, dos arranhões e dos ossos trincados.

— Quer que eu fale com os pais deles?

— Não! — gritou Theo.

Dedurar a trinca só pioraria a situação. Dedos-duros apanhavam em dobro.

O sacerdote o fitou por tempo suficiente para que Theo se sentisse envergonhado e desviasse o olhar. Só queria sumir dali, ir logo para casa, trocar de roupa, limpar-se e ajudar a mãe. Apressou-se em recolher os livros e os cadernos espalhados pela viela. Padre Dominic o ajudou, segurando a mochila enquanto ele enfiava tudo para dentro.

— Está bem — disse ele, sorrindo e bagunçando seus cabelos.

Cabelos prateados por inteiro. Ninguém gostava de tocar em cabelos abiadi; era como se eles fossem perigosos e capazes de morder. Porém Padre Dominic não ligava, até porque metade da sua congregação era abiadi.

— Quando você e sua mãe vão aparecer para a missa?

— No próximo sétimo — balbuciou Theo, consciente de que provavelmente mentia.

Eles pouco iam à missa. Theo fazia a lição de casa e depois ajudava a mãe a assar tortas e preparar doces à noite para que ela os vendesse às confeitarias no centro da cidade pela manhã. Quando terminavam já era tarde, passando das nove horas, e o culto era às sete, logo depois do entardecer. Ademais, ele odiava ir com a mãe a qualquer lugar. As pessoas a achavam ainda mais esquisita do que ele.

É que dona Milena tinha o estranho hábito de conversar com alguém que não estava presente. Ela bem que tentava disfarçar, mas lá pelas tantas se esquecia de que havia outras pessoas em volta, gente de verdade, e entrava em uma animada discussão com o nada.

Padre Dominic lhe dirigiu um olhar compreensivo e fez um gesto com a mão em direção ao caminho para a casa, indicando que o acompanharia.

— A sua mãe está bem?

— Com a graça de Talab, está, sim, padre — respondeu o garoto, esforçando-se para soar o mais carola possível.

O sacerdote se limitou a sorrir.

— Se um dia você precisar de alguma coisa, pode contar com a igreja, Theo.

Theo assentiu, rezando — nessa idade ele ainda fazia isso de forma espontânea — para que o padre esquecesse o assunto. Ele o acompanhou até a porta de casa, perguntando sobre a escola e falando coisas sobre o Deus das Luas, algo sobre sua sabedoria e amor infinitos.

— Está entregue. Apareçam na igreja para a missa.

Theo entrou em casa e correu para o quarto para se trocar.

Como seria de esperar de uma casa no Pântano, era do tamanho de uma caixa de fósforo. O ambiente social, como a mãe gostava de chamar, se constituía de um quadrado, com a sala de estar, a de jantar e a cozinha delimitadas pelos tipos de móveis. Dona Milena se referia a cada parte como se fosse enorme e separada uma da outra por paredes. "Traz a cadeira da sala de estar para a cozinha", e lá ia Theo dar dois passos e puxar o móvel.

Ele e a mãe dividiam o quarto. O banheiro ficava nos fundos, separado da casa. As paredes estavam descascando; os móveis, lascados e arranhados; o vidro de uma das janelas do tal ambiente social havia quebrado quando ele tinha uns seis anos e nunca fora trocado. Quando chegava o inverno, a mãe o tapava com um pedaço de papel pardo para evitar que o vento gelado entrasse.

— Preciso de ajuda para passar o creme nos bolinhos! — gritou a mãe.

Theo saiu do quarto e foi lavar as mãos na pia. A mãe batia um segundo pote de creme. Sabor morango, a julgar pela cor. O primeiro, sabor limão, estava sobre a mesa, pronto para ser espalhado no topo dos bolinhos.

Ela usava um avental enorme, que descia até os joelhos, cobrindo o vestido florido desbotado. O cabelo era uma mescla de mechas abiadis e cenenses, metade de cada. A metade cenense, que um dia fora castanho-escura e começava a se tornar grisalha, caía sobre os ombros, fazendo um trabalho muito ruim em esconder a metade abiadi. As mechas prateadas se moviam com vontade própria, ondulando suavemente, anunciando ao mundo sua condição de mestiça. Estava mais magra que o normal, mesmo para uma abiadi.

— Já disse que "não" um milhão de vezes — murmurou ela, olhando em direção à mesa, como se houvesse alguém em pé ali. — Não sei fazer o que você quer! — bufou.

Dona Milena estava num dia daqueles.

O garoto suspirou, decidindo ignorar a conversa da mãe com o vazio. Com o bico de confeitar, concentrou-se na tarefa de enfeitar os bolinhos com creme, desenhando folhas e flores, seguindo o formato dos doces — todas as forminhas da mãe imitavam plantas —, e depois polvilhou lasquinhas de chocolate.

Ela terminou de bater o pote de creme e o colocou sobre a mesa. Tomou um gole de vinho barato de um copo; dona Milena gostava de vinho mais do que seria recomendável. Fechou os olhos e crispou as mãos até os nós dos dedos ficarem brancos, no auge da irritação.

— Me deixa em paz, me deixa em paz! — repetiu. Depois, fez um gesto de "deixa pra lá". — Nem consigo entender direito as coisas que você diz.

— Vai assar mais bolinhos, mama? — perguntou ele, tentando distraí-la. — Senão acaba sobrando muito creme.

Dona Milena pareceu perceber a presença do filho na cozinha pela primeira vez.

— O que aconteceu? Você está sujo de sangue.

Ela pegou um pano e o esfregou no rosto dele, tirando o sangue seco em volta do nariz. Puxou-o para si, envolvendo-o em um abraço, e beijou sua cabeça.

— Foram aqueles garotos de novo?

— O Padre Dominic fez eles irem embora, mama.

Ela suspirou antes de soltá-lo; depois abriu o pote de farinha e começou a despejar os ingredientes para uma nova fornada de bolinhos. Deixou o rosto branco quando passou a mão nos olhos para secar as lágrimas. O menino a abraçou, e ela deu outro beijo na cabeça dele.

Theo ajeitou os bolinhos nas travessas e os acomodou com cuidado na cesta; estavam prontos para a entrega na manhã seguinte. Deixou a mãe cantarolando na cozinha enquanto colocava as fôrmas de bolinhos no forno; ela parecia ter se esquecido de sua visita inexistente. Aproveitaria para fazer a lição de casa no quarto até uma nova fornada ficar pronta.

Deitou-se de barriga para baixo na cama, sentindo a dor dos machucados. Abriu um livro sobre a história de Primeia e pôs-se a fazer anotações em um caderno. No dia seguinte tinha que entregar o resumo de um capítulo sobre como a chegada dos climarianos havia impactado a relação do Reino de Primeia com os demais reinos e repúblicas de Cenes. Primeia crescera em importância a partir da vinda dos alienígenas ao planeta, que aterrissaram sua espaçonave na capital do Reino, no maior parque de Azúlea.

Theo logo se cansou da leitura, até porque o livro simplesmente ignorava a existência dos abiadis, como se não fossem uma das heranças dos climarianos. Talvez, se os livros falassem mais sobre os mestiços, ele não tivesse que fugir e muito menos apanhar da trinca. Seria um mundo muito melhor, com menos machucados, roxos e dor.

Um bocejo se seguiu de outro e o garoto recostou a cabeça nos braços, esforçando-se para manter a concentração na leitura. Ele disse para si mesmo que fechar os olhos só um pouquinho não ia fazer mal nenhum.

As pálpebras pesaram.

O cansaço tomou conta.

E Theo adormeceu.

Muitos anos depois, quando se permitisse recordar aquele dia, aquele momento, Theo se perguntaria como sua vida teria sido se ele estivesse sentado em vez de deitado. Ou se tivesse feito a lição de casa na mesa da cozinha, ao lado da mãe. Ou se tivesse jogado água fria no rosto. Ou se o livro fosse mais interessante para um menino de onze anos e não lhe desse sono. Ou se não estivesse tão cansado e dolorido da surra. Ou, melhor ainda, se não tivesse apanhado naquele dia. Enfim, se tivesse feito qualquer coisa para não dormir naquela hora e o resto da sua vida não passasse a ser definido por uma simples soneca.

Mas o problema é que a vida de qualquer um poderia ser diferente se houvesse a possibilidade de voltar no tempo e desfazer o ato que fez toda a merda do mundo desabar na sua cabeça.

O fato é que o garoto abiadi adormeceu e acordou com um cheiro de fumaça muito forte.

Havia anoitecido e um brilho alaranjado vinha por baixo da porta, acompanhado de um cheiro de queimado. Theo abriu a porta e descobriu que o inferno havia se mudado para o ambiente social.

As chamas saíam do fogão, subiam pela parede e lambiam o teto da cozinha. O cheiro de gás empestava o ar. Dona Milena empunhava uma espátula como se fosse uma arma e gritava com uma voz pastosa para sua companhia imaginária.

— Eu não vou me acalmar coisa nenhuma! Já disse pra você me deixar em paz, não consigo entender o que você quer. Vai embora, vai embora! — suplicava. Fez uma pausa, como se escutasse alguém lhe dizer algo. — É você que tem que sair daqui, não eu. Esta casa é minha.

— Mama! — ele agarrou o braço dela, puxando-a em direção à porta da rua.

— A mãe já vai terminar os bolinhos, querido — disse ela, acariciando o rosto dele, esforçando-se para aparentar calma.

— Nós temos que sair daqui!

Foi quando Milena pareceu se dar conta do que estava acontecendo.

Tarde demais.

Uma bola de fogo se expandiu a partir da cozinha, atingindo Theo e a mãe. Ele sentiu um jato de ardência subindo pelo peito até o pescoço quando foi arremessado contra a parede. Contudo dona Milena estava na frente e recebeu a maior parte do impacto; seu corpo protegeu o do filho.

A casa virou um pesadelo ardente. As chamas se estendiam para todos os lados, lambendo as paredes e transformando os móveis em palitos de fósforo gigantes.

— Mama, mama, mama!

Dona Milena estava imóvel no chão. Ela havia batido com a cabeça na quina da mesa, e o sangue pintava o chão de vermelho. Queimaduras se estendiam por todo o lado esquerdo do corpo e pequenas chamas saíam das roupas. Theo as apagou rapidamente, batendo com uma almofada. Ele a sacudiu, tentando acordá-la, implorando que se mexesse e saísse da casa.

As chamas atingiram o forro da sala e inundaram a casa de fumaça. Tossindo muito e se esforçando para respirar em meio à fumaceira, o menino agarrou a mãe pelo braço. Invocou toda a força que tinha e arrastou-a para fora da casa, deixando um rastro de sangue e só parando quando estavam a salvo das labaredas.

O menino abiadi se ajoelhou, pedindo que a mãe despertasse e dizendo que tudo ia ficar bem. Alguém o puxou para a calçada. Ele não viu quem; era provável que fosse algum vizinho que repetia que não adiantava mais, que dona Milena tinha ido embora. Theo custou a entender o que queriam dizer com "foi embora". A mãe estava logo ali; ferida, mas a salvo do fogo.

A realidade o atingiu como o soco de Pancho na boca do estômago quando alguém cobriu o corpo de dona Milena com um lençol.

Mama.

A próxima coisa que ele se lembrava era dos vizinhos jogando baldes de água, desesperados, para evitar que as chamas alcançassem suas casas, maldizendo a abiadi maluca pelo risco de disseminação do fogo. A brigada de incêndio chegou o mais rápido possível, no seu caminhão puxado por cavalos, quando nada mais havia para apagar.

Theo se sentou na calçada, sentindo-se vazio. Queria se entregar à agonia das queimaduras, que se somara à dor dos machucados da surra. Sabia que deveria chorar, gritar, fazer um escândalo, bater em alguém ou em alguma coisa, porém seu corpo se recusava a participar de qualquer movimento para exprimir emoções, negando-se a reconhecer as consequências daquele desastre.

Padre Dominic surgiu na sua frente, pousou a mão no ombro que não estava ferido e dispensou-lhe um olhar misericordioso e um sorriso confortador.

— Você tem outra pessoa, Theo? Tio, tias, avós?

Ele negou com um balançar de cabeça. Padre Dominic nem perguntou do seu pai; devia saber que ele os havia abandonado. O abiadi nem mesmo sabia seu nome.

— Alguém de Montes Claros? Era essa a terra natal de sua mãe, não era?

Theo repetiu o gesto. A mãe pouco falava de Montes Claros, e ele nunca havia conhecido alguém de lá.

O sacerdote pediu que uma vizinha trouxesse um copo d'água e chamasse uma ambulância.

O garoto se perguntou para quem seria a ambulância, até se dar conta de que deveria ser para ele.

A trinca prestava sua solidariedade junto com os vizinhos. Pancho, Tatu e Bola pareciam fascinados, examinando-o com os olhos arregalados enquanto se agarravam na barra das saias das mães. Em um dado momento, eles se cansaram do espetáculo e saíram correndo para jogar bolinha de gude.

A ambulância, enfim, chegou; era um pequeno caminhão puxado por cavalos. Um enfermeiro desceu apressado, examinou o ferimento e besuntou as queimaduras com um unguento fedorento. Doeu a ponto de Theo ficar enjoado, ainda assim ele não chorou. O enfermeiro o espetou com uma agulha enorme, fazendo-o adormecer quase de imediato.

Quando o menino abiadi acordou, estava no que presumiu ser a enfermaria de um hospital. Um quarto enorme, com um número absurdo de camas, separadas umas das outras por cortinas para dar um mínimo de privacidade. A luz do sol entrava por uma janela comprida, e uma enfermeira se apressava pelo corredor para atender um paciente que tossia sem parar — que ele não conseguia enxergar por causa das cortinas.

O ar cheirava a uma mistura de desinfetante, vômito e remédio. *Cheiro de morte*, pensou Theo. Talvez fosse só coisa da cabeça de um menino assustado. Sim, porque, ainda que ele jamais fosse admitir, estava com medo. Com muito medo. Crianças morando nas ruas do Pântano não era algo incomum; ele já vira muitas assim. Eram sujas, maltrapilhas e tinham aquela pele meio acinzentada, comum a quem não tomava a dose diária de Benetox. Ele acabaria como elas? As perspectivas para um garoto abiadi sem pai nem mãe, e ainda por cima sem casa, não eram lá muito promissoras.

Padre Dominic apareceu, agraciando-o com um sorriso enquanto puxava uma cadeira e se sentava ao seu lado.

— Ah, enfim você acordou. Como está, Theo?

Theo não sabia como responder à pergunta. A resposta honesta seria que estava com tanta dor no peito e no pescoço que até parecia que tinha sido queimado vivo — espera um pouco, era isso mesmo que tinha acontecido —; sentia-se órfão de pai e mãe — outra coisa que era um fato — e na expectativa de que o deixassem ficar no hospital por alguns dias, já que pelo menos ali teria comida e remédio de graça. Ou ao menos achava que sim.

— Bem — respondeu com uma voz de camundongo. Ele se odiou por falar daquele jeito. Não queria que Padre Dominic o achasse um fracote. Já bastava ter sido salvo da trinca pelo sacerdote. Então limpou a garganta e tentou de novo. — Bem. — Dessa vez a voz saiu mais firme.

O sacerdote sorriu outra vez e colocou a mão sobre a dele.

— Tentei encontrar uma família para você nos dois últimos dias, desde...

Já fazia dois dias que o incêndio havia ocorrido? Como ele não se lembrava de nada?

— ... o acidente. Infelizmente, não consegui nenhuma família que quisesse... — o Padre fez uma pausa, buscando uma palavra melhor. — ... pudesse ficar com você.

O abiadi gelou até os ossos e puxou o lençol, como se o tecido o protegesse.

— Tenho uma vaga no orfanato da igreja, se você quiser ir para lá.

Ele tinha alternativa? Assentiu com a cabeça.

— Obrigado — disse, segurando o choro.

Padre Dominic concedeu-lhe o milésimo sorriso de misericórdia e passou a mão na sua cabeça.

— Está bem, então. Venho te buscar daqui a uns dias, quando te liberarem.

Ele se levantou, conversou com um médico que entrava no quarto e depois foi embora. A enfermeira deu outra dose de remédio a Theo; a dor acalmou, e logo ele adormeceu. Quando acordou já era noite.

O quarto era iluminado por lampiões e uma mulher estava sentada na ponta da cama, fitando-o intensamente com grandes olhos negros. A pele era branca como porcelana e os lábios de um vermelho acentuado, da cor de geleia de morango. Mas o que mais lhe chamou a atenção foram os cabelos prateados por completo. As longas madeixas caíam pelos ombros; as pontas se mexiam de modo discreto, como se tivessem vida própria. A única pessoa que ele havia conhecido com o cabelo igual ao dele.

— *... estava esperando você acordar...*

O menino não conseguia tirar os olhos daquelas mechas prateadas; eram mesmerizantes. Ela sorriu, passando as mãos nos cabelos e parecendo se divertir com a reação dele.

— *... é, eu sei, nós dois temos cabelos totalmente prateados...*

Depois de um tempo, em que ele nem sequer conseguia piscar, ela riu um pouco antes de ficar bem séria, parecendo se lembrar de que o momento não era apropriado para risadas.

— *... eu conhecia sua mãe...*

— De Montes Claros?

— *... não, não de lá. Milena estava tentando me ajudar com um assunto, mas nós tínhamos um problema de comunicação. você consegue entender tudo o que eu digo?...*

Ele balançou a cabeça. Por que não entenderia? Falavam a mesma língua.

— *... talvez então você consiga me ajudar. meu nome é Val. eu sou uma guardiã...*

4

Para Theo, o melhor dia da semana era o quarto. Dia em que cozinhava para as crianças do orfanato.

Dia de visitar o Pântano e andar pelo mundo com os cabelos prateados à mostra.

A tarde já estava pela metade, e o sol brilhava em um céu sem nuvens quando ele saiu de casa em direção à estação de trem. Se o tempo continuasse assim, seria uma noite perfeita para uma missa lunista. Padre Dominic pregaria seu sermão sob a luz das duas luas de Cenes.

Se não fosse pelo sacerdote, com aquele sorriso tão presente quanto sua túnica púrpura, Theo teria acabado nas ruas do Pântano, sobrevivendo de pequenos furtos. Mendigar não seria uma alternativa viável. Eram raros os abiadis que ganhavam o suficiente para dar esmolas, e os cenenses não costumavam dar nada para mestiços. O mais provável é que fosse morto antes dos quinze anos pela polícia ou pelos próprios moradores do bairro, revoltados com o pivete de cabelo prateado que surrupiava o pouco que tinham.

Se tivesse muita sorte, conseguiria algum trabalho braçal ou entraria para uma gangue. Pensando melhor, é provável que não conseguisse nem mesmo entrar para uma gangue. É que a esquisitice do órfão Theo não o tornava popular. Além de ser o único menino de cabelo completamente prateado em todo o Pântano, tinha aquela maldita cicatriz de queimadura subindo pelo pescoço e, para completar, custou a aprender a disfarçar que falava com alguém que ninguém mais enxergava.

Sua única amizade havia sido com outra criança abiadi. Cláudia. Cla, como a chamava, nunca se importou que ele conversasse com a guardiã Val, mesmo antes de a climariana se mostrar para ela. Com apenas duas mechas prateadas, ela só enxergava um vulto e ouvia murmúrios, mas foi o suficiente para que jamais duvidasse dele.

Cla era de faca na bota. Literalmente. Andava com um pequeno canivete meio enferrujado — só Talab sabia onde ela arranjara aquilo — em um bolsinho que havia costurado na botina e o puxava sem qualquer constrangimento quando se sentia ameaçada. Theo nunca a vira fazer alguém sangrar, talvez porque transmitisse tanta confiança quando o empunhava que ninguém duvidava da sua intenção de usá-lo. A menina o ensinara a se defender, a manter a cabeça erguida e a jamais deixar que sua raça ficasse no caminho do que ele queria.

Eles haviam sido inseparáveis. Por óbvio, nenhum dos dois sequer foi considerado para adoção. Órfãos abiadis abandonavam essa ilusão tão logo ganhavam consciência do que significava ser um mestiço. Mechas prateadas afugentavam qualquer casal, mesmo aqueles que só queriam uma criança para servir de empregado doméstico sem ter que pagar salário e mascaravam suas reais intenções com uma adoção.

As crianças do orfanato frequentavam a escola, e Padre Dominic incentivava que estudassem. Se não fosse pela interferência do sacerdote, ainda que ele fosse um ótimo aluno, Theo jamais teria frequentado a universidade.

O abiadi rumou para a estação de trem Bela Vista, que ocupava um dos lados de uma praça cercada por lojas e restaurantes elegantes, em que casais bem-vestidos passeavam, faziam compras e se divertiam. Era um belo prédio de tijolos amarelos vitrificados, que brilhava com o sol como se fosse folheado a ouro. Na calçada em frente funcionavam barraquinhas de pipoca, algodão-doce e castanhas assadas; os donos anunciavam seus produtos aos gritos. Pelas portas largas de madeira e vidro da estação, passavam os passageiros dos mais distintos bairros de Azúlea. Os corredores amplos levavam às plataformas de embarque, e os trens, com seus apitos e fumaças, agitavam o ar, dando uma sensação de progresso que sempre animava Theo.

Ele pegou o primeiro trem que se dirigia ao sul da cidade e, vinte minutos e um mundo de distância depois, desembarcou na estação Pântano. Um prédio acanhado e sombrio, com paredes sujas pintadas de um azul desbotado, abarrotado de pessoas cheirando a suor, que trombavam umas nas outras em estreitos corredores e escadarias.

Assim que desembarcou, Theo colocou um chapéu para disfarçar o cabelo — o suficiente para que a mudança repentina para o prateado não chamasse atenção — e, acobertado pela massa de pessoas que se espremiam no corredor para a saída, desligou o camuflador de aparência. Por instinto, apertou o casaco contra o corpo, cuidando para não se tornar mais uma vítima dos punguistas que atuavam na área.

Ele notou várias pessoas de rosto macilento, olheiras profundas e tosse intermitente. Sintomas de mardarim. A quantidade usual de habitantes do bairro que não tinham acesso ao Benetox.

Passou no mercado ao lado da estação e comprou vários frangos já limpos, pimenta-do-reino e açafrão. Gostava de escolher a carne e os temperos ele mesmo. A cozinha do orfanato se encarregava de comprar os acompanhamentos, que ele depois reembolsava. Também levou laranjas, farinha e ovos para preparar um bolo.

Depois, passou na farmácia. Padre Dominic tinha mandado um recado, dizendo que o orfanato estava sem Benetox para as crianças menores que ainda não frequentavam a escola. As que já iam ganhavam sua dose diária lá. Cortesia do governo do Reino de Primeia.

Quando chegou cheio de sacolas, uma porção de crianças correu para recepcioná-lo.

— Tio Theo! — gritavam e pulavam ao seu redor, esvaziando as sacolas para ver o que ele havia trazido daquela vez.

Ele distribuiu beijos e abraços, chamando-as pelos nomes ou apelidos.

As crianças abiadis o viam como uma espécie de herói. O prateado que tinha dinheiro suficiente para usar roupas apresentáveis e preparar um jantar — que elas achavam muito elegante — para um grupo de cerca de cinquenta órfãos.

Theo logo se soltou, transformando tudo em festa.

Pôs as crianças para ajudar, procurando ensinar o que podia. As maiores, já adolescentes, usavam facas para cortar o frango, as batatas e os outros legumes. As menores colocavam pratos, copos e talheres nas longas mesas. As bem pequenas brincavam por ali, algumas acompanhando o movimento com olhinhos ansiosos pelo dia em que poderiam participar. No fim das contas, ele mais coordenou o trabalho do que cozinhou.

Prepararam uma refeição simples: frangos e batatas assados, cenouras e outros legumes cozidos e bolos de fôrma para sobremesa. Ainda assim, era um escape da comida sem graça preparada por voluntários e pela única funcionária da cozinha.

Quando estava tudo pronto, chegou o professor de lakma, acompanhado dos alunos que moravam no orfanato.

Pancho.

O maldito chefe da trinca tinha crescido e trabalhava como chefe da segurança do Banco Confiança, o maior banco de todo o Reino de Primeia, pertencente ao Lorde Viramundo. Nas horas vagas ele lutava lakma e duas vezes por semana era voluntário na igreja, ensinando a luta para as crianças do bairro, no centro comunitário que funcionava no prédio ao lado do orfanato. Além disso, auxiliava Padre Dominic durante a missa sempre que podia. Gostava de exibir o corpo musculoso, coberto com tatuagens de temática lunista — dragões, luas e o símbolo lunista (dois círculos entrelaçados, um menor e outro maior).

Pancho tinha a aparência de líder de gangue e um pouco da atitude também. Obviamente ele não era. Padre Dominic expulsaria dos domínios da Igreja do Eclipse Lunar — o templo, o orfanato, o centro comunitário, a fábrica de velas e a loja de artigos religiosos —

qualquer um que se suspeitasse ser membro de gangue. Mas Theo não conseguia pensar nele de outra maneira. Não interessava que tivesse se tornado um carola com emprego estável e ajudasse na igreja. Para Theo, Pancho seria eternamente o chefe da trinca, e ponto-final.

Os meninos e meninas chegaram da aula suados, provocando alvoroço: falando alto e fingindo dar golpes uns nos outros.

— Lavem as mãos antes de comer! — gritou Theo.

Bastou que Pancho lançasse um olhar para um dos garotos que havia se sentado sem lavar as mãos para que ele baixasse a cabeça e corresse para o banheiro.

— Ainda na cozinha, Theo? Quando você vai criar vergonha na cara e fazer uma atividade de homem? Que tal lakma? — sugeriu. — Você mais do que ninguém deveria saber lutar. Se quiser, arranjo uma vaga na minha turma — ironizou.

Toda semana Pancho o provocava com o mesmo assunto. Era exaustivo. Lakma era a luta trazida pelos climarianos; mais uma das influências dos alienígenas em Cenes. Pancho achava que, por ele ter o cabelo prateado, tinha a obrigação de saber lutar. As observações dele sequer faziam sentido. Cozinhar não era atividade de homem? E, até onde Theo sabia, as climarianas lutavam lakma tão bem quanto os homens. O próprio Pancho tinha tanto meninos quanto meninas em sua classe.

— Vou deixar os socos e pontapés com você — respondeu com convicção.

Pancho o fitou com um sorriso debochado e depois mudou de assunto de forma brusca.

— E então, quando você vai fazer uma coisa realmente importante para a igreja e trazer o anatar para o padre?

Theo não esperava por essa. A igreja também estava atrás do anatar, e Padre Dominic adoraria ostentá-lo como uma relíquia sagrada no altar central. O número de fiéis aumentaria, e com eles as doações e as vendas de velas e artigos religiosos. O bispo ficaria exultante, e Padre Dominic finalmente poderia aumentar o orfanato e construir um asilo — ele vinha falando sobre isso há anos.

Mas Pancho nunca havia perguntado a ele qualquer coisa sobre o anatar.

— É mais fácil falar do que fazer.

— Desse jeito alguém vai acabar passando na sua frente e você vai deixar de ser o queridinho do Padre Dominic.

Antes que Theo pudesse retrucar, Pancho lhe deu as costas e foi se sentar perto dos seus alunos.

Quando terminaram de comer e limpar a bagunça, Theo conduziu as crianças até a igreja para que assistissem à missa.

A Igreja do Eclipse Lunar era o maior de todos os templos lunistas e se situava em meio a um pequeno parque gradeado. Atravessaram uma perfumada alameda de azúleas e damas-da-noite. Um corredor conduzia até uma enorme porta de madeira cruzada por barras de ferro que abocanhava os fiéis e os engolia para dentro da construção circular — as Igrejas Lunistas eram sempre circulares como as luas — de paredes grossas, pintadas de branco e sem janelas.

O imenso teto abobadado subia até o óculo, no centro da construção. Quando o tempo estava bom, um engenhoso sistema de polias era ativado, puxando o telhado de madeira que bloqueava o orifício, deixando o céu noturno de Azúlea penetrar. Nessas ocasiões, um tapete de estrelas dominado por Mani, a Lua Maior, e Nianga, a Lua Menor, derramava sua luz prateada dentro da igreja.

Poltronas de madeira se estendiam em fileiras, formando círculos concêntricos em direção ao interior do templo. A missa estava para começar, e cerca de duas mil pessoas estavam a postos para acompanhar o discurso de Padre Dominic. A parede circular era recoberta com pinturas de Mani, Nianga e Marduk, e próxima a ela corriam armações de ferro com nichos para centenas de velas brancas.

Theo fez as crianças se sentarem nas poltronas mais próximas ao altar. Elas não ousavam fazer bagunça na frente do Padre Dominic.

Um simples olhar do sacerdote as compelia a calar a boca e se sentar empertigadas.

Como costumava acontecer quando Theo estava na igreja, a guardiã Val se apresentou ao seu lado, trajando um manto branco com bordas douradas. Roupas de missa. Ela baixou o capuz e apontou para um ponto próximo à parede.

— *... lá...*

Ela havia escolhido o lugar onde queria rezar. Theo protestou contra a mania dela de mandar em tudo, porém a acompanhou. Rezar significava mais para ela do que para ele.

A pintura na parede em frente ao lugar escolhido era de um lindo dragão, de um vermelho vivo com detalhes dourados; a cauda longa fazia uma volta até a ponta, em formato de barbatana. Os olhos amarelados em meio à cabeça triangular e chifruda acompanhavam quem ousasse fitá-lo.

O dragão se chamava Marduk, o Deus da Luz e do Fogo, da luz que dava a vida, mas que também podia trazer o fogo e a destruição. Em posição de ataque, estava prestes a despejar a ira de Talab, o Grande Pai, nos pecadores, cuspindo línguas de fogo. No caso, um grupo de pessoas pintadas logo abaixo que contavam potes de moedas, participavam de orgias, roubavam e matavam.

Contudo, se Talab, o Deus das Luas, o Grande Pai, era tão bom assim e protegia a todos que o adoravam, por que então sua mãe tinha morrido de uma forma tão horrível, deixando um menino abiadi sozinho no mundo, com uma cicatriz de queimadura do peito ao pescoço? Se o fogo havia matado sua mãe e o marcara para sempre, o que isso queria dizer? Foram condenados pela prática de qual pecado tenebroso?

Depois de um longo suspiro, o abiadi se ajoelhou, pegou uma vela na armação de metal e a acendeu em um toco que ainda ardia. Repetiu o procedimento, acendendo uma vela em frente à guardiã que havia se ajoelhado ao seu lado. Abriu a palma da mão esquerda e pingou um pouco de cera quente nela. Repetiu o processo com a outra mão. Grudou a vela com a própria cera de volta de onde a havia tirado.

Ergueu as mãos para o alto e fechou os olhos. *Ó Talab, Grande Pai, que deste a vida, protege as crianças do orfanato, o Padre Dominic, a guardiã Val e a família dela. Dê-me serenidade e sabedoria para enfrentar os desafios e força para aplacar as minhas deficiências. Aponte a direção que devo seguir.* Colocou os braços cruzados sobre o peito e dobrou-se, encostando a testa no chão.

Pronto, missão cumprida.

A guardiã Val demorou mais tempo. Fez surgir a imagem de uma vela e fez o ritual da purificação, não uma, mas três vezes. Ele esperou, pacientemente até que ela terminasse.

— *... vamos...*

Ela se dirigiu às poltronas viradas para o púlpito, certa de que ele a seguiria.

— Você está mais mandona que de costume.

Ela bufou, lançando um olhar que dizia que estava sem paciência.

— *... o nosso tempo está acabando. já pensou qual é o próximo lugar onde vamos procurar o anatar? se você aceitar a proposta do Lorde Viramundo, finalmente teremos dinheiro para viajar até Esperança...*

Esperança era um posto avançado para estudos científicos dos climarianos, localizado em uma região despovoada, na República de Askar. Um bom lugar para Kass se esconder depois que roubou o anatar, cheio de equipamento com tecnologia climariana. Só que a viagem até lá demorava semanas, requerendo a contratação de guias para a travessia da floresta e a compra de equipamentos. Uma empreitada dispendiosa.

— Aceitar a proposta de Viramundo é muito arriscado para mim — sussurrou. Tinha que falar baixo, disfarçando que conversava com alguém.

— *... insistir no que não tem dado resultado todos esses anos não vai resolver nada. temos que tentar algo diferente. pelo que o lorde falou, Tilisi é só o ponto de partida. se não encontrarem nada lá, vão para outros lugares. você* *demora semanas ou meses até juntar o suficiente para uma viagem longa. com o dinheiro do nobre, vai conseguir cobrir um monte de lugares...*

— E como ficam as coisas quando o lorde descobrir que eu sou abiadi? Achei que você detestasse o sujeito.

Val deu de ombros.

— *... não sou eu que tenho que lidar com ele. a Harim está se deteriorando. se não for a viagem com o idiota do Viramundo, você vai ter que dar outro jeito...*

— Kass não era religioso? Ele jamais se refugiaria em Tilisi; aquela cidade é um antro.

— *... até pode ser, mas já faz quarenta anos e nós não sabemos para onde ele foi ou o que aconteceu depois que fugiu. pode ser que a gente ache alguma pista...*

— Como eu vou convencer o lorde da necessidade de levar o anatar para a Harim? Se nem o Padre Dominic acredita que você é real, até parece que ele vai acreditar que eu recebo informações de uma climariana. Ele ganha mais ficando com o anatar e deixando todo mundo doente para vender o remédio da fábrica dele. Mesmo usando a *Conexão*, vai ser difícil convencer o sujeito a fazer algo tão contra os princípios dele. Você quer que eu roube o anatar dele?

— *... se for preciso...*

Theo bufou e balançou a cabeça.

— Inacreditável.

Foi salvo da discussão pelo sacerdote que atravessava o salão até o altar no centro.

— Vai começar a missa — disse para encerrar a conversa.

A guardiã se aquietou, conformando-se em deixar o assunto de lado por um momento.

Padre Dominic seguiu a liturgia lunista. Em meio à luz das velas e ao cheiro e à fumaça do incenso, proferiu a oração às luas, com os braços e o olhar voltados para o céu. Depois passou para o canto. Naquele dia a peça escolhida foi *Bênçãos das Luas*. Houve o acompanhamento de um coral, e os fiéis cantavam emocionados — alguns com água nos olhos —, com a palma das mãos sobre o peito. Era uma canção vibrante sobre compaixão divina, e Theo, sem pensar na mensagem que encerrava, se empolgou e se emocionou.

Seguiu-se o sermão. O sacerdote leu o Enunciado 487 das Escrituras — "Não é sábio o homem que se desvia das leis da natureza; elas são a vontade de Talab" —, e o utilizou como referência para discursar sobre como a sociedade moderna se desviava dos caminhos do Deus, entregando-se à luxúria, ao sexo não natural, apenas por prazer, sem objetivar a procriação.

A guardiã soltou um longo suspiro, como costumava fazer quando queria expressar seu cansaço com a ignorância dos cenenses.

— *... as Escrituras têm 7 mil anos, ninguém mais interpreta assim. esse Enunciado é sobre o respeito ao meio ambiente, e não sobre comportamento...*

Theo achava a interpretação de Padre Dominic preconceituosa e, com relação à reação da guardiã, ficava entre o divertimento por ela se sentir incomodada e a irritação pelo comentário arrogante típico da climariana.

Antes de encerrar, apesar de não ser parte da liturgia lunista, Padre Dominic leu um trecho do livro *O sinal de Deus*, exortando os fiéis a encontrarem o anatar e trazerem o objeto sagrado para a igreja, indicando um pedestal no centro do altar, onde seria exibido.

A guardiã Val, como acontecia quando o Padre Dominic mencionava o anatar em seu sermão, fez uma expressão de desalento. O autor do livro, o profeta Vito Aura, era uma das suas muitas experiências fracassadas. Assim que se viu presa em estado de semi-hibernação, ela se pôs a contatar os abiadis para que a ajudassem a encontrar o anatar.

Mas a tarefa se mostrou árdua.

A climariana usou todas as artimanhas que possuía para se comunicar e pedir ajuda, inclusive a indução de sonhos e visões.

Ocorre que o profeta, um abiadi com apenas uma mecha prateada volumosa que se mexia acima da sua testa como se fosse uma serpente prestes a dar um bote — uma imagem ao mesmo tempo assustadora e hipnotizante —, interpretou as suas visões como uma manifestação do divino, recebendo-as em um estado de êxtase religioso.

Quando era adolescente, Theo viu o profeta uma ou duas vezes no caminho entre a escola e o orfanato, pregando na praça a vinda iminente de Talab, anos antes de enlouquecer de vez e sumir de Azúlea. Cláudia, que sentia grande prazer em testar os limites, jogou uma pedrinha nele para ver o que acontecia. O profeta esbugalhou os olhos e, com toda a fúria da sua crença, gritou que Marduk açoitaria com fogo àqueles que desdenhavam da sabedoria do Grande Pai. A ameaça do fogo divino fez o sangue de Theo gelar. Ele abandonou a companheira de traquinagens e não parou de correr até chegar à igreja.

O livro do profeta era sempre referido em várias igrejas, abençoando o mundo com suas revelações sobre o anatar recebidas do próprio Deus das Luas. O livro afirmava que Talab enviaria um objeto — o anatar — capaz de curar o mardarim e unir os povos de Cenes em torno do verdadeiro Deus. A crença se espalhou e gerou outra corrente de caçadores do anatar, que queriam entregá-lo para ser um objeto de adoração lunista.

O dispositivo era basicamente uma chave para ligar a Harim. A própria palavra tinha essa origem, "an ahtar" (a chave), na língua climariana. Apesar de ser ridículo que fosse objeto de desejo da Igreja Lunista para servir como relíquia sagrada, ao menos havia gerado o interesse de milhares de fiéis que, mesmo sem qualquer método coerente, se agregaram à busca.

Até Milena, a mãe de Theo, que via e ouvia a guardiã, ainda que não muito bem, tinha dificuldade de compreender o que era o anatar. Superada a barreira da comunicação, a guardiã esbarrava na dificuldade de convencer pessoas pobres, com família para cuidar, a abandonar o trabalho e ir atrás de um objeto que não entendiam para que servia. Com Milena não foi diferente.

A climariana não desistiu. Ela não podia.

Então, não obstante sua cultura abominasse a exploração de crianças, quando Milena morreu ela se voltou para Theo. O cabelo todo prateado do menino indicava seu forte poder de *Conexão.*

Ele era o único abiadi com quem Val conseguia manter uma conversa normal.

Ela o moldou.

Educou Theo sobre a cultura e a tecnologia climarianas, apontando o que considerava como impropriedade ou ignorância dos livros de autores cenenses, conduzindo-o por lojas e antiquários de Azúlea na procura pelo dispositivo. A parceria continuou quando ele foi estudar na universidade e mais tarde quando se tornou um comerciante de produtos climarianos, fazendo da busca pelo anatar o seu meio de vida.

Theo aguardou o fim da missa e que Padre Dominic se despedisse dos fiéis na porta da igreja. Quando fechou a porta, o sacerdote veio falar com ele, esboçando o sorriso de sempre. No entanto, o passar dos anos era visível nos cabelos completamente brancos e no rosto de aparência cansada, cruzado por longos sulcos. Pior que isso, o padre estava desenvolvendo resistência ao Benetox, e, conforme o remédio perdia o efeito, os sintomas do mardarim se acentuavam.

Depois de um acesso de tosse, convidou-o a ir ao seu escritório, que ficava no prédio adjacente ao templo, com um pequeno apartamento no andar de cima e uma sala para visitas e aconselhamento dos fiéis no andar de baixo. Enquanto o acompanhava, o abiadi sentiu um aperto no peito pela situação dele.

Apesar das dúvidas de Theo sobre os ensinamentos lunistas, no sacerdote ele acreditava, ou ao menos em sua bondade.

O padre lhe serviu um chá de cidreira, que adoçou com uma colherzinha de mel, um pequeno luxo que reservava para suas visitas mais ilustres. O abiadi sorriu, sentindo-se lisonjeado. Passara a receber esse mimo depois que retornou da universidade. Enquanto sorvia a bebida, o padre foi buscar a caixa com os objetos pretendentes a anatar recebidos durante a última semana.

O velho colocou a caixa na cadeira ao lado dele. A guardiã Val surgiu ao seu lado, fingindo beber uma xícara de chá fumegante, feita da mais fina porcelana climariana, com um lindo desenho das duas luas entrelaçadas em azul.

Theo colocou a xícara na mesa e começou a examinar o conteúdo da caixa, tirando uma dezena de objetos e separando três deles.

A climariana deu um suspiro desconsolado, substituindo a xícara por uma piteira com um cigarro na ponta, da qual passou a tirar longas baforadas.

— Não foi dessa vez, Padre Dominic. Esses três são os únicos climarianos. Quer que eu leve para vender?

— Por favor, meu filho. A caixinha da igreja está sempre precisando. Como vão suas buscas?

— Estou juntando dinheiro para a próxima viagem, daqui a uns dois ou três meses.

A guardiã bufou e depois lançou uma longa baforada em sua direção. Embora não tivesse o poder de fazê-lo tossir, o efeito da imagem de fumaça era perturbador para quem era obrigado a fingir que nada estava acontecendo.

— Você parece meio abatido, padre. Talvez seja melhor o senhor se afastar da cidade. A distância ajuda, nem que seja um pouco.

Ele deu de ombros.

— O Deus das Luas dá e o Deus das Luas tira — respondeu em tom filosófico.

Era o que a religião dos climarianos ensinava, o mesmo que o Padre Dominic havia respondido quando Theo era criança e perguntou por que Talab o odiava. "A nossa vida está nas mãos do Deus das Luas, e Ele sabe o que faz", o sacerdote havia explicado com uma expressão de sabedoria. Para o menino abiadi, as respostas do padre tinham um quê de mistério, um tom escapista, e não lhe traziam qualquer conforto.

— Cláudia apareceu por aqui esta semana — disse o padre, mudando de assunto. — Perguntou por você.

— Cla? — ele se animou. Haviam perdido contato quando Theo saiu de Azúlea para estudar na universidade. — Faz anos que a gente não se vê. Onde ela está?

— Neste hotel no centro da cidade — disse o padre, estendendo-lhe um cartão. — A vida tem sido difícil para ela nos últimos tempos. Vai gostar de um ombro amigo.

— *... gosto daquela garota. pode ser que ela consiga pôr um pouco de bom senso na sua cabeça...*

Alguma vez a vida deles havia sido fácil? Pensou em perguntar o que havia acontecido, mas Padre Dominic jamais discutia os problemas dos fiéis.

Animado, o abiadi terminou o chá, despediu-se e saiu apressado em direção à estação Pântano a tempo de pegar o último trem, achando mais fácil do que nunca ignorar a guardiã Val caminhando ao seu lado; ela resmungava e soltava no rosto dele baforadas de um cigarro imaginário.

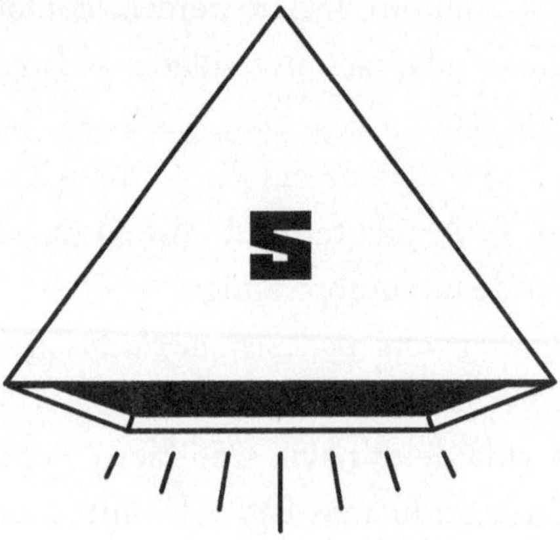

Theo parou na frente do predinho e tapou o sol da manhã com a mão até conseguir confirmar na fachada o nome meio apagado: Hotel Beira do Pérola. Excelente localização. Ao lado de uma estação ferroviária e nas margens do rio. Infelizmente, isso era tudo o que se poderia dizer de bom do estabelecimento. Um prédio estreito, que tremia com o passar dos trens, dando a impressão de que só estava de pé porque se recostava nos edifícios adjacentes; pintado de um amarelo que um dia fora alegre. O interior não era muito melhor: o *lobby* exibia cortinas amarelas velhas, nenhum tapete, dois sofás puídos e um balcão de recepção pegajoso. Um verdadeiro muquifo.

Quando perguntou pela hóspede Cláudia Maltese, o recepcionista — um sujeito com as olheiras profundas típicas dos primeiros estágios do mardarim — deu uma olhada nos escaninhos das chaves e o informou, num mau humor que devia carregar há gerações, que ela não se encontrava. Theo resolveu aguardá-la no sofá. Esperou por mais de uma hora até que ela chegasse.

Levantou-se assim que Cláudia passou pela porta, porém ela, obviamente, não o reconheceu e já estava a meio caminho da escada.

Ainda era a mesma: magra, como todos os abiadis, olhos negros amendoados, nariz arrebitado e lábios grossos. Os cabelos escuros estavam mais longos, amarrados em um coque que, Theo sabia, tinha a intenção de disfarçar suas duas grossas mechas prateadas. A pontinha de uma delas saltava para fora, mexendo-se como se fosse um filhote de cobra decidido a escapulir do ninho. Estranhamente, usava um vestido azul-claro de corte simples e conservador, mas de bom tecido, e um sapato de salto. Ela costumava vestir calças e camisas, que insistia serem mais práticas, acompanhadas de botas ou botinas de couro.

— Cla!

Ela se virou, passando a examiná-lo com atenção; o olhar passava do rosto para os cabelos e de volta para o rosto.

— Theo?

Ele abriu os braços e ela se jogou neles, dando-lhe um abraço apertado, longo e cheio de saudade. Trocaram beijos na face e um novo abraço mais curto, sem se importarem com a expressão maliciosa do recepcionista.

— Como? — Ela apontou para o cabelo dele.

— Tenho um truque — respondeu, abrindo um sorriso. — Vamos tomar um chá ou café? Te conto tudo.

Foram a pé, aproveitando o sol e a temperatura amena. Theo se sentia de volta à adolescência. Caminharam em direção à Rua do Arvoredo, cheia de restaurantes, cafés e lojas. Ela comentou como a cidade havia crescido nos últimos anos.

— Pode ser aqui? — perguntou ele, apontando para uma cafeteria.

— Parece meio caro.

— Não importa, eu pago.

A cafeteria era uma das melhores de Azúlea, com pesados móveis de madeira, paredes decoradas com azulejos e belos lustres. As mesas encostadas nas paredes eram separadas por divisórias de madeira, encimadas por uma faixa de vidro opaco.

Eles escolheram uma cabine num canto. Theo pediu um bule de chá preto com limão e uma porção de sanduichinhos.

— Então, você vai me contar o segredo do sumiço do prateado?

Theo puxou a corrente para fora da camisa, esfregou-a suavemente e, por um momento, revelou o cabelo abiadi e a cicatriz.

— Onde você conseguiu isso? — perguntou ela, espantada.

— É um camuflador de aparência. Encontrei em uma loja de antiguidades em Tanares, logo que me formei, quando comecei a negociar artigos climarianos. Estava lá num canto, o dono nem sabia o que era.

— Você usa isso o tempo todo?

— Só quando saio na rua nesse lado da cidade ou quando vou lidar com fornecedores ou clientes. Tenho que economizar a bateria.

— Não tem medo de que alguém descubra que você é abiadi?

Ele estremeceu. É claro que tinha medo. Não conseguiria fazer negócios sem o camuflador.

— Se isso acontecer, dou um jeito — disse ele, esforçando-se para minimizar a situação.

A guardiã Val surgiu, sentada ao lado de Cláudia, com uma xícara de chá de porcelana luminescente numa das mãos.

— *... diz para ela que eu mandei um olá...*

— A minha guardiã está mandando um olá.

— *... não sou "sua" guardiã coisa nenhuma!...* — protestou ela.

Theo adorava se referir a ela como sua guardiã só para irritá-la.

— Manda um oi pra ela também.

A guardiã sorriu, passando sua mão etérea carinhosamente no cabelo de Cláudia.

— *... ela está linda...*

— Ela disse que você está linda. Sou obrigado a concordar.

— Retribuiria o elogio se conseguisse enxergar a guardiã.

A climariana se fez visível para Cláudia.

— Ah, ainda enxergo só um vulto.

— *... oi, minha querida...*

— E ouço um sussurro — complementou com uma risadinha. — Acho que entendi um "querida".

Theo assentiu.

— O que você fez esses anos desde que saiu da universidade? — perguntou ela com curiosidade.

Theo contou sobre o seu trabalho, os clientes ricos e o apartamento no Bela Vista. Ela pareceu impressionada e ele se pegou todo orgulhoso, feliz por obter a admiração de Cláudia. Omitiu a parte ruim. O medo de perder o camuflador ou de sua bateria acabar, ser descoberto e ficar sem fonte de renda. A solidão que o atingia como um soco na boca do estômago quando, acidentalmente, mostrava sua verdadeira aparência para alguém que gostava e era rejeitado, como acontecera com Gielle.

— E você? Por onde tem andado?

— Depois que terminei a escola resolvi tentar a vida em Baía Grande. É um bom lugar para um abiadi. Uma cidade quase do tamanho de Azúlea, só que com menos preconceito. Consigo esconder o prateado com um penteado na maior parte do tempo. Mesmo quando descobrem que sou abiadi, não é um problema. É muito raro aparecer algum por lá, então a maioria deles não sabe nada sobre a *Conexão*. A ignorância é uma bênção.

O garçom trouxe o chá e os sanduichinhos. Ela continuou depois que ele se foi:

— Dividia um quarto numa pensão com uma amiga. Trabalhava pelas manhãs como camareira num hotel e, à tarde e no início da noite, como garçonete em um café. Nunca fui boa nem liguei muito para os estudos como você, então para mim esse tipo de trabalho estava ótimo. Mais que ótimo; dois empregos, com boas gorjetas. Dá pra imaginar isso?

Em Azúlea um abiadi se dava por satisfeito se conseguisse um emprego, qualquer um. Dois ao mesmo tempo era um sonho impossível.

— Daí conheci Marlon.

Ela abriu um sorriso daqueles que as pessoas dão quando se lembram de alguém querido. Theo sentiu uma ponta de ciúmes, uma queimação no estômago, um sentimento de perda. Tinham sido apenas amigos, porém ele sempre imaginou, lá no fundinho, que um dia acabariam juntos. Bonita, inteligente, apesar de desdenhar dos estudos, e cheia de iniciativa. Óbvio que ela encontraria uma pessoa para partilhar a vida. Se tinha alguém que merecia a felicidade era Cla.

Ao mesmo tempo se sentiu um tolo. Os olhos de Cláudia brilhavam enquanto falava de Marlon.

— Ele nunca se importou com o fato de eu ser abiadi. Apesar de ser de família rica, daqui de Azúlea, não vivia às custas dos pais nem queria saber do dinheiro deles. Era dez anos mais velho, experiente. Gostava de se aventurar pelo mundo e fazer coisas diferentes. Sabia velejar, pescar e caçar. Falava várias línguas. Onde chegava dava um jeito de fazer amizades. Fez das habilidades um meio de vida. Levava pessoas ricas em excursões por lugares distantes, ganhando um bom dinheiro.

— Vocês se casaram?

— Contra a vontade da família dele. Marlon deu risada quando foi deserdado, disse que os pais dele fizeram isso só para que ele desistisse de mim.

— Ele gostava mesmo de você.

— E eu gostei dele ainda mais depois disso. Passei a acompanhar Marlon nas excursões, e ele me ensinou tudo que sabia. Daí eu engravidei e tivemos a Zelda.

A cabeça de Theo girava. Cla tinha uma filha! Como é que ele nunca soube?

— Tenho uma foto. Quer ver? — Ela não esperou que ele respondesse e vasculhou a bolsa, sacando a fotografia de dentro de uma carteira e mostrando-a, orgulhosa. — Aqui a minha linda tinha três anos; a gente a levou a um fotógrafo que aplicava cores nos retratos.

— Que bonita! Toda sorridente, de vestidinho de renda. Ela é muito parecida contigo.

— Acho a Zelda mais parecida com o pai. De mim, ela tem só o formato do rosto, agora que está mais crescidinha, e os cabelos escuros, mas sem mecha prateada.

Ainda sorrindo, ela apertou o retrato no peito por um momento antes de guardá-lo e voltar a contar sua história:

— Por causa da bebê, achamos melhor que eu ficasse só em Baía Grande. Montamos um negócio. Enquanto Marlon viajava, eu cuidava da loja. Por uma comissão, agenciava viagens de barco, estadia em hotéis, ingressos para o teatro, reservas em restaurantes chiques, passagens em trens e dirigíveis. Conseguimos acordos com vários hotéis e empresas de transporte. Compramos vagas com desconto e vendemos pelo preço normal para os clientes, ganhando a diferença. Pessoas ricas pagam para ter esse tipo de comodidade, sabe?

— E onde está o Marlon? E a Zelda?

Ela fechou os olhos, como quem invoca uma entidade superior para ganhar forças para seguir em frente.

— Ele morreu num acidente de trem — respondeu ela com voz embargada. Fez uma pausa para se recompor, e Theo colocou a mão sobre a dela para encorajá-la. — O Marlon nem estava numa excursão em um lugar perigoso; foi um acidente idiota, um descarrilamento, no trajeto de ida para tentar fechar negócio com a gerência geral de uma rede de hotéis, noutra cidade.

A guardiã Val tinha os olhos marejados e envolveu Cláudia em um abraço.

— ... a*h, minha querida...* — disse, beijando-lhe a cabeça.

A abiadi, apesar de não estar de fato sendo tocada, moveu ligeiramente a cabeça, aceitando o carinho, dando a entender que sabia a intenção do vulto da climariana ao seu lado, mesmo não a enxergando direito.

— Depois que Marlon se foi, o dinheiro deu uma minguada. As excursões eram muito mais lucrativas que a loja, que dá muita despesa com funcionário e aluguel. Também não consegui fechar mais nenhum novo acordo com hotel ou empresa de transporte; mesmo em Baía Grande, os empresários sabem sobre os abiadis e se recusam a fazer negócio. Ainda assim, dá para ir levando.

— E a sua filha?

— O meu marido era filho único, e os pais dele queriam a neta por perto. Depois do enterro foram nos visitar em Baía Grande. Eu estava de luto, como eles, então não me importei, mesmo sabendo que eles me detestavam. Até gostei que a Zelda tivesse contato com os avós. Levaram um monte de presentes: roupas, brinquedos. Prometeram que pagariam uma boa escola. Eu disse a eles que poderiam visitar a neta quando quisessem. E até me dispus, quando ela fosse um pouco maior, a deixar que passasse as férias com eles. Além da casa aqui em Azúlea, eles têm uma na praia e outra no campo. — O rosto dela se fechou, conjurando mais raiva que dor. — Daí, do nada, eles entraram com um processo no tribunal para tirá-la de mim.

— O quê? — Theo perguntou, lívido.

Ela balançou a cabeça.

— Tive que achar um advogado às pressas, mas não tinha como pagar um bom, que cuidasse do meu caso com atenção. Eles inventaram um monte de coisas sobre mim, pagaram testemunhas para contar mentiras. Disseram que eu tinha amantes, levava homens para casa e ficava com eles na frente da minha filha. Que me casei e engravidei de Marlon só para ficar com o dinheiro. E até que eu fiquei contente com a morte dele, porque daí teria a chance de tirar dinheiro dos avós com a desculpa de precisar sustentar a Zelda, tanto era assim que tinha exigido que eles pagassem a escola e dessem as roupas. Dá pra acreditar numa coisa dessas?

Os olhos de Cláudia chispavam. Theo conseguia vê-la como na adolescência: destemida, empunhando o canivete para não deixar que tirassem o que lhe pertencia.

— Dois meses atrás eu perdi, e eles tiraram a Zelda de mim.

A guardiã acompanhava tudo com interesse, balançando a cabeça, indignada. Tinha sacado sua piteira e fumava nervosa seu cigarro imaginário.

— *... tirar uma filha da própria mãe. que absurdo o que essa gente fez com essa menina...*

Theo sentiu um aperto no peito e uma ponta de culpa; seus olhos se encheram de lágrimas. Ele se pavoneara com suas conquistas ridículas, enquanto Cláudia estava mergulhada em problemas sérios.

— Mas não vou desistir, não mesmo. Consultei outro advogado. Um muito bom e caro. Prometeu que consegue reabrir meu caso e devolver minha filha. Hoje fui visitar a Zelda na casa dos avós. Tudo agendado, com supervisão de uma babá e com direito a apenas uma hora. Uma hora por mês, é tudo que tenho.

— E quando o processo reabre?

Cláudia deu um longo suspiro.

— Assim que tiver o dinheiro para pagar todas as despesas.

— Não tenho muito, mas posso ajudar.

— *... isso mesmo, ajuda ela...* — A guardiã apontou-lhe um dedo encorajador e autoritário ao mesmo tempo.

Cláudia balançou a cabeça, enfática.

— Não contei minha história para que você ficasse com pena e me desse dinheiro — disse, meio ríspida. — Não preciso de salvador. Estou economizando o que posso e tenho uma proposta de trabalho, basicamente do mesmo tipo que fazia com Marlon antes de a Zelda nascer. Por enquanto deixei a gerência do meu negócio com uma funcionária de confiança. Se tudo der certo, vou ter mais que o suficiente.

— Não tive a intenção...

Cláudia levantou uma mão como quem diz "deixa pra lá", encerrando o assunto.

Theo engoliu em seco, refreando a vontade de perguntar mais detalhes da proposta de trabalho.

— Não quer ao menos ficar lá em casa, economizar no hotel?

— O advogado me alertou que seria melhor eu ter uma conduta *irrepreensível* neste período. Nada de namorados, atitudes suspeitas, escândalos de qualquer tipo. Me disse que seria bem possível que eles contratassem um detetive para me seguir e juntar provas, e que qualquer besteira poderia ser motivo para colocar minha causa por água abaixo. É por isso que estou usando este vestido ridículo, todo fechado.

— *... algo está acontecendo aqui na Harim, tenho que ir embora. depois você me conta tudo...*

Val desapareceu, deixando uma imagem distorcida no seu rastro por alguns segundos e Theo mergulhado em preocupação e curiosidade. Mudaram de assunto, e ele atualizou Cláudia sobre todos os conhecidos do Pântano.

Conversaram por horas, almoçaram juntos e passearam pelo calçadão que margeava o rio. Despediram-se no meio da tarde, e o abiadi retornou para casa com um nó no peito pela situação da amiga.

6

Theo ajeitou uma pilha de livros que ameaçava desabar, dividindo-a em duas, e se encolheu ao lado, num canto do sofá da sala, sentado sobre as pernas cruzadas. Xícaras de chá frio, pratos com restos de comida — farelos de biscoitos, bolinhos e empadas que ele vinha assando nas únicas pausas que fazia — e dezenas de livros, jornais e revistas se esparramavam pelo tapete, mesa de centro e poltronas.

Sentia-se angustiado com a ausência da guardiã. Ela não mostrava sua figura etérea desde que desaparecera na cafeteria, dois dias atrás. Theo suspirou. A climariana era uma presença constante na sua vida desde a morte da mãe, mas ia e vinha ao bel-prazer. Todavia, não costumava se ausentar por mais de um dia. O que poderia ter acontecido para fazê-la desaparecer no meio do encontro com Cláudia?

Sorveu a caneca fumegante de chá de hortelã produzindo barulho suficiente para irritar a guardiã Val caso ela estivesse presente. A fim de esquecer o pensamento de que algo ruim tivesse acontecido, mergulhou em uma verdadeira maratona de leituras e pesquisas sobre tudo que conseguira encontrar a respeito da distante e mal-afamada

Tilisi. Queria saber onde estaria se metendo se aceitasse o convite de Lorde Viramundo para participar da expedição.

O abiadi voltou aos estudos, concentrando-se no capítulo de um livro de História que trazia alguma luz sobre os costumes e o dia a dia dos habitantes de Tilisi. A cidade parecia ser ainda pior do que ele havia imaginado. O mero fato de ser a capital de Vastraz, provavelmente o reino mais corrupto dentre todos os reinos e repúblicas, era capaz de deixar qualquer um com os dois pés atrás. Roubos, assassinatos e execuções de inimigos políticos em praça pública eram comuns. Um chamariz para assassinos de aluguel, gangues e traficantes de versões clandestinas e de eficácia não comprovada de Benetox.

Chamou-lhe atenção uma breve passagem de uma matéria em uma revista de viagens sobre o rigor das leis daquele reino quanto ao uso da *Conexão*, apesar de quase não existirem abiadis em Vastraz, ou talvez por isso mesmo. Era só uma reportagem turística, uma fonte nada confiável. Mesmo assim...

Por outro lado, Tilisi era um importante entreposto comercial devido ao enorme porto, à boa localização, aos impostos baixos e a um sistema bancário pujante, tornando-a um local atraente para negócios. A existência de um número recorde de cassinos, teatros, bares e casas de prazeres só ajudava.

Uma viagem para lá seria uma experiência, no mínimo, interessante. O banho de conhecimento proporcionado por cidades distantes em lugares exóticos, habitadas por povos com culturas estranhas, sempre instigou sua imaginação. Toda essa informação, porém, só seria útil se ele aceitasse a proposta do Lorde Viramundo.

Tinha de admitir que a oferta mais do que generosa do lorde lhe dera comichões. O pagamento era generoso, o suficiente para realizar o sonho de abrir um restaurante. Por alguns minutos se permitiu imaginar como seria. Um local pequeno e bem localizado. Pratos simples, mas com um toque de sofisticação nos temperos e nos ingredientes; uma releitura da cozinha típica do Pântano com a qual crescera, o que seria uma novidade para os clientes da parte norte da cidade. Usaria as receitas que aprendera com dona Milena, que sempre foram um sucesso nos balcões de doces e folhados das confeitarias e os venderia também por encomenda.

Porém, havia Gielle.

A moça com quem passara bons momentos e uma noite maravilhosa, que fez sua mente focar apenas nela e esquecer os problemas ao redor dos quais sua vida girava.

E se em algum momento da viagem ela se irritasse e o dedurasse? E ela parecia disposta a fazer justamente isso se lhe aprouvesse. Seriam semanas se equilibrando no fio de uma faca afiadíssima.

Mexer com o Lorde Viramundo ou com sua herdeira não era uma boa ideia. Ele era o seu melhor cliente. Comprava todos os artigos climarianos que Theo levava, desde que em bom estado, sem regatear o preço. Na maioria das vezes ele nem precisava usar a *Conexão* e, mesmo quando fazia uso da habilidade, era fácil se conectar com o nobre. Eles tinham uma afinidade natural, compartilhando da paixão pelo estudo do povo climariano e do seu legado.

Era melhor seguir seu instinto, recusar a proposta e se afastar. A maravilhosa Gielle, herdeira de um magnata, logo encontraria um pretendente interessante e esqueceria a existência dele.

A guardiã tinha manifestado opinião favorável à empreitada, mas não era ela que corria o risco de ser desmascarada na frente de Viramundo.

Um bipe soou pela sala.

Theo já sabia o que era. Um arrepio percorreu sua nuca. Correu para a chapeleira ao lado da porta de entrada do apartamento. Deixava o camuflador ali, ao lado das chaves. Pegou a corrente e a alisou, enviando um pequeno fluxo de energia conectiva. O mostrador de energia próximo ao fecho se iluminou. Uma barrinha luminosa verde. Uma de um total de dez. Quanto tempo mais tinha? Algumas semanas? Dois meses, com muita sorte. Precisava de baterias climarianas novas para o camuflador. Elas eram especiais. Minúsculas.

Theo ficou em pé no meio da sala, meio trêmulo. Tentava imaginar como seria sua vida quando a bateria acabasse.

Mais um motivo para aceitar a proposta de Viramundo. Se o camuflador tinha vindo de algum lugar do Reino de Vastraz, talvez ele encontrasse novas baterias ou quem sabe até um novo dispositivo para ter de reserva.

Não teve muito tempo para pensar no assunto.

Uma sombra se ergueu na sala, e, com um crepitar, uma mulher trajada de negro da cabeça aos pés se fez presente.

A guardiã Val.

Ela baixou o capuz, revelando o rosto. Havia uma tristeza estampada no olhar, uma angústia.

— *... Theo...*

— O que aconteceu?

— *... precisamos achar o anatar o quanto antes...*

Ele largou o camuflador na chapeleira.

— Por que a urgência? — perguntou, já se levantando. — E por que você sumiu?

Ela fez menção de falar algo, mas desistiu. De repente, colocou a mão próxima à testa do abiadi e sussurrou:

— *... é mais fácil se eu te mostrar...*

Theo mergulhou na escuridão e, no momento seguinte, se viu em uma câmara de metal negro parcamente iluminada, com uns cem metros de comprimento e talvez dez andares de altura. As quatro paredes eram preenchidas do piso ao teto por milhares de nichos, como casulos de colmeias de abelhas, que emanavam uma luz azulada. Do piso se elevavam receptáculos, versões dos casulos nas paredes.

— Este é o interior da Harim? Você nunca me trouxe aqui.

— *... nunca tive motivo, só que uma coisa terrível aconteceu. aquilo que eu temia há tempos. a Harim está falhando...*

O abiadi notou que alguns casulos estavam escuros. Pontos negros naquela constelação de cápsulas que emitiam luz azulada. Aproximou-se de um deles e examinou seu interior através do vidro; era o corpo de um homem que parecia dormir. Apenas a cabeça de cabelos prateados e os ombros nus eram visíveis. Um climariano.

— *... eles estão hibernando, prontos para a viagem de quinze anos de volta para casa, assim que o núcleo da nave, que permite a propulsão de dobra espacial, for reativado. houve uma falha parcial dois dias atrás. já aconteceu antes, sempre por alguns minutos, e não houve maiores consequências porque os casulos, por segurança, têm um sistema de suporte suplementar que funciona de modo autônomo por horas. primeira diretriz da Harim: preservar a vida da tripulação. mas desta vez, quando todos os sistemas de suporte de vida se religaram automaticamente, alguns dos casulos se desconectaram de forma permanente...*

A imagem da climariana se deslocou, e num instante ela se debruçava sobre um dos casulos escuros, acariciando a capa de metal.

Theo se aproximou. Dentro havia o corpo de um menino climariano.

— *... meu filho. Malak...*

Theo esticou a mão. A imagem da guardiã tremelicou, e ele quase pôde sentir seu calor. Queria abraçá-la, confortá-la, entretanto isso estava além do seu alcance.

— *... não pude fazer nada, só assistir enquanto o meu menino, meu precioso, ia embora. ele só tinha treze anos; nasceu aqui em Cenes...* — Ela se levantou, o rosto carregado de sofrimento. — *... para um climariano, ter filhos é uma dádiva; esperei mais de cem anos até conseguir autorização parental...*

Por causa da superpopulação no seu planeta natal, os climarianos precisavam de autorização para ter filhos. Mas cem anos? Essa informação era uma novidade.

A guardiã tocou com ternura o casulo ao lado. Esse ainda estava em funcionamento, emitindo a difusa luz azulada, com um climariano de olhar severo, aparentando a mesma idade que ela.

— *... meu marido. Tikri...*

Do lado dele, havia mais um casulo azulado, com uma menina um pouco mais velha, que ela acariciou.

— *... minha filha. Itsa...*

A retirada do anatar, quando a Harim se preparava para partir, danificara a nave e a guardiã ficara presa em sua forma etérea, incapaz de tirar o próprio corpo do estado em que se encontrava. Os climarianos hibernavam durante suas longas viagens interplanetárias. Os guardiões, contudo, permaneciam em estado de semi-hibernação: o corpo adormecido em um casulo e a mente em estado de alerta, responsável por verificar se a nave funcionava como deveria e, caso necessário, acordar a si mesmo e aos demais membros da tripulação.

A imagem da guardiã suspirou como se o ato demandasse esforço.

— *... me sinto tão inútil...* — Ela o fitou, com uma expressão de aflição estampada no rosto. — *... e se o meu casulo falhar...* — Apontou para o próprio casulo, ao lado do filho — *... vai ser só uma questão de tempo para todos os outros...* — Fez um gesto largo, englobando toda a colmeia, deixando a conclusão morrer na sua boca.

— Por que isso está acontecendo agora, depois de todos esses anos?

— *... a Harim é uma máquina perfeita...*

Ah, a famosa arrogância dos climarianos. Theo desviou o olhar, segurando-se para não dizer algo ofensivo.

Ela se retificou, ao menos em parte. Ou talvez fosse só o orgulho de engenheira falando.

— *... ou quase perfeita. a mais avançada espaçonave já construída. mas com o núcleo corrompido durante o processo de ativação, não é capaz de manter os sistemas de suporte de vida para sempre utilizando apenas os sistemas de energia suplementares...*

Com um gesto, eles se deslocaram para outra câmara, com uns cinco andares de altura. Estavam em pé numa plataforma que circundava uma estrutura com dezenas de dentes de metal pontiagudos, da cor do aço, uns vindo do alto e outros subindo do piso e que deveriam se encaixar no meio, porém jamais se encontravam. No centro de tudo, uma massa avermelhada, como um pequeno sol, brilhava forte. De vez em quando, raios alaranjados disparavam da ponta de um dos dentes a outro.

— *... e tem mais. este é o núcleo. a decadência da Harim vai acelerar a emissão das partículas danosas que causam o mardarim nos humanos...*

Um arrepio percorreu a espinha de Theo.

— Quer dizer que as pessoas vão ficar ainda mais doentes?

— *... tudo indica que teremos mais pessoas doentes e de forma mais grave. talvez o Benetox pare de fazer efeito. um processo que pode durar alguns meses, até a Harim sucumbir com a falha...*

Ela apertou os lábios; a angústia estampada no rosto. Falou olhando para a estrutura à frente deles, como se fosse a médica explicando sobre a doença de um paciente.

— *... este é o núcleo da espaçonave, a parte doente de todo o sistema. venha comigo...*

Eles caminharam pela plataforma até um pedestal, que se conectava por uma pequena ponte ao núcleo.

— *... quero explicar os procedimentos: caso você esteja com o anatar e o sistema esteja tão corrompido que eu não possa mais me comunicar, use a* Conexão *para entrar na nave; ela vai deixar você entrar se estiver com o anatar...*

A climariana apontou para um pequeno painel na parte de cima do pedestal.

— *... use a* Conexão*, encontre o núcleo, abra este painel e insira o anatar. não tem perigo de sofrer com o mardarim aqui dentro; os raios danosos são emitidos pela superfície externa da espaçonave, não afetam seu interior. o aparelho vai fazer o resto, religando a espaçonave...*

— Parece simples.

— *... e é. as partes e as peças da Harim são dotadas de inteligência artificial, sabem sua função e, quando há alguma falha, trabalham para serem corrigidas. dê à Harim o que precisa, e ela fará o resto...*

A guardiã o examinou por um instante, parecendo receosa.

— *... confie no seu poder de* Conexão*; você é o único abiadi com capacidade de* Conexão *suficiente para entrar na nave e colocar o anatar...*

— Nós estamos tentando encontrar o anatar há tantos anos!

— *... eu sei, mas o tempo está se esgotando...*

Ele sentiu um arrepio quando a imagem da guardiã passou a mão pelos seus cabelos.

— *...Theo, pela minha família, pelo meu e pelo seu povo, você precisa encontrar o anatar o quanto antes...*

— Vou aceitar a proposta de Viramundo — decidiu ele em um rompante.

— *...foi a única opção que restou. você deve estar ciente de que uma nova falha nos sistemas da Harim pode afetar nossa comunicação...* — disse ela em um tom preocupado.

— Afetar como?

— *... você pode não conseguir mais me enxergar ou ouvir direito; do mesmo jeito que é com Cláudia. e Tilisi é longe, o meu alcance pode ficar reduzido e eu perder contato. não vou ter como te dar dicas...*

— Quais são as chances de isso acontecer? — perguntou, sentindo um nó no estômago.

Ela abriu os braços, em um gesto de dúvida.

— *... não é uma questão de "se", mas de "quando"...*

— Quando, então?

— *... dias, semanas, meses...* — Fitou-o com os olhos marejados. — *... temos pouco tempo para salvar a minha família e a tripulação da Harim, entende por que estou desesperada? entende que estou nesta busca há décadas e que você é a minha maior, talvez minha única, esperança? são décadas aguardando o retorno para casa: rever os jardins de Climar, as cidades cheias de história, de gente falando minha língua. décadas esperando para beijar meu marido, abraçar meus filhos...* — lembrou-se de que o filho havia morrido e se corrigiu: — *... abraçar minha filha...*

A guardiã desatou em um choro incontrolável, uma atitude estranha para ela, que sempre permanecera senhora das suas emoções na frente dele.

E, se ela se permitiu expressar toda a sua dor pelo fracasso da empreitada a que se lançara, ele também se comoveu. Percebeu que, de uma forma ou de outra, perderia a presença etérea da climariana.

Se encontrassem o anatar, ela iria embora para sempre em sua espaçonave ou, pior ainda, se não o encontrassem, ela morreria.

De qualquer modo, era como se estivesse prestes a se tornar órfão mais uma vez.

— Eu não vou falhar com você — prometeu.

Não vou falhar com você como falhei com minha mãe, pensou Theo.

7

No dia seguinte, Theo enviou uma mensagem a Lorde Viramundo, confirmando sua participação na expedição. O grupo ficaria em Tilisi alguns dias e, se não encontrasse nada, o que era mais provável, ele daria um jeito de convencê-lo a partir para pastos mais verdejantes, talvez até mesmo para Esperança.

Viramundo não tardou a enviar outra missiva expressando seu contentamento, acompanhada, para espanto de Theo, de um polpudo cheque para que comprasse um guarda-roupa novo e o equipamento que julgasse necessário. O abiadi gastou apenas uma fração do valor em umas poucas peças de roupa e guardou o resto.

Quando o dia da partida chegou, encheu as malas com roupas, alguns livros que julgou úteis e sua arma climariana. E, num misto de ansiedade e excitação, tomou assento na carruagem que o lorde enviou e rumou em direção ao aeródromo, localizado nos arredores da cidade, em um campo mais ao norte.

O aeródromo ocupava um grande prédio de tijolos vermelhos, utilizado pelas grandes empresas aéreas, que transportavam milhares de passageiros entre as grandes cidades. Theo foi surpreendido ao notar que a carruagem seguia até um dos hangares particulares.

O lorde tinha um dirigível privativo, no qual atravessariam o Mar das Brisas. Uma versão menor dos grandes dirigíveis que cruzavam os céus.

Um empregado o aguardava e carregou suas malas para dentro do prédio, feito dos mesmos tijolos vermelhos do prédio principal. Não havia saguões ou salas de espera. Parecia uma oficina, com um telhado de metal curvo e grandes portas de correr que davam para o campo de pouso — uma enorme área circular de concreto.

Theo atravessou o hangar repleto de mecânicos trabalhando em máquinas e peças em direção à área de pouso. O lugar cheirava a metal, solda e graxa. Ele nunca viajara de dirigível ou mesmo visto um bem de perto.

A aeronave deles, assim como tudo o mais que o nobre possuía, não era nada discreta. O grande bolsão, no qual ficava o gás que lhe permitia flutuar, tinha ao menos cento e cinquenta metros de extensão e era dourado, com um "Viramundo" escrito em letras rebuscadas, correndo pela lateral. A gôndola, que por certo continha cabines suficientes para todos, era de cobre, no formato de uma gigantesca lata de sardinha, e reluzia ao sol da manhã. Um espetáculo para os olhos. O abiadi sentiu como se fosse uma criança que ganhara o brinquedo dos sonhos e não via a hora de sair e experimentar a novidade.

O entusiasmo de Theo se esvaiu, sendo substituído por apreensão e surpresa quando prestou atenção aos outros membros da expedição reunidos próximo à aeronave. Ele estacou ao observar os companheiros de viagem, incerto sobre como proceder.

Lá estavam, além de Lorde Viramundo e Gielle, Cláudia e — a surpresa das surpresas — Pancho. O maldito chefe da trinca.

Gielle e Cláudia estavam de um lado. A nobre mostrava uma câmera fotográfica para a abiadi, explicando seu funcionamento. No lado oposto, estavam Pancho e Viramundo. Em um movimento espontâneo, este segurou a mão de Pancho, puxando-o para perto de si e cochichando algo em seu ouvido.

Theo não entendeu direito o que via. Pancho e Viramundo eram íntimos? Não importava. Não tinha tempo para pensar em desvendar esse mistério. Talvez, se fosse quieto e rápido o suficiente, conseguisse escapar dali antes que percebessem sua presença. Deu um passo para trás no mesmo momento em que um dos mecânicos derrubou uma ferramenta no chão.

O ruído fez com que olhassem para o hangar e notassem sua presença.

Droga, droga, droga!, pensou Theo. Nada mais havia a fazer. Sua vida como negociante de arte climariana estava prestes a acabar. Fugir naquele momento só pioraria a situação.

Pancho largou a mão do lorde e deu um passo para o lado, fitando Theo com uma expressão que passou de espantada para... envergonhada? Estranho, porém era o que parecia, pois ele desviou o olhar e corou.

Lorde Viramundo abriu um largo sorriso e veio ao seu encontro. O nobre resplandecia. Traje azul cheio de bordados dourados, dedos carregados de anéis de pedras preciosas, as famosas argolas douradas penduradas nas orelhas e até mesmo a última moda: um relógio de pulso — de ouro, obviamente. Depois de cumprimentá-lo, apresentou-o aos demais como Professor Theodosio Siber, especialista em artigos climarianos.

— Esta é Cláudia Maltese. Ela é abiadi — explicou, como se estivesse se referindo a uma ave exótica ou a uma profissão. — Vai nos ajudar testando se o que encontrarmos é climariano; também está encarregada da logística de hotéis e transporte.

Theo não conseguiu se decidir se revelava que a conhecia. Cláudia resolveu a questão com uma meia-verdade.

— Somos conhecidos de infância — disse, estendendo a mão.

Ela retornara às roupas que costumava vestir: calça, blusa e casaco. Tudo novo. Devia ter feito o mesmo que ele com a verba para o guarda-roupa. Comprado o mínimo necessário para não passar vergonha e guardado o resto. Bem-vestida para o Pântano; simples para os padrões do lorde.

Um pouco trêmulo, ele a cumprimentou, entendendo que ela não contaria seu segredo, até porque, Theo se deu conta, talvez isso a atrapalhasse. Se um dos motivos de o nobre a contratar era sua habilidade de *Conexão*, ela poderia se tornar redundante. A habilidade de Theo era muito mais forte. É claro que, se o lorde descobrisse que vinha negociando com um abiadi há anos, selando acordos com um aperto de mão possivelmente carregado de *Conexão*, o mandaria enxotar dali, mas Cláudia não sabia disso.

Porém, o grande perigo e mistério veio a seguir.

— Este é Patrício Sena, o encarregado da nossa segurança.

Pancho esticou a mão, examinando sua cabeça intrigado, decerto se perguntando onde tinha ido parar o cabelo prateado. Depois desviou o olhar, em uma postura atípica de acanhamento. Agia de forma envergonhada. Do que ele tinha vergonha?

— Pode me chamar de Pancho.

Theo estava certo de que Pancho não perderia a oportunidade de desmascará-lo na frente do lorde e recebeu a novidade com um misto de alívio e curiosidade. Onde estavam as piadinhas sobre seu cabelo? Os comentários sobre sua falta de vigor atlético?

Enquanto Theo apertava a mão dele, chamou-lhe a atenção o fato de que Pancho parecia ter gasto toda a generosa verba para despesa de viagem comprando roupas novas. Camisa de seda, casaco com finos bordados dourados e sapato de couro reluzente. E, para seu espanto, um relógio de pulso de prata, que não deveria ter custado menos que cinco ducados. Como o chefe da segurança de um banco tinha dinheiro para uma extravagância daquelas? Theo se sentiu deslocado com seu relógio de bolso de aço escovado.

— E o professor já conhece a minha sobrinha, Gielle, que vai se encarregar de registrar a aventura. Será a fotógrafa e vai relatar as nossas conquistas para os jornais.

A herdeira se vestia com o mesmo apuro do tio. Vestido carmim cheio de bordados e pérolas. Brincos, colar e anéis. Os cabelos negros encaracolados arranjados em um sofisticado penteado. Cumprimentou-o com um olhar ligeiramente malicioso, parecendo ter esquecido que no outro dia tinha se irritado pela descoberta de que ele era abiadi.

— Que tal uma fotografia do grupo? — perguntou Gielle.

— Claro! Temos que marcar a ocasião com uma fotografia e uma taça de espumante! — disse o lorde com empolgação.

Gielle preparou a máquina fotográfica portátil, posicionando-a em um tripé, mexendo em vários botões e na lente. Quando se deu por satisfeita, tomaram lugar em frente ao dirigível. Lorde Viramundo ficou em uma pose triunfante, enquanto o grupo do Pântano tentava disfarçar o desconforto por não saber o que fazer em uma foto. Assim que o flash espocou, um empregado apareceu com uma bandeja de taças borbulhantes.

Theo respirou fundo algumas vezes. Agora que havia se acalmado, estava em dúvida se seguia em frente com aquela loucura ou se dava alguma desculpa e ia embora. O risco de sua identidade como abiadi ser revelada era muito alto. Ainda dava tempo de desistir.

Pensou na guardiã Val.

Na bateria acabando.

Na Harim falhando e deixando mais pessoas doentes.

Não, desistir agora seria pior.

Precisava continuar. Aquela jornada seria um tudo ou nada.

Que Talab o ajudasse! Como diria Padre Dominic: "O Deus das Luas dá e o Deus das Luas tira".

— Partimos em dez minutos — comandou Viramundo, depois de brindar ao sucesso da viagem e beber um gole. — É o tempo para ajeitarem as bagagens nas cabines. Vou mandar servir uns drinques na sala de recreação. O dirigível vai passar próximo à Harim.

O interior do dirigível era a epítome do luxo. Metal dourado, madeira preta laqueada com delicadas pinturas de paisagens, bancos e poltronas de couro, cortinas de veludo. A cabine de Theo era maior do que ele pensava; sempre tinha ouvido falar que eram minúsculas. Havia dois bancos, um de cada lado, que serviam de cama, com gavetas embaixo e compartimentos para bagagem em cima. Uma janela parecida com as de trem permitia apenas a abertura de uma fresta.

Por um momento, ficou preocupado em ter que dividi-la com Pancho. Para seu alívio, ele passou reto e entrou na cabine ao lado. Em poucos minutos ajeitou suas coisas e, quando abriu a porta para ir à sala de recreação, deu de cara com Cláudia, que abriu um sorriso zombeteiro.

— Então era esse o trabalho que você comentou? — perguntou ele.

— Não podia deixar passar essa oportunidade. — Ela passou os olhos ao redor, admirando o luxo da aeronave. — As outras vezes que viajei de dirigível não era nada parecido com isso. Eu e Marlon dividimos uma cabine que era metade dessa, com tudo arranhado e cheirando esquisito.

As hélices começaram a girar; o barulho se elevava. O dirigível deu um pequeno solavanco e alçou voo, obrigando-os a se encostarem na parede para se equilibrar.

— É a minha primeira vez voando — confessou ele.

— Não tem nada de mais. Você logo se acostuma. Vão ser só três dias até Tilisi; o normal são doze, no mínimo, entre trem e navio. E Pancho? — perguntou ela, com a mesma expressão que usavam quando adolescentes para falar mal dos colegas de escola ou de orfanato, de quem não gostavam, o que era quase todo mundo.

— Ele é chefe da segurança no Banco Confiança de Primeia, que pertence ao lorde — disse, incerto sobre ser essa a verdadeira razão para a presença do membro da trinca.

— Pois é, ele me contou antes de você chegar, mas acho que não é exatamente esse o motivo de ele estar aqui — disse ela com um sorriso malicioso. — E aquela roupa de rico?

— E o relógio?

— É, eu vi; coisa muito fina. Guardei quase toda a verba que Viramundo deu. Tenho que economizar. Minha filha, você sabe. Se precisar, compro alguma peça durante a viagem. Ouvi falar que Tilisi tem os preços bem em conta.

A porta da cabine ao lado se abriu. Era Pancho. Havia trocado a roupa para algo mais simples, e sua cabine tinha até um pequeno altar ao Deus das Luas. Dava para perceber que estivera rezando, por causa do cheiro de vela. Examinou os dois, detendo-se na cabeça de Theo.

— Que truque de mestiço você usou para se disfarçar? — apontou para os cabelos e o pescoço de Theo.

— É um segredo abiadi meio complicado, você não entenderia.

— E você? — perguntou Cláudia. — De onde vieram as roupas elegantes e até um relógio de pulso chique?

Pancho desviou o olhar.

— Trabalho para o lorde há um tempão. No último ano, tenho acompanhado todas as viagens. Ele gosta de pessoas bem-vestidas e arrumadas em volta dele. É muito generoso. Até me deu este relógio; faz questão que eu use. — Ajeitou o presente em volta do pulso, de um jeito que não dava para saber se queria mostrá-lo ou escondê-lo.

Caíram em um silêncio desconfortável. Porém Pancho logo voltou ao seu estado natural de animosidade em relação a Theo.

— Vou ficar de olho em você. — Apontou o dedo para ele enquanto olhava seu cabelo. — Se eu souber que usou a magia abiadi em Viramundo, acabo com sua raça.

Theo gelou, todavia não daria a Pancho a satisfação de perceber que temia ser dedurado.

— Não precisa se preocupar — disse com firmeza. — Tenho o lorde em alta conta, jamais faria algo contra ele.

— Vamos aos drinques — convidou Cláudia, tentando dar um fim à situação desconfortável.

A sala de recreação tinha mais sofás e poltronas de couro, um grande aquecedor — devia ser frio na altura das nuvens — e uma mesa para refeições. Gielle estava ajeitando a câmera perto de uma janela.

— A Harim vai aparecer desse lado, tio?

— Sim, querida.

— Vou tirar uma foto para o meu livro — disse Gielle, animada.

— Um livro com fotos. Que bacana! — disse Theo.

A guardiã Val surgiu ao seu lado, toda sofisticada em um vestido climariano bufante, completamente negro — o luto persistia —, e piteira na mão, soltando anéis de fumaça incorpórea.

— *... como está o passeio?...* — Deu uma olhada ao redor e caiu numa gargalhada meio nervosa. — *... você vai acabar morto... pelo Pancho... a mando do lorde... não, por Gielle e Pancho, a mando do lorde... talvez dê tempo de você saltar; não está muito alto, uns cem metros, a queda vai doer menos...*

A Harim estava próxima, e ninguém prestava atenção em Theo. Ele lançou uma expressão irritada para a guardiã e resolveu se concentrar na paisagem.

Nuvens esparsas cobriam o céu azul. A cidade de Azúlea se descortinava lá embaixo, um mar de telhados vermelhos, parques e prédios. O Palácio Real e o Parlamento se destacavam. O rio Pérola fazia curvas em direção ao mar, dividindo a cidade em duas.

O dirigível subiu até uns trezentos metros e estabilizou a altitude. Ao longe viam-se os campos de trigo e milho ao redor de Azúlea, entremeados de pequenos bosques e rios tributários do Pérola. Por um momento, Theo se esqueceu dos problemas e se maravilhou com o que via. O coração batia acelerado. Teve vontade de dar pulos de alegria, como criança, com o sorriso incontido. Contudo segurou a empolgação. Era o único ali que voava pela primeira vez e não queria dar ensejo para que o achassem um simplório, especialmente Pancho.

A Harim assomou à frente, estendendo sua sombra pela cidade. A superfície dourada da enorme estrutura piramidal resplandecia ao sol da manhã, emanando um ondular luminoso multicolorido, como centenas de pequenos arco-íris.

Gielle tirou uma foto e se preparou para outra.

O dirigível fez uma curva, passando ao largo da Harim, como se fosse uma carruagem na estrada ao lado de uma colina. Theo encostou o rosto na janela, esticando o pescoço para ter um vislumbre da espaçonave.

A guardiã deu uma baforada, examinando-o com um sorriso.

— *... você parece Tikri, meu marido, na primeira vez que viajou no espaço.* — Sorriu com a recordação. — *Ele era criança e corria de uma janela para outra da espaçonave; já te contei que sou cento e dez anos mais velha que ele?...*

Não, ela não havia contado. Theo refreou a curiosidade, lamentando que a presença de outras pessoas o impedisse de crivá-la de perguntas. A perda do filho a havia deixado saudosista, ou talvez a perspectiva de que sua longa vida estivesse no fim a deixasse disposta a partilhar detalhes pessoais. Theo sabia que os climarianos viviam por séculos, rejuvenescendo em biorrenovadores. Ele suspeitava que a guardiã tinha mais de quinhentos anos, porém não havia imaginado uma diferença de idade tão grande dela para com o marido.

De qualquer modo, estava tão embevecido com o que via que só conseguiu dizer:

— É claro que estou admirado. É uma vista incrível, única no mundo.

Gielle lançou um olhar de estranhamento em direção a Theo.

— Por isso estou tirando fotos daqui de cima.

— É uma ótima oportunidade — disse Theo, tentando disfarçar. *Abiadi maluco*, ouviu em um canto do seu cérebro.

Mas daí a espaçonave fez algo inusitado.

Um rangido metálico, um barulho de metal contra metal, ressoou. Uma parte da Harim, um bloco do tamanho de um prédio de dez andares, se destacou da estrutura principal, avançando em direção ao dirigível.

— O que está acontecendo? — Theo perguntou à climariana.

— Como é que eu vou saber? — respondeu Gielle.

— ... *uma nova falha...* — respondeu Val com a mão no peito, assustada; a roupa se alterou para o seu traje de engenheira. — ... *uma seção da espaçonave se desconectou, deve retornar à posição correta... espero...*

Por instinto, todos se afastaram da janela.

O piloto percebeu a ameaça e fez uma manobra evasiva, mas o dirigível era muito lento e o enorme objeto metálico quase atingiu a aeronave, parando a poucos metros com um clangor. O desvio abrupto fez a aeronave adernar. Copos e xícaras voaram da mesa, espatifando no chão; os cristais do lustre tilintaram.

Theo se sentou em uma cadeira, segurando-se na mesa que era fixa no chão.

Lorde Viramundo se jogou numa poltrona, derramando uma taça de espumante no colo. Esforçou-se para apagar o cachimbo antes que colocasse fogo em alguma coisa.

Gielle e Cláudia se sentaram em um dos sofás para não cair. Cláudia gritou quando uma xícara quebrada raspou seu braço.

Pancho caiu no chão, agarrando-se em um pilar de metal que passava pelo meio da sala para não sair rolando até o outro lado da aeronave.

A guardiã espiava pela janela enquanto cacos passavam voando pela sua imagem, explicando a situação, como se isso fosse resolver alguma coisa.

— ... *a Harim foi construída em seções que se juntam, como um jogo de blocos que formam uma pirâmide, e se mantêm unidas e em funcionamento integrado devido aos comandos da Atena, responsável pela manutenção dos sistemas...*

Um quadro com a fotografia do dirigível se soltou da parede e acertou Theo na testa. O abiadi se encolheu, envolvendo a cabeça com os braços para se proteger. Sentiu a umidade na mão; era o sangue que vertia do talho que o quadro fizera.

A imagem da guardiã tremulou, e a voz falhou.

— *... vou volt... ver o que aconteceu...* — disse, antes de desaparecer.

Em questão de segundos, o dirigível se estabilizou o suficiente para que Theo verificasse sua aparência em um espelho. A tecnologia do camuflador era notável; ainda escondia a cicatriz no pescoço, mesmo com o filete de sangue que por ela escorria.

Como a engenheira-chefe havia previsto, em poucos minutos, quando eles já se afastavam da pirâmide e verificavam o estrago, a seção se acoplou outra vez à Harim, repetindo os ruídos.

8

Depois do susto, todos foram para suas cabines. Theo arrumou as bagagens e tentou ler um pouco para se distrair, porém a ansiedade com a nova falha da Harim não deixou. O almoço foi servido nas cabines, pois os criados encarregados de preparar a comida e fazer a limpeza ainda não tinham conseguido limpar a bagunça na sala de recreação.

Cláudia apareceu para perguntar se a guardiã tinha explicado o que estava acontecendo. Pancho passou pelas cabines, verificando se alguém havia se machucado, fazendo questão de deixar claro que só perguntava para Theo por ser sua obrigação como encarregado da segurança.

No início da tarde, o dirigível já cruzava o Mar das Brisas. O céu se mesclava com a água, transformando a paisagem em um azul infinito. O sol penetrava a janela da cabine junto com uma brisa suave. As hélices do dirigível emitiam um ruído constante e previsível. Uma monotonia relaxante que ajudou Theo a não se apavorar com a ausência de notícias da guardiã.

No meio tarde, bateram à porta.

— Sim?

— É Gielle.

Ele ficou em dúvida se ligava o camuflador, mas concluiu que não fazia sentido gastar bateria para disfarçar quem era com ela.

— Pode entrar.

Gielle veio munida de um bule de chá preto com limão e duas xícaras. Depois de colocar a bandeja na cama vazia, sentou-se. Passou os olhos pelo seu cabelo prateado e depois pela cicatriz no pescoço. Ele percebeu um lampejo de dúvida naquele olhar; ela ainda se acostumava com o fato de ele ser abiadi.

A nobre sorriu, meio encabulada.

— Você está bem? Como está este corte? — Aproximou-se da testa de Theo, examinando o ferimento. — Fiz um curso de primeiros socorros.

Ele se remexeu, sentindo-se desconfortável. Não estava acostumado com alguém cuidando dele, e a postura preocupada e ligeiramente carinhosa de Gielle o surpreendeu.

— Foi só um cortezinho.

Ela se sentou e serviu o chá. Mostrou-lhe as fotos que havia tirado e acabara de revelar. Estava animada; uma delas mostrava a seção da Harim destacada da pirâmide. Achava que tinha sido a única a registrar o momento.

— Ficaram ótimas — ele elogiou. — Todos os jornais vão querer.

Ela sorriu, satisfeita.

— Estou escrevendo uma matéria para um jornal. O que você acha que aconteceu?

Ele repetiu o que a guardiã havia lhe dito, apresentando como uma especulação.

A herdeira se agitou com a hipótese de que a Harim pudesse falhar. E se explodisse? Ou voasse para o planeta natal dos climarianos? Depois de tomar notas e divagar sobre todas as hipóteses possíveis, ela o fitou por um tempo antes de perguntar:

— De onde você conhece Cláudia?

— Do Pântano.

Ela fez uma expressão de espanto. Theo deduziu que ela não imaginava que ele vinha do Pântano e era órfão. Nos encontros que tiveram, sempre faziam coisas para se divertir e pouco conversavam sobre assuntos pessoais. Somente agora ela o conhecia de verdade.

— Vocês eram vizinhos? Colegas de aula?

— Colegas de aula e de orfanato.

— Orfanato?

Ele assentiu, esperando para ver a reação de Gielle. Ela o observou por um momento, apertando os olhos, como quem tentava resolver um mistério.

— Como você conseguiu ir para a universidade? Quer dizer... é difícil alguém do Pântano... e ainda por cima abiadi.

— Tive ajuda do Padre Dominic, da Igreja Lunista.

— Ah, aquela mesma que o Pancho frequenta.

Theo ia perguntar como ela sabia tanto sobre Pancho, mas a nobre o interrompeu, dizendo em um tom de fingido desinteresse, como se comentasse sobre o clima, enquanto se servia de mais uma xícara de chá:

— E você e Cláudia...

— O que tem eu e Cla?

— Vocês são...

— Somos melhores amigos... acho... quer dizer, fazia muito tempo que a gente não se via. — A resposta tinha soado mais atrapalhada do que ele pretendia. A verdade é que não tinha certeza do que ele e Cláudia eram depois daqueles anos sem se verem. — Por que você se importa?

— Me importar? — Ela manteve a pose desinteressada enquanto mexia o chá com a colher. O detalhe é que nem sequer havia posto açúcar. — É só curiosidade, vamos passar muito tempo juntos nas próximas semanas. É bom saber com quem estamos lidando.

— Ah, sei.

— Melhor eu ir andando. Tenho muito trabalho a fazer até a hora do jantar; organizar os apontamentos e tal.

Ela recolheu as fotos e saiu, abandonando a xícara cheia na bandeja.

Theo havia participado de poucas refeições com membros da nobreza. Costumava ser recebido pelos clientes ricos nos seus escritórios e bibliotecas, às vezes em restaurantes ou casas de chá ou café, e Viramundo não era exceção. Em parte, aprendera como se comportar na frente da classe alta durante a universidade, observando colegas ricos, alguns de famílias nobres, ainda que raramente o convidassem para participar de qualquer coisa.

A guardiã Val lhe ensinara o resto que sabia, ou, como ela dizia, com uma grande dose de sarcasmo, o adestrara. O camuflador de aparência lhe dera acesso a pessoas da sociedade, e se comportar em uma mesa elegante ou em ambientes refinados se tornou uma habilidade útil. Quais bebidas combinavam com quais comidas, quais talheres usar, quais as taças adequadas a cada tipo de vinho, como manter uma conversa educada. Ele não tinha certeza do quanto as regras de etiquetas climarianas se aplicavam a Cenes, mas a guardiã lhe garantira que havia convivido com cenenses tempo suficiente para saber o básico e não estava ensinando nada de mais, apenas expurgava a selvageria do Pântano e do orfanato dos seus modos, o bastante para ajudá-lo a se misturar.

Quando Theo chegou à sala de recreação, os demais já estavam lá e logo se sentaram à mesa posta para o que seria considerado um simples jantar informal de três pratos em uma casa nobre. Uma refeição adequada para o ambiente apertado e mais relaxado de uma viagem em um dirigível.

— Então, professor? — perguntou o lorde. — Como está indo sua primeira viagem de dirigível?

Theo sentiu o rosto corar. Resolveu desviar o assunto de sua inexperiência em voos para um tema mais confortável, ainda que já soubesse a resposta.

— Nada tão emocionante como voar de aerocarro. O lorde teve a oportunidade?

— Naquela vez que fui à festa na Harim com meu pai, os climarianos levaram os convidados do solo até a espaçonave de aerocarro. Memorável.

A conversa foi interrompida brevemente enquanto o criado servia a entrada e a bebida.

Theo se sentia desconfortável com a riqueza em volta dele. Não que não gostasse de porcelana fina, taças de cristal e vinho tinto da melhor qualidade, só que estava com dificuldade de se acostumar com a presença do lorde e de sua sobrinha. As roupas e as joias caríssimas, a atitude de quem passou a vida frequentando os salões da alta sociedade e navegava por aquele mundo com uma naturalidade que ele jamais conseguiria ter.

O sentimento de inadequação não era só dele. Cláudia e Pancho pareciam tão desconfortáveis quanto ele. Apesar do esforço para disfarçar, eles se entregavam ao manter o olhar baixo, com uma expressão de quem está com vergonha de si mesmo.

A conversa sobre os aerocarros continuou, com o lorde contando os detalhes da sua experiência:

— E os abiadis conseguem dirigir um aerocarro? — perguntou a sobrinha.

Theo ficou em dúvida se ela estava curiosa de verdade ou se queria provocá-lo.

— Não vejo razão para não conseguirem se tiverem poder de *Conexão* suficiente. Talvez Cláudia possa responder melhor que eu.

Ele se arrependeu na hora de ter desviado a atenção para a amiga.

Cláudia mantinha uma mão na borda do prato e já havia terminado a entrada — uma salada verde com nozes e damascos —, com uma rapidez que chamava atenção. No exato momento em que olharam para ela, o cozinheiro fazia menção de substituir o prato da entrada pelo principal, e a abiadi, de forma instintiva, o segurou por um momento embaraçoso, soltando-o logo em seguida. Passado o pequeno fiasco, ela deu de ombros, apenas ligeiramente, forçando um sorriso antes de responder.

Theo gostou de ver que ela ainda guardava um quê da menina ousada. Ele sabia de onde vinha aquilo. Era coisa de quem havia sido criado no orfanato. O medo de ter a comida roubada por outra criança ou, como castigo por alguma malcriação, ter o prato tirado da sua frente antes de acabar. Pelo visto, a convivência com o marido de origem rica não havia eliminado esse pequeno hábito.

Gielle claramente notou a gafe, todavia fingiu não perceber, limitando-se a dar um sorriso confortador que dizia "sem problemas, a gente não liga pra essas coisas".

— Os aerocarros são máquinas complexas — respondeu Cláudia. — Não sei dizer quanto de poder de *Conexão* precisaria para dirigir um deles. Para falar a verdade, nunca encontrei um abiadi que tivesse chegado perto de um aerocarro. Talvez porque, até onde eu saiba, os climarianos só tiveram filhos com cenenses, nunca criaram essas crianças.

— Para um povo que parecia ter tanto cuidado com as crianças, eles foram bem relapsos com os mestiços — disse o nobre.

— Tio, lembra que o professor ensinou que os abiadis não gostam de ser chamados de mestiços?

— Tenho certeza de que Cláudia não se importa.

— Tudo bem — disse a abiadi com um sorriso amarelo.

Pancho usou a faca do próprio prato para passar manteiga no pão em vez de usar o talher na manteigueira.

O lorde levantou uma sobrancelha desaprovadora, mas Pancho não pareceu perceber.

Gielle olhou para Pancho e discretamente pegou um pãozinho e passou a manteiga com o talher correto. Pancho ficou vermelho, mas entendeu a dica. Ele também não sabia segurar o garfo e agarrava o cabo com o punho fechado, como uma criança de cinco anos.

Viramundo não percebeu as demais gafes cometidas, pois passou a ocupar toda a atenção falando sem parar, emitindo opiniões sobre tudo e todos: o rei, a rainha, outros nobres, a política internacional, a política econômica do novo primeiro-ministro. De vez em quando pedia a opinião dos demais, sem se interessar pelas respostas.

O fato era que você até podia sair do Pântano, contudo era difícil tirar o Pântano de dentro de você; o bairro o seguiria pelo resto da vida. Por mais que tentassem se polir, a origem miserável transbordava, revelando-se de forma vexaminosa nos pequenos detalhes a quem prestasse atenção. A ocasião fez Theo se sentir mais próximo dos outros dois, até mesmo de Pancho. Nem mesmo ele próprio tinha certeza se havia ou não quebrado alguma regra idiota de etiqueta. Para quem tinha a origem deles, saber qual talher ou taça usar, que bebida combina com qual comida ou onde deixar o guardanapo estava longe de ser uma prioridade. Apenas a necessidade do momento os fazia se importar com esse tipo de coisa.

Gielle tinha a delicadeza de uma flor ao ensinar as regras de comportamento do seu mundo. Mostrava o certo, nunca repreendendo ou ridicularizando. Puxava assunto para incluir os demais nos monólogos do tio. Elogiava os cabelos de Cláudia, a elegância de Pancho e o conhecimento de Theo sobre os climarianos.

Quando terminaram a refeição, mudaram-se para os sofás e as poltronas.

O lorde acendeu um cachimbo, soltando baforadas com aroma de canela. Parecia ter esgotado, ainda que momentaneamente, seu repertório de assuntos.

— O senhor também é amigo de Lorde Valkyr? — perguntou Cláudia do nada.

À menção do nome do seu desafeto, Viramundo fechou a cara, contorcendo a boca em uma expressão de nojo. Theo fez sinal para que Cláudia parasse, mas ela não viu. Os criados serviram licor de menta e ela continuou falando, segurando a tacinha em uma mão e gesticulando muito com a outra. Talvez quisesse mostrar que tinha conexões nas altas rodas, numa tentativa de se enturmar. Afinal, eles passariam semanas juntos.

— Meu marido organizou viagens de caça para os filhos de Valkyr. Raposas e codornas na Floresta de Norbin, alces em Norte-Alten e uma vez até ursos no Vale do Rio Prata. Ele era um ótimo cliente das viagens de aventura organizadas pelo Marlon. É um homem bem relacionado, se dá com gente importante no governo de Primeia. Muito generoso.

— Generoso, é?

Cláudia não percebeu o tom debochado do nobre e continuou:

— Sim, tanto quanto o senhor. Ele tem negócios em Baía Grande e vai lá com frequência. Sempre providencio acomodação no Hotel Continental ou no Plaza, ingressos para a ópera e reservas nos melhores restaurantes. Às vezes a esposa está junto e me pede para organizar horários para compras nas butiques do centro da cidade.

Pancho interrompeu Cláudia, com a intenção de mudar de assunto, chamando a atenção do nobre com um toque de braço:

— O lorde quer um pouco de licor?

— Licor é só depois do cachimbo — disse, ríspido. — Valkyr não é isso tudo que você acha, não, senhora Maltese. O meu pai sempre me alertava sobre os Valkyr. É uma raça de gente inescrupulosa, que só quer tirar vantagem dos outros. O atual lorde, então, não dá para confiar em nada que sai da boca daquele sujeito.

Cláudia ficou vermelha e apertou a taça de licor até embranquecer os nós dos dedos.

— Em geral lido apenas com a secretária do Lorde Valkyr, só o encontrei pessoalmente umas duas vezes. Marlon é que se dava com ele.

Coube a Gielle socorrer Cláudia.

— Tenho certeza de que não vamos nem ouvir falar de Lorde Valkyr em Vastraz. Vocês sabiam que a Festa da Deusa Onda cai no dia da nossa chegada em Tilisi? Dizem que é muito interessante. Você já assistiu ao desfile alguma vez, tio?

A sobrinha foi eficiente em distrair o nobre, que se pôs a dar uma aula sobre os hábitos e costumes dos tilienses. A generosidade de

Gielle para com eles fez Theo borbulhar de afeto por ela; ou talvez fosse o vinho que começava a lhe subir à cabeça.

Quando todos se recolheram para as cabines, Theo vestiu o pijama e ligou o aquecedor. A preocupação com o que havia ocorrido com a Harim não o deixava dormir, então resolveu ler.

A guardiã Val apareceu, sentada de pernas cruzadas à sua frente, vestindo um pijama de seda negro. A imagem enfraquecia cada vez mais, e ele já podia ver através dela. Ela tragou a piteira e soltou uma sucessão de fumacinhas.

— Como ficou aquela falha da Harim? Quase derrubou o dirigível.

Ela suspirou.

— *... a seção retornou ao lugar dela, mas vai acontecer de novo. felizmente era uma área residencial; nada importante; considerando o contexto. não afetou os casulos. o problema é que o deslocamento da seção prejudicou o sistema de comunicação por causa dos dutos...* — Fez um gesto de deixa pra lá com a mão. — *... você não entenderia os detalhes técnicos...*

Theo não conseguiu evitar de revirar os olhos.

— *... o importante é que o som se consertou; mas a minha projeção de imagem está meio prejudicada... então, ao menos por enquanto, podemos continuar conversando...*

A guardiã ficou mais uns minutos, só que não tinha nada relevante para dizer, e Theo deduziu que ela apenas se sentia só. De qualquer modo, a visita o tranquilizou sobre o estado da Harim.

Na segunda noite da viagem, Theo acordou com vontade de ir ao banheiro, que ficava depois da sala de recreação, ao lado da cabine do lorde. Quando saiu do banheiro, deu de cara com Pancho, que saía da cabine de Viramundo, vestindo apenas um robe e um chinelo.

Ficaram se encarando. Theo ainda não tinha certeza sobre o significado da cena na sua frente.

Primeiro, Pancho se encolheu, fechando o robe de maneira a esconder o peito tatuado. No momento seguinte, mudou de ideia, estufou o peito, armou uma carranca e rosnou para ele enquanto pressionava o dedo sobre o seu peito:

— Se você contar sobre isso para alguém da igreja, eu digo para o lorde que você é abiadi e ele vai te liquidar. — Virou as costas e se foi em direção ao próprio quarto.

Foi então que Theo finalmente teve certeza sobre o mistério de Pancho fingir que não o conhecia e como ele sabia que Viramundo detestava Valkyr. Ao menos agora o pacto estava claro. Theo não contaria sobre o envolvimento de Viramundo e Pancho, e este não o desmascararia. Sentiu uma onda de alívio; ele podia conviver com esse arranjo.

9

Chegaram a Tilisi em um dia quente. Theo tinha lido todos aqueles livros e examinado desenhos e fotos da cidade, mas nada o preparara para a realidade.

Tilisi era a cidade mais vibrante em que o abiadi já tinha posto os pés.

Esparramava-se ao lado do mar por quilômetros, continente adentro. Um emaranhado de vielas, ruas e avenidas dispostas sem qualquer noção de planejamento urbano.

Prédios de apartamento de vários andares, com pequenas sacadas em que roupas eram estendidas para secar. Templos de pedra dedicados a antigos deuses. Lojas, bares, restaurantes e hotéis sem fim, que pareciam estar em uma disputa frenética para ver quem conseguia afixar uma placa, um cartaz ou uma pintura mais chamativa para atrair clientes. Uma multidão que se movimentava apressada para o próximo compromisso. Pessoas com todos os tons de pele vestindo roupas coloridas. Ombros nus, pernas de fora; um transbordamento de sensualidade. Ricos, pobres, remediados e miseráveis trombando um nos outros. Gritos de vendedores, sussurros de prostitutas. Carroças carregando melancias, queijos e tecidos. Carruagens elegantes. Bondes transportando trabalhadores. Marretadas derrubando muros.

Tijolos assentando. Pão saído do forno, café recém-passado. Bosta de cavalo para tudo quanto era lado. Gordura rançosa, fruta podre.

Tilisi era estonteante. Puro caos.

A cabeça de Theo girava com tanta informação.

Ele não conseguia decidir se estava apaixonado pelo lugar ou se queria fugir apavorado.

Cruzaram a cidade, vindos do campo de pouso. Viramundo comentava agitado sobre os lugares por onde passavam.

— Aqui é o bairro da luz vermelha, caso alguém tenha necessidades a extravasar — disse o nobre, dando uma piscadela em direção a Theo. — E aqui é a melhor rua para comprar roupas novas de alta qualidade; tem também um joalheiro famoso na outra esquina. Cláudia, faça reservas neste restaurante; eles têm o melhor camarão apimentado do mundo. E temos que passar no Bazar, é lá que dá para encontrar artigos climarianos e saber tudo o que acontece na cidade. E ali é...

E assim foram até o hotel.

Cláudia havia reservado o Hotel do Sol, o melhor da cidade. Um prédio branco em frente à praia, com um restaurante no térreo e mesinhas ao ar livre protegidas do sol forte por guarda-sóis coloridos.

O lorde se instalou na suíte real; Gielle, na suíte embaixador, ao lado do tio; e os outros ganharam quartos um andar abaixo. Theo nunca havia se hospedado em um lugar tão elegante. Escancarou as portas da sacada e deixou a brisa marinha entrar. Refrescou-se no banheiro do quarto — um luxo que nunca havia experimentado em hotel —, vestiu um terno de linho e, um pouco em dúvida se era de fato necessário, colocou a arma climariana em forma de soqueira no bolso do casaco.

Encontrou os demais no saguão do hotel; eles também tinham se trocado e vestiam roupas frescas. Gielle estava linda, com um vestido ousado que lhe deixava os ombros nus. Algo impensável em Azúlea, claramente mais conservadora nos costumes.

Haviam combinado de explorar a cidade, aproveitando a Festa da Deusa Onda.

Acompanharam o movimento de pessoas que se deslocavam em direção ao caminho da procissão. Uma multidão barulhenta e colorida se amontoava em uma das avenidas que vinham da praia, acompanhando a carroça puxada por quatro bois que carregava a estátua da Deusa Onda, a protetora da pesca e dos marinheiros. Feita de porcelana, do tamanho de uma mulher, com os peitos nus empinados, os cabelos negros descendo até a cintura, coberta de conchas e colares de pérolas. O piso da carroça era forrado de conchas de todos os tamanhos e formatos e pequenas estátuas de peixes e barcos.

A procissão se arrastava pela avenida em meio ao público, que aplaudia e gritava vivas. Um grupo de mulheres de torso nu ia na frente, com os seios cobertos apenas por colares de conchas e vestindo saias que se arrastavam no chão. Abriam caminho na multidão, rodopiando na avenida e cantando uma oração em honra à Deusa. Os fiéis se presenteavam colares de conchas, repassando-os uns aos outros enquanto gritavam: "Que a Onda te leve!".

Meninos de cabeça raspada, vestindo trajes azul-claros — os monges aprendizes —, paravam com uma tigela de metal cheia de pequeninas conchas na frente dos fiéis e pediam: "Uma oferenda para a Deusa, sim?"; "Sim, ajuda a Deusa"; e "Ofereça para a Deusa, sim, senão o mar leva embora". Dava-se uma moeda e recebia-se uma conchinha abençoada.

Um menino se postou em frente ao grupo; tinha a cabeça raspada como os demais e as roupas do mesmo azul-claro, mas com um corte diferente. Theo encarou as oferendas à Deusa como uma brincadeira; entregou uma moeda de dez bronzes e escolheu uma conchinha preta. Os demais acompanharam o gesto. Lorde Viramundo se divertia com a situação, rindo de tudo. Pancho foi o único que se recusou. Deu um passo para trás, olhou enfezado para o garoto e desabotoou o primeiro botão da camisa para mostrar a tatuagem lunista.

— A Deusa ama a todos, sim? — disse o aprendiz com o forte sotaque local, cheio de "sins", que transformava as frases em perguntas. — Até quem adora as luas. — Sacolejou a tigela, estendeu uma mão e abriu um sorriso; como não obteve resposta, seguiu em frente.

Quando o menino se afastou, o nobre começou a apalpar o casaco.

— O mongezinho levou minha carteira! — bufou. — Só para não deixar dúvida de que estamos em Tilisi.

Os demais verificaram seus pertences.

— Ele levou minha bolsinha de moedas — disse Cláudia, furiosa.

— Lá vai ele! — gritou Pancho, saindo em disparada.

Cláudia foi atrás dele, e Theo a seguiu.

O menino era esguio e ligeiro como o vento. Tinha se livrado da tigela com as conchinhas e se desviava dos fiéis, passando por lojas e atravessando restaurantes. Parecia Theo quando tentava fugir da trinca e, da mesma maneira, acabou encurralado. Ironia das ironias, o abiadi agora se viu na posição contrária. Na entrada de um beco, pronto para dar uns cascudos em alguém muito menor que ele. Quando se deu conta disso, envergonhou-se.

O beco ficava entre dois restaurantes e era usado para carga e descarga de mercadorias, a julgar pelas caixas amontoadas no chão e pelas latas de lixo.

Pancho e Cláudia já cercavam o menino, que tinha um ar feroz, suava em bicas, arfava e apontava uma faca contra a dupla.

— Dá azar machucar os protegidos da Deusa, sim?

— Que protegido de Deusa coisa nenhuma, você é só um ladrãozinho! — rosnou Pancho.

— Calma — disse Cláudia para Pancho. Ela havia sacado um canivete, mas o mantinha abaixado. — Só devolve o que você pegou da gente e cada um segue seu caminho, garoto.

Theo se aproximou, sem saber como lidar com a situação.

Pancho deu um passo em direção ao menino que estocou o ar com a faca para afastá-lo.

— Qual o seu nome? — perguntou Cláudia.

O menino devolveu um olhar de fúria.

— Eu vou guardar o meu canivete, você faz o mesmo e a gente conversa — disse Cláudia. Dobrou o canivete e o colocou no bolso da saia.

Quando o menino pareceu relaxar um pouco e começou a baixar o braço, Pancho aplicou um golpe de lakma, girando uma perna e acertando o braço dele. A faca voou longe.

— Para que fazer isso, Pancho? — perguntou Cláudia.

— Precisava desarmar o pivete.

Nesse momento, a porta que dava para um dos restaurantes se abriu e um rapaz musculoso, forte como um touro, de torso nu e empunhando uma arma de fogo, surpreendeu a todos, exceto ao pequeno ladrão. Ele engatilhou a arma e a apontou para a cabeça de Pancho.

— Entreguem tudo senão levam bala, sim?

A guardiã Val apareceu ao lado de Theo, no seu traje de segurança climariana.

— *... faça alguma coisa...*

Theo puxou a soqueira de dentro do casaco.

— Quer que eu atire no seu amigo, estrangeiro?

Cláudia já estava entregando seus pertences ao menino, que os recolhia com um sorrisinho de vitória.

Theo levantou o braço; trêmulo.

O rapaz riu.

— Vai fazer o que com isso? Acertar um soco dessa distância, sim?

— *... confie na Conexão...*

Theo sentiu a energia conectiva fluir pelo seu corpo enquanto ordenava à arma: *Atordoar*.

A soqueira disparou um feixe luminoso amarelado, acertando o rapaz no peito. Ele desabou no chão.

— Não! — gritou o menino. Correu na direção do rapaz, ajoelhando-se ao seu lado. — Pepe, Pepe!

Cláudia olhou para Theo, horrorizada.

— Até que enfim você fez alguma coisa que preste, abiadi — disse Pancho.

À menção de abiadi, o menino lançou um olhar indagativo para os cabelos de Theo. As lágrimas escorriam enquanto ele sacudia o rapaz e passava a mão no peito dele, como se isso fosse tirar o efeito do disparo.

— Não vai embora, sim? Fica aqui, Pepe.

Theo, ainda trêmulo, guardou a soqueira no casaco e se aproximou, pousando a mão no ombro do menino. Este deu-lhe um safanão, livrando-se dele.

— Ele só está dormindo — disse Theo.

O garoto continuava chorando, não parecendo escutar.

— *... essa cidade é um antro mesmo. deixa o coitado do menino em paz e vamos embora...*

Pancho se ajoelhou e colocou dois dedos na jugular do rapaz.

— É, está vivo.

— Ainda bem — disse Cláudia.

O menino se levantou e se jogou em Theo, socando e chutando.

— Usou magia abiadi no meu irmão, sim?

Theo dominou o menino, que era muito franzino, segurando-o pelos braços. Nesse momento percebeu que ele exibia olheiras profundas. Sintoma de mardarim.

— O seu irmão vai ficar bem. Vai acordar daqui a pouco. Só devolve as nossas coisas e a gente deixa vocês em paz e esquece isso tudo.

Ele apontou para o chão, onde havia largado os espólios quando acudiu Pepe.

Cláudia coletou suas coisas e a carteira do lorde.

Theo pegou sua carteira do bolso e ofereceu os comprimidos de Benetox que costumava carregar consigo.

O menino olhou para ele, desconfiado.

— É Benetox. Quanto tempo faz que você não toma? Dois ou três dias? Melhor tomar um já.

O ladrãozinho o encarou, duvidando da sua sorte. Theo empurrou o envelope contra o peito dele.

— Benetox, sim? — disse o garoto.

— Eles não dão o remédio na escola aqui em Tilisi?

O menino balançou a cabeça negativamente. Pegou o envelope de Theo bem rápido, contou os comprimidos — eram quatro — e colocou um na boca, sorrindo.

— São só uns dias de remédio — disse Cláudia. — Como eles se viram nesta cidade?

— Isso não está certo — disse Pancho. — Em Primeia, todas as crianças têm o remédio.

Theo tirou umas moedas da carteira, o suficiente para mais alguns dias de remédio ou talvez algumas refeições e as entregou ao garoto.

— Compra mais Benetox.

Para surpresa de Theo, Pancho puxou a carteira e adicionou mais umas moedas.

O garoto pegou o dinheiro com avidez, mas balançou a cabeça.

— Vou comprar Relax, sim?

— Relax? — perguntou Cláudia. — Você precisa de remédio.

— É mais barato, sim? Dá sensação boa — disse com uma expressão satisfeita.

— Eu me chamo Theo. E esses são meus amigos, Cláudia e Pancho.

— Amigo? — perguntou Pancho com um sorrisinho irônico.

Theo o calou com um olhar fuzilante.

— Qual o seu nome?

— Toco — respondeu ele. Havia parado de chorar e examinava o grupo com curiosidade, parecendo convencido de que o irmão ficaria bem.

— Esse tal de Relax também é remédio para o mardarim?

— Muito melhor, sim? — respondeu com um princípio de sorriso.

— *... interessante. se o remédio funciona mesmo, tem conhecimento ou tecnologia climariana envolvida. pergunte onde ele conseguiu...*

— Onde se compra Relax?

— Para que você quer saber isso, abiadi? — perguntou Pancho.

— Quem sabe voltamos para o hotel? — perguntou Cláudia, que olhava para os lados preocupada.

Toco balançou a cabeça, temeroso.

Theo pegou mais dinheiro na carteira, abriu seu melhor sorriso e estendeu a mão coberta de moedas.

Toco firmou o sorriso, com os olhos brilhantes fixos no prêmio.

Quando ele tocou sua mão, Theo enviou uma pequena dose de energia conectiva e, então, *Conexão*.

— No Bazar, na banca do Velho Josef.

10

— Você não devia usar a *Conexão* aqui em Tilisi — disse Cláudia com ar preocupado enquanto eles retornavam ao hotel.

— Foi preciso.

— Eles são rigorosos com a *Conexão* por aqui. A gente pode ter problemas.

— A gente? Fui eu que usei a *Conexão.*

— Sou eu que tenho o prateado à mostra, não você — disse sem esconder a irritação.

Theo não havia pensado nas consequências. Mas a *Conexão* era tudo o que ele tinha para resolver os problemas. Da primeira vez, Pancho estava sob a mira de uma arma. E, depois, foi a maneira mais fácil de tirar a informação de Toco.

— Qual era a alternativa, Cla?

— Era só dinheiro, não valia a pena — respondeu com a voz morrendo. Ela estava na expedição pelo dinheiro que precisava para recuperar a filha. — Se me prenderem, nunca mais recupero Zelda — complementou com um tom mais forte.

Pancho, que caminhava na frente deles, em meio ao burburinho, se virou para perguntar:

— O que nós vamos dizer para o lorde?

— O máximo da verdade possível — disse Theo.

— Como assim? — perguntou Cláudia, erguendo a sobrancelha.

— Ele não precisa saber tudo. Pancho pegou o garoto com um golpe de lakma, nós conversamos e eu dei um dinheiro para ele contar onde comprava o Relax.

— Por que você está interessado nesse tal de Relax? — perguntou Pancho.

— Talvez tenha tecnologia ou conhecimento climariano no remédio. É uma pista para o anatar.

Pancho lançou um olhar de dúvida. Não entendia a ligação entre as coisas. O negócio dele eram os músculos, não a inteligência.

— Viramundo vai saber que fui eu que recuperei a carteira dele?

— No fim das contas, não foi você, foi Theo usando a *Conexão* — disse Cláudia.

O abiadi pôs uma mão no braço de Cláudia.

— Foi o Pancho que pegou o garoto. É a versão mais verossímil.

Pancho pensou um pouco.

— Acho que por mim está bem assim.

Quando chegaram ao hotel, o lorde e a sobrinha estavam no restaurante em uma mesa ao ar livre, admirando a praia e bebendo limonadas refrescantes em copos suados, cheios de gelo.

— Finalmente! — disse o lorde. — Debatíamos se esperávamos vocês ou se pedíamos o almoço só para nós dois.

Pancho depositou a carteira de Viramundo na mesa com um movimento triunfante.

— Vejo que conseguiram recuperar nossos pertences. Tilisi está cheia de punguistas, não valia a pena sair correndo atrás dos meliantes.

Podiam se machucar, eles têm gangues aqui. Os menores trabalham para os maiores.

Pancho se sentou ao lado dele, meio decepcionado pelo pouco--caso que o nobre fez. Theo e Cláudia se sentaram. Val apareceu na última cadeira, imitando Gielle, que esbanjava elegância ao usar um chapéu branco de abas largas, para se proteger do sol, e uma echarpe de seda no pescoço, jogada para trás.

— Encontramos uma pista sobre o anatar. Quer dizer, talvez... — disse Theo.

— Conte mais, meu jovem — instigou o nobre.

— O lorde sabe de onde veio a fórmula para o Benetox?

Viramundo franziu a testa e se remexeu na cadeira.

— Isso não é do meu tempo.

— Foi na época do meu avô — disse Gielle, tentando estimular o tio. — Ele não comprou a fórmula de alguém de fora da Farmabem?

— *... alguém de fora? quem?...*

— O meu pai, o Quinto Lorde, me contou que comprou de um cientista que trabalhava de forma independente, mas nunca me disse de quem.

— *... pode ter sido Kass...*

— O que isso tem a ver com o roubo da carteira?

Theo contou o que havia acontecido, ou melhor, a versão que eles haviam concordado em apresentar.

— E como vocês sabem que o Relax é tão bom quanto o Benetox?

— Pelo que deu para entender, é o que o pessoal pobre daqui toma — disse Cláudia.

— Se é um medicamento clandestino, que não foi testado, pode até fazer mal.

— *... jura que ele está preocupado com a saúde dos pobres?...*

— Se eles não têm dinheiro para pagar pelo Benetox, não estão prejudicando a Farmabem — disse Gielle.

— É a sua herança em jogo — retrucou ele.

Foi a vez de Gielle se revirar na cadeira.

— Em Primeia, nós ajudamos a aprovar uma lei no Parlamento que obriga o governo a fornecer Benetox nas escolas para as crianças. Acho que a Rainha de Vastraz não se preocupa com seus súditos.

— *... quanto será que ele ganha para fornecer os comprimidos para o governo?...*

Pancho balançava a cabeça em concordância com o nobre.

— O lorde não sabe mesmo quem foi que inventou a fórmula do Benetox? — perguntou Theo. — E se foi o climariano que roubou o anatar?

A guardiã Val apoiou o cotovelo sobre a mesa enquanto soltava uma baforada do seu cigarro imaginário, pela primeira vez interessada no que o nobre tinha a dizer.

Ele respondeu depois de tomar um longo gole da limonada.

— Eu tinha quinze anos nessa época; meu pai estava começando a me ensinar os negócios da família. Não me contava tudo. Antes do Benetox, a Farmabem só produzia pomadas para assaduras e xarope para tosse. Daí, logo que descobriram que o mardarim era causado pela Harim, apareceu esse cientista de fora da empresa, oferecendo a fórmula para um remédio eficaz contra a doença. Eu me lembraria se meu pai tivesse dito que um cientista climariano tinha inventado o Benetox.

— Quem sabe os climarianos tinham alguma tecnologia para esconder o cabelo prateado — sugeriu Pancho com um sorrisinho.

— *... essa doeu...*

Theo apalpou a soqueira por cima do casaco, segurando a vontade de despejar um raio em Pancho. Um raio vermelho, daqueles que vaporizavam o alvo.

Cláudia tomou um gole da sua limonada para disfarçar o sorriso enquanto Viramundo fazia uma expressão de dúvida.

— Naquela época os climarianos já tinham desaparecido, quer dizer, tinham se recolhido na Harim ou ido seja lá para onde eles foram.

Gielle mudou de assunto com uma sugestão.

— Só precisamos achar a banca do Velho Josef e perguntar quem é o fornecedor do Relax. De qualquer maneira, você queria visitar o Bazar para procurar por artigos climarianos, não precisamos nem mudar nossa programação.

— É uma boa ideia — concordou Viramundo.

O lorde deu a desculpa de que tinha negócios a tratar — algo sobre renovar a concessão da mina de carvão — e enviou os mais jovens à empreitada. Eles logo entenderam o motivo de ele ter escapado da tarefa quando entraram no Bazar.

A construção se estendia por quarteirões e mais quarteirões. Um infinito de pequenas lojas sob um teto muito alto sustentado por pilares que se erguiam em curvas. As paredes e o teto eram ricamente decorados com azulejos coloridos, pequenas estátuas e pinturas. O piso era de mármore e formava desenhos.

Os desenhos no piso, as estátuas e as pinturas indicavam o tipo de mercadoria comercializada em cada seção. Peixes e caranguejos. Roupas e tecidos. Cadeiras e mesas. Velas. Joias. E toda sorte de outras coisas. Porém nem sempre... Era possível encontrar um restaurante em meio às lojinhas de móveis ou uma loja de especiarias perdida no setor de instrumentos musicais.

Uma multidão passeava para lá e para cá, nem sempre fazendo compras. Encontravam amigos, faziam negócios, namoravam.

Perguntaram a um vendedor se ele sabia onde era a loja do Velho Josef, e ele respondeu muito atenciosamente:

— Velho Josef? O dos móveis fica quase no Grande Portão do Poente, mas se for o da padaria, pão sempre fresquinho, sim? A banca está na zona das panelas. O Josef dos passarinhos, ele não é muito velho, claro que está na quadra dos animais vivos...

Depois de listar uns dez Josefs, o rapaz encerrou dizendo que podia não ser nenhum desses, porque, afinal de contas era impossível conhecer todos os Josefs, velhos ou novos.

Levariam horas ou até mesmo dias para vasculhar o lugar.

Theo continuava indeciso se amava ou odiava aquela cidade. Um pouco dos dois. Provavelmente.

— Quem sabe nos dividimos em duas duplas? — sugeriu Cláudia.

— Eu e Theo e você e Pancho — disse Gielle.

Cláudia olhou para a nobre com curiosidade. Por certo não era a divisão que tinha em mente.

— Um abiadi em cada dupla pode vir a calhar — justificou ela.

— Faz sentido — disse Theo.

— Ah, Gielle sabe de você — disse Cláudia para Theo, mordendo o lábio.

Pancho trocava o peso do corpo de um pé para outro, olhando para os lados, fingindo que não tinha ouvido.

— Desculpa, não sabia que era segredo que eu sabia — disse Gielle, irônica.

— Não era, eu acho — disse Theo.

Gielle lançou um olhar para Pancho de quem se divertia muito com a situação.

— Não fique assim, Pancho. Deduzi que você sabia quando Theo me contou que era do Pântano e vocês frequentavam a mesma igreja.

— Você vai contar pro lorde? — perguntou Pancho, cabisbaixo.

— Fiquei quieta até agora, não é mesmo?

Permaneceram calados por um tempo.

Pancho mordia o lábio, nervoso. Theo se deliciou com o fato de Pancho se sentir encurralado. Gostaria de saber o que mais o amedrontava: Theo fofocar no antigo bairro sobre a relação dele com o nobre ou o lorde descobrir que ele não havia contado que Theo era abiadi. O nervosismo era tanto que nem nem se dera conta de que o prateado não demonstrava preocupação em ser desmascarado por Gielle e, portanto, não precisava temer que a sobrinha o dedurasse.

Por fim, Cláudia quebrou o silêncio.

— Não me importo em dividir as duplas do jeito que Gielle sugeriu, mas é melhor evitar usar a *Conexão* aqui em Tilisi.

— Pode deixar — disse Theo.

Theo e Gielle zanzaram pelos corredores infindáveis do Bazar por três horas, passando de loja em loja perguntando por Josefs. Interrogaram seis deles, cinco velhos e um novo. Todos já tinham ouvido falar do Relax, contudo, quando perguntavam se tinham para vender, respondiam com "É proibido, sim?" ou com "A lojinha do Josef é honesta, sim?".

Quando perguntaram se sabiam quem os vendia, o resultado havia sido ainda pior. Os Josefs os olhavam desconfiados e logo desconversavam, despejando na frente deles os produtos que tinham para vender em meio a sorrisos e "Bonito vestido para a nobre, sim?", além de "Sim, sim, panela é ótimo presente para noivos em lua de mel".

Exaustos, chegaram a um pátio interno circundado por lojas e restaurantes, protegidos do sol por largos corredores cobertos. Mesinhas pontuavam o piso de cerâmica vermelha em meio a canteiros de laranjeiras e tulipas. Um lugar fresco e convidativo.

— Quem sabe a gente faz uma pausa para um chá? — perguntou Gielle, fazendo uma careta enquanto disfarçava para esfregar uma perna por cima do vestido.

Theo aquiesceu; suas pernas também doíam de tanto ficar em pé. Ele pediu dois chás gelados de menta em uma das cafeterias ao redor do pátio. O estabelecimento servia apenas duas variedades de café — preto e com leite — e quase trinta variedades de chá. Já a casa de chá ao lado da cafeteria servia quinze variedades de café e apenas três de chá. Todas de chá-preto: quente, frio e com leite.

Tilisi era assim. Nada era o que deveria ser ou estava no lugar adequado. As respostas às perguntas eram dúbias, mas às vezes podiam ser exatas. As regras eram obedecidas até o momento em que não eram mais por algum motivo razoável, ou por puro capricho, ou por algum interesse escuso.

Eles ocuparam uma das mesinhas, sob a sombra de uma laranjeira carregada de frutos maduros.

— Então, como o seu tio está se saindo como casamenteiro? — perguntou ele, temendo estar sendo ousado no tópico que escolheu para puxar conversa.

Ela bebericou o chá, respondendo com um revirar de olhos.

— Ruim assim, é?

— Semana passada ele quis me empurrar para o senhor Miau-Miau-Pança — disse ela, contendo o riso.

— Quem?

— É assim que eu chamo o sujeito. Senhor Meaupant — disse ela, fazendo biquinho para pronunciar.

Theo forçou a memória até se lembrar que havia sido apresentado por um cliente a Meaupant, quando tentava efetuar a venda de um artigo climariano em um dos clubes de cavalheiros de Azúlea. Um conhecido fabricante de cerveja. Riquíssimo. Pançudíssimo. Chatíssimo.

— Tem certeza de que o seu tio gosta de você?

Gielle pousou o olhar nele por um momento, revelando um breve sorriso de satisfação. Cruzou as pernas e pôs-se a enrolar uma mecha de cabelo com a ponta dos dedos.

— Até que Miau-Miau-Pança não é um mau sujeito.

— Ele deve ser uns vinte anos mais velho que você.

— Só doze.

— Está bem fora de forma.

— É? Não reparo muito nessas coisas.

Sério? Ela acabara de contar que apelidara o cervejeiro de Miau-Miau-Pança, porém não havia reparado que estava fora de forma? Theo estava curioso para saber até onde ela levaria a brincadeira do "vamos ver se ele sente ciúmes".

— O homem é tedioso.

— Esbanjou cultura nos nossos dois encontros.

— É dinheiro novo; gosta de mostrar pra todo mundo o que tem.

— Melhor, assim compra todas as coisas bonitas que eu quiser.

Eles ficaram se encarando por um tempo, brincando de quem ri primeiro perde. Durou apenas alguns segundos.

Gielle perdeu. Deu uma estrondosa gargalhada; nada que se esperaria de uma moça da nobreza.

— No segundo encontro, Miau-Miau-Pança soltou um pum que assassinou uma mosca.

— Flatulência é um ótimo motivo para recusar uma proposta de noivado.

— Ele está bastante interessado — disse, passando do riso para uma expressão séria. — Tio Karlo diz que é um ótimo partido. Uma fortuna sólida — falou, imitando o vozeirão do tio.

— Com certeza. O ramo da cerveja é bastante estável.

Ela suspirou, desconsolada.

— A outra opção seria Lorde Múmia.

— Quem é esse? — perguntou Theo, já preparando o riso.

— Lorde Alvorada.

— O filho ou o pai?

— O filho só viraria lorde quando o pai morresse — disse ela de um jeito que deixava claro quão idiota era o que ele havia falado. — Viraria, não vira mais porque morreu ano passado. Um ataque do coração fulminante.

— O pai deve ter o quê? Uns 150 anos?

— Oitenta e dois — corrigiu, estremecendo como se pensasse em algo muito nojento. — Tio Karlo disse que era um investimento com um ótimo retorno em um futuro próximo.

— É provável. Se até o filho já morreu...

Gielle bebericou o chá, pensativa.

— Você se preocupa com investimentos? — perguntou ele.

Ela suspirou enquanto, instintivamente, acariciava o colar de pérolas que complementava os brincos do mesmo material. Pelos padrões das peças que costumava usar, era um conjunto de joias simples.

— Um pouco.

— Você é inteligente. Escreve para revistas e jornais. Vai publicar um livro. Pode fazer o seu caminho pelo mundo.

Ela meneou a cabeça, em dúvida. Por certo, nenhum emprego pagaria o suficiente para arcar com vestidos, joias, mansões e empregados a que uma filha da nobreza de Primeia estava acostumada. Ainda assim...

— É difícil para mim entender a preocupação. Você não é a herdeira de Lorde Viramundo?

— O tio sempre foi muito generoso comigo, mas detesta ser contrariado. Ameaçou mudar o testamento quando eu disse que não queria ir para a universidade estudar Economia e Negócios. "Para que herdar a fortuna dos Viramundo se você não for cuidar dos negócios da família?" — imitou a voz do tio outra vez. — Minha mãe é que conseguiu pôr panos quentes.

Theo se perguntou a razão de ela ser tão aberta com ele sobre a questão do casamento arranjado e da herança. Já haviam conversado sobre todo tipo de assunto e ela fizera perguntas bastante pessoais, todavia ricos, em especial os nobres, não discutiam esse tipo de coisa com estranhos, muito menos com pessoas de classe baixa. Aquilo era um desabafo ou ela estava deixando claro que qualquer envolvimento entre eles seria escondido e não poderia durar? Ou, pior que isso, estavam entrando na zona da amizade.

Gielle continuou falando:

— Não acho que eu tenha tino para negócios, pelo menos não para o tipo que os Viramundo têm.

— Como assim?

— O tio diz que eu não posso ter medo de sujar as mãos de vez em quando — bufou.

— Você não deveria fazer algo que a faz se sentir mal consigo mesma.

Ela bebericou o chá antes de responder, fitando-o muito séria:

— Achei que para sobreviver todo mundo tivesse que fazer coisas que não estava a fim de vez em quando.

— Sujar as mãos? Casamentos arranjados?

Ela desviou o olhar.

— Os casamentos da nobreza de Primeia são quase sempre arranjados. Às vezes dão certo. Na última primavera, meus pais comemoraram bodas de trinta anos e fizeram uma festa de arromba. Meu pai escreveu um poema lindo para minha mãe e o declamou na frente de todo mundo. — Ela suspirou. — Foi tão romântico!

Ele não retrucou. Talvez ela tivesse razão. Por certo ele não sabia o suficiente sobre os negócios da nobreza e os casamentos arranjados para tecer críticas. Permaneceram em silêncio, bebericando os chás gelados.

Theo vagou o olhar pelas lojas em volta, pensando no que haviam acabado de conversar. Então, uma loja chamou sua atenção.

— Achamos — disse ele, pousando a taça no pires.

— Como assim?

— Nós entendemos errado. Toco nunca disse que era para encontrar o Velho Josef. — Ele apontou para a loja do outro lado do pátio, chamada DESEJOS ANTIGOS; abaixo do letreiro pintado na parede estava escrito ANTIGA BANCA DO VELHO JOSEF. — Era pra perguntar na banca do Velho Josef.

A guardiã Val se fez presente na cadeira ao lado de Theo. Estava enfiada em um vestido preto com os ombros à mostra, bem ao estilo de Tilisi. A imagem havia enfraquecido mais um pouco. Parecia um fantasma. Há quanto tempo será que ela estava por perto? Ele se segurou para não a xingar de enxerida.

Ela soprou a fumaça do seu cigarro inexistente, fingindo derrubar as cinzas no chão.

— *... vou acompanhar os pombinhos...*

A banca não era muito grande, mas parecia ainda menor por estar atulhada de mercadorias. Theo já havia passado por centenas de lugares como aquele. Talheres, bijuterias, louças, relógios e livros. Novos e usados. Os usados, em sua maioria, não passavam de quinquilharia exposta como se fosse antiguidade. Ele deu uma olhada rápida para ver se encontrava a bateria para o camuflador. Às vezes era possível encontrar verdadeiras raridades climarianas nesse tipo de estabelecimento, e os vendedores dificilmente sabiam reconhecer seu valor.

O proprietário trabalhava atrás de um balcão com tampo de vidro que se estendia por toda a extensão da loja. Um sujeito de meia-idade baixinho, redondo, com um enorme bigode, todo sorridente. Chamava-se Enrico e falava de si mesmo na terceira pessoa.

— Todo tipo de mercadoria para o cavalheiro e a dama, sim? Nova e usada. Lindos anéis para a bela estrangeira, sim? — disse, puxando um mostrador debaixo do balcão.

Gielle fingiu interesse, tirando algumas peças e experimentando.

— Gostei desse verde.

— Muito, muito bonito. É como se fosse esmeralda, sim? Vai muito bem com o tom de pele da nobre. Enrico faz preço bom, sim?

— O que acha, querido?

Ela estava interpretando o papel de esposa ou o quê?

— Ficou lindo em você — disse Theo, segurando a mão dela, como se estivesse interessado em ver se a joia ficava bonita.

Ela se desvencilhou da mão dele.

Querido, mas nem tanto? Ou o querido era mesmo só para Enrico ver?

— O senhor tem artigos climarianos? — perguntou Theo, partindo para o outro assunto que lhe interessava.

O vendedor se empolgou.

— Enrico tem lindo conjunto de chá, sim? — Não esperou que Theo respondesse e correu para o fundo da loja, voltando com uma caixa. Abriu-a, mostrando seis xícaras de porcelana climariana translúcida, com um gesto como se fosse um mágico prestes a fazer um truque. — Precinho especial. — Mostrou a etiqueta, que marcava o valor equivalente a um ducado. Uma exorbitância.

— *... pergunta do tal remédio logo de uma vez. nosso tempo está se esgotando...*

— Bonito, muito bonito — disse Theo, admirando as peças. — Mas estamos procurando algo mais autêntico, que requeira a *Conexão* para acionar. Quem sabe um equipamento ou uma ferramenta cuja bateria ainda esteja funcionando.

Gielle lançou um olhar que perguntava "estamos?"

— *... claro, procurar a bateria para o camuflador é a prioridade do momento...*

Enrico teve um acesso de tosse.

— Nã-nã-não. — O vendedor balançou o dedo no ar. — *Conexão* proibida em Tilisi, sim? Loja de Enrico não se mete em confusão, senão corre risco de acabar no Livro.

Droga! Agora que Enrico tinha se assustado, seria mais difícil convencê-lo a dar qualquer informação. E o que ele quis dizer com "acabar no Livro"? Gielle tentou consertar a situação.

— Quem sabe o senhor tem uma echarpe de seda verde para combinar com o anel?

O vendedor se animou de novo.

— Enrico tem lindas echarpes, sim? A melhor seda de Tilisi.

Abriu uma gaveta e pegou uma pilha delas, colocando-as sobre o balcão. Eram de cores variadas, a maioria com flores ou motivos marinhos. Selecionou três com tons esverdeados na estampa, desenrolando-as e colocando-as sobre o braço de Gielle, para que contrastasse com o tom da pele e do anel.

A nobre escolheu a echarpe com a estampa que era uma mistura de arbustos e pássaros tropicais com conchas e peixes. Uma profusão de verdes e azuis vívidos. Experimentou-a ao redor do pescoço e sobre os ombros, mirando-se no único espelho da loja.

Enrico a elogiava profusamente.

— Belíssima, belíssima. Mui formosa, mui elegante.

— O que você acha? — ela perguntou a Theo.

— Mui bonita — respondeu ele, sem conseguir evitar a tentação de imitar o jeito do tiliense de falar.

Ela o fuzilou com um olhar de relance.

— Vamos levar a echarpe e o anel — disse ela. Sorridente, colocou as peças sobre o balcão.

— Vamos? — perguntou Theo.

— Vão ficar ótimos com o meu vestido longo verde.

— Ótima escolha. Sua esposa tem muito bom gosto, sim?

— Eu vou dar mais uma olhada na loja enquanto o senhor acerta o pagamento com o meu marido.

A guardiã deu uma gargalhada.

— *... quando foi que aconteceu o casório? adorei essa moça...*

A conta não foi muito alta, mas Theo estava decidido a pedir ressarcimento a Gielle. Ou ao lorde. Alguém iria pagar por aquilo tudo, e não seria ele. Com certeza.

— E o senhor? Quem sabe um relógio novo, sim? Enrico tem lindos modelos. — Como num passe de mágica, ele tirou um mostruário de relógios de pulso de uma gaveta.

— Nós precisamos de remédios para mardarim.

— *... até que enfim...*

— Benetox, sim? Quantos comprimidos?

— Nos contaram que aqui em Tilisi vocês usam um outro que é melhor. Relax.

Enrico olhou para os lados, esfregando as mãos, nervoso.

— Relax não é remédio autorizado. Enrico não quer confusão, sim?

Gielle passou a mão pelo braço de Theo, encostou a cabeça no seu ombro e sorriu de forma tranquilizadora para o vendedor.

— Não se preocupe, senhor Enrico. Somos só turistas, não temos a intenção de causar problema.

— *... ela devia ser atriz...*

Enrico se certificou de que não vinha ninguém em direção à loja, tirou a última gaveta de um dos armários e desenterrou um frasco de comprimidos de um fundo falso, colocando-o sobre o balcão.

— Já tomaram Relax?

Eles balançaram a cabeça.

— Toma só um comprimido antes de dormir. Dá sonolência até se acostumar. Um frasco, sim?

Enrico deu o preço, um valor mais alto do que eles pagariam pelo Benetox. Theo controlou a irritação com o abuso do preço pedido. Parecia que o preço cobrado dependia da aparência ou de quão fundo Enrico achava que era o bolso do freguês. Examinou o frasco e perguntou, como se estivesse apenas fazendo um comentário:

— De quem o senhor compra o Relax?

O vendedor deu um passo para trás, balançando a cabeça.

— *... vai precisar de mais que isso para convencer Enrico a abrir o bico...*

— Quem sabe a gente leva três frascos — disse Gielle.

Decididamente Theo ia cobrar essas despesas extras.

Enrico abriu um sorriso de satisfação, contente com quanto estava arrancando dos turistas trouxas.

— Três? Enrico faz preço especial para bom cliente, sim? Desconto de 5%.

Quando o vendedor colocou os demais frascos em cima do balcão, Theo tocou a mão dele, fitou-o direto nos olhos, abriu um largo sorriso e despejou uma carga de energia conectiva. E então, *Conexão.*

Theo se aproximou de Enrico, questionando-o da mesma maneira que o imaginaria falando aquelas palavras, até mesmo imitando o sotaque:

— Desconto muito bom, sim? Quem fornece Relax para Enrico?

— Madame Rouxinol — respondeu ele, com os olhos brilhando de ansiedade para agradar.

— E como encontro ela?

— Madame é muito famosa, sim? Faz show no cassino. Apresentação mui linda, sim?

— *... interessante...* — suspirou a guardiã — *... vamos precisar de mais investigações e uma visita ao cassino...* — Ela soltou uma última baforada antes de desaparecer.

Assim que saíram da DESEJOS ANTIGOS, Gielle, que observara Theo extrair as informações do vendedor com muita atenção, disparou:

— Estou curiosa. Você usou a *Conexão* nele?

— Usei, no final.

— Imaginava algo mais... — fez um gesto com as mãos, procurando pela palavra certa — ...mais chamativo.

— Não, é só isso mesmo.

— O que você fez exatamente?

Ele se retraiu. Por que ela queria saber os detalhes? No que estava interessada? Gielle, percebendo sua relutância, explicou:

— Gostaria de entender melhor como funciona. Tentei encontrar explicações em livros, mas elas são confusas e contraditórias. Você pensa em alguma coisa específica? Faz algum gesto? Como você se sente? Se usar a *Conexão* muitas vezes, ela se exaure? Precisa, digamos, recarregar as baterias?

Ele se pegou desapontado por perceber que ela apenas extravasava sua curiosidade de escritora e jornalista. Ainda assim, respondeu a todas aquelas perguntas e a mais uma torrente de outras que ela disparou implacavelmente enquanto perambulavam pelo Bazar.

Acabaram desistindo de encontrar o Grande Portão Norte, por onde haviam entrado no Bazar, e saíram para a rua no primeiro acesso que encontraram. Era uma região com pouco movimento, não muito distante da praia, pois dava para ouvir o barulho do mar. Uma série de placas em um poste de ferro indicou a direção a tomar para retornarem ao hotel.

Tinham andado duas quadras quando foram atingidos por um forte odor de putrefação. Uma placa indicava o lugar como Praça dos Condenados. Gielle cobriu o nariz com um lencinho, enojada.

A praça era desprovida de árvores ou flores, um grande quadrado de paralelepípedos que fervilhava com o calor. No centro havia um cadafalso em que balançavam forcas. Os corpos de dois homens e uma mulher pendiam. Um arrepio percorreu a nuca de Theo quando, de longe, viu que um dos executados tinha duas longas mechas prateadas que desciam pelas orelhas.

— Que barbárie! — disse Gielle.

Theo interpelou uma senhora de cabelos grisalhos que vinha carregando uma sacola de compras.

— Boa tarde, a senhora por acaso saberia dizer quais foram os crimes cometidos por eles? — Apontou para os corpos. — Quer dizer, que tipo de crime em Tilisi leva os criminosos a serem enforcados em praça pública?

Ela olhou na direção apontada como se pela primeira vez se desse conta de qual era a serventia da praça.

— Gente ruim, sim? Toda semana penduram nesta praça quem faz o errado. — Riu, mostrando a boca quase sem dentes. — Se *ocê* sabe ler, pode ver no Livro — disse, apontando para uma pequena plataforma no canto da praça. Foi embora bamboleando o corpo rechonchudo.

Theo se apressou até o local indicado pela velha. Um livro com capa de couro estava amarrado com uma pequena corrente de metal na plataforma. Era uma pasta, com folhas que podiam ser removidas. Ele a abriu com a ponta dos dedos, temendo o que encontraria. Gielle se postou ao seu lado, lendo junto.

— Então foi isso que Enrico quis dizer com "acabar no Livro" — disse Gielle.

— Cada página é um sumário, com os dados do réu e o crime. Pelo visto, as autoridades de Tilisi fazem questão de que todos saibam os motivos de os criminosos serem enforcados. Em alguma coisa essa gente tem que ser séria. Por que não no cumprimento das penas?

— Pelo nome, a primeira ficha é da mulher. Matou o marido enquanto dormia.

Theo virou a página.

— Um dos homens assaltou um banco e provocou ferimentos leves em dois clientes. Não diz se é o abiadi.

— Talvez a condenação não tenha nada a ver com ser abiadi — disse Gielle, colocando a mão sobre o braço de Theo.

Trêmulo, Theo virou a última página.

— Tomás Altima, natural do Reino de Primeia. Crimes: fraude, uso da *Conexão* abiadi. Histórico: o criminoso utilizou a *Conexão* abiadi para seduzir duas vítimas... — a voz de Theo falhou; ele respirou fundo antes de prosseguir a leitura: — mulheres idosas e viúvas, induzindo-as a transferir para ele, durante o período de um ano, os direitos de propriedade sobre diversos imóveis.

Gielle passou a mão nas costas dele, tentando confortá-lo.

— Mas como assim? — Theo virava a página de um lado para outro, como se a resposta estivesse escondida em algum lugar do Livro. — Como ele enganou as viúvas? Isso não pode estar certo. Não dá para imaginar que alguém com duas mechas prateadas conseguiria esse resultado todo só usando a *Conexão*. Um ano! Elas demoraram um ano para perceber que ele estava usando a *Conexão* nelas? Nem um climariano conseguiria esse feito.

O estômago de Theo embrulhou. O enjoo causado pelo fedor dos corpos em decomposição se somava ao medo. Perguntou-se o que aconteceria caso a Polícia de Tilisi descobrisse que havia usado a *Conexão* para atirar com uma arma climariana e obter informações de um comerciante no Bazar. Seria preso por algumas semanas? Cortariam uma das mãos? Ou as duas? Será que o enforcariam?

Teve vontade de fugir de Tilisi, aquela cidade confusa, de gente estranha, ainda mais inclemente com os mestiços que Azúlea.

— Calma, Theo. Não dá pra saber direito o que aconteceu lendo esta pasta.

— Dá, sim. — Levantou o livro, puxando a corrente que o prendia à plataforma. — Aconteceu o que sempre acontece. Se você é abiadi, você é culpado, mesmo que não tenha feito nada de errado. E se fez alguma coisa errada, fez porque era abiadi, porque usou a *Conexão*.

11

O sol estava se pondo quando chegaram ao hotel. A visão do corpo do abiadi balançando na Praça dos Condenados abalou Theo a ponto de ele não ter ânimo para jantar com os demais ou manter qualquer interação social. As horas em pé e caminhando, agravadas pelo seu estado emocional, cobraram seu preço. As pernas e as costas reclamavam, com espasmos de dor e ardência. Exausto, foi direto para seu quarto.

Assim que fechou a porta, pensou como seria bom se estivesse em casa. Se pudesse cozinhar, mesmo cansado, ao menos conseguiria relaxar. Jogou-se na cama; a mente vagava num turbilhão de pensamentos. O cansaço acabou vencendo, e ele pegou no sono.

Acordou com batidas na porta. Acendeu a luz e verificou o relógio. Eram quase onze horas da noite.

— Quem é?

— Gielle.

Ele abriu uma fresta da porta.

— Passei pra ver como você está — disse. Por um momento o olhar dela se fixou no cabelo prateado de Theo.

— Bem — mentiu ele. — Dormi um pouco; minhas pernas estão doloridas. E você, como está?

— Bem também. — Ela sorriu.

Ficaram se olhando. Theo estava incerto se era adequado convidá-la para entrar no seu quarto.

— Você não apareceu para jantar. Trouxe sanduíches de presunto e queijo e vinho. — Ela levantou os braços, mostrando um saco de papel pardo em uma mão e uma garrafa na outra.

Theo escancarou a porta.

— Entra. Pode colocar naquela mesinha. — Apontou para a mesa pequena e redonda, com duas poltronas, que ficava próxima à sacada. — Vou abrir as portas da sacada para arejar, está meio abafado aqui.

Uma brisa suave penetrou no quarto, e eles se acomodaram nas poltronas. Theo beliscou o sanduíche enquanto ela provava a bebida. Um tinto encorpado. A luz das luas iluminava suavemente o rosto de Gielle.

— Você está bem mesmo? Quer dizer, você pareceu meio abalado com a Praça dos Condenados.

— Claro — mentiu de novo. — Se você é abiadi, acaba se acostumando com esse tipo de coisa.

— Não deveria. — Ela fitou os olhos dele com intensidade.

Ele deu de ombros. Não queria a piedade dela; era inútil.

— Como estão os apontamentos para o livro? — perguntou, para mudar de assunto.

— Ah, bem — disse ela. A brisa vinda do mar estava um pouco fria, e ela ajeitou o xale de seda sobre os ombros. — Já tenho algum material escrito, mas são mais detalhes técnicos, coisas que se consegue lendo livros. Ainda preciso colocar o elemento humano. O meu esboço carece de alma.

Gielle rodou a taça na mão, parecendo indecisa.

— Talvez você possa me ajudar com isso.

— Como?

Ela examinou seu cabelo prateado e depois a cicatriz.

— A cicatriz é do quê?

— Do pior dia da minha vida.

Ela arregalou os olhos. Antes que pedisse mais explicações, ele complementou:

— Essa resposta soou meio melodramática. — Fez um gesto de "deixa pra lá" com a mão. — É cicatriz de queimadura — disse, esforçando-se para parecer casual. — Um acidente.

— Ah — disse ela, apertando os lábios, refreando a vontade de crivá-lo de perguntas. — Você se importaria se eu tocasse no seu cabelo?

Ele se espantou com a ousadia dela.

— Desculpe se isso foi grosseiro — disse ela. — Não tem problema se você não quiser. É que é tão diferente! As mechas são sempre as mesmas e ficam se movimentando como se tivessem vida própria. Só queria entender como funciona.

Theo se sentiu como um animal em um jardim zoológico, mas o interesse era compreensível. O sentimento dos cenenses em relação aos mestiços variava, com frequência, entre o asco e a curiosidade. Ele deu de ombros e inclinou a cabeça em direção a Gielle.

Ela pousou a taça na mesa e tocou seu cabelo; primeiro com cuidado, como se fosse perigoso; depois enterrou os dedos, passando-os ao redor da cabeça em movimentos suaves, quase carinhosos.

— É mais macio do que eu pensava. Tinha a impressão de que... — Ela deixou a conclusão no ar.

— Que o cabelo prateado ia te atacar — completou ele, rindo.

— É, algo assim. — Riu.

— Acredite, não é a primeira vez que acham isso. Afora se movimentar sozinho, não faz nada de mais.

— É até meio que...

Esperou que ela completasse a frase, contudo Gielle mudou de opinião de repente.

— É melhor ir para o meu quarto.

Levantou-se, abriu a porta e, antes que a fechasse, lhe deu um boa-noite que terminou em um sorriso — por um breve instante, pareceu carregado de malícia.

Theo ficou se perguntando o que aquilo tudo significava. Gielle era um mistério.

Ele comeu os sanduíches. Ficou sentado na poltrona, bebericando o vinho até quase uma da manhã, admirando as luas cruzando o céu e as ondas batendo na praia. Havia perdido completamente o sono. Lembrou-se do frasco de comprimidos de Relax e decidiu experimentar a novidade.

O remédio foi uma revelação.

Em poucos minutos adormeceu; nem se lembrou de fechar as portas da sacada. Um sono repousante, sem sonhos, até o amanhecer. Como se afundasse em um mar de travesseiros de plumas aconchegantes e mergulhasse em um mundo de esquecimento. Acordou renovado. Nada de dor nas pernas ou nas costas, nada de cansaço. Novo em folha.

O garoto, Toco, tinha razão. Relax dava uma sensação boa. Não era um entorpecimento, uma alegria falsa ou uma excitação exagerada. Nada como o que se espera encontrar no fundo de uma garrafa de vinho — ou duas — ou na fumaça do ópio. Era mais como um alívio, uma sensação de relaxamento, como o próprio nome do remédio indicava —, o descanso merecido depois de um dia extenuante de trabalho. Até mesmo as preocupações pareciam menores. Restava saber se era eficaz contra o mardarim.

Theo foi o primeiro a chegar ao salão onde o hotel servia o café da manhã. Escolheu uma mesa próxima à janela, onde o vento fresco vindo do mar adentrava. O garçom trouxe um bule de chá preto, uma jarra de suco de laranja e uma cesta de pãezinhos quentes.

Hóspedes vindos de todas as partes do mundo se banqueteavam, despejando uma profusão de línguas e sotaques. Como uma cidade tão cosmopolita quanto Tilisi, que abraçava a diversidade, podia ser tão tosca com o tratamento aos abiadis?

Cláudia foi a primeira a chegar. Sentou-se à sua frente, com um sorriso malicioso.

— E então, como foi sua caçada ao Relax?

— Gielle não contou?

Ela riu.

— Disse que o casamento de vocês durou horas.

Theo se engasgou com um pedaço de pão, o que só fez Cláudia rir ainda mais.

— Ela pode não ter usado exatamente essas palavras para relatar os eventos. Até porque o tio dela estava junto. Encare a piada como minha pequena vingança por você me fazer trabalhar uma tarde toda com o idiota do Pancho.

— Vocês conseguiram alguma informação?

— A glória ficou por conta de vocês. Aquele lugar é um labirinto sem fim, acho que não passamos nem perto da tal banca do Velho Josef. Vimos uma menina pobre comprando comprimidos em uma banca, meio que escondida. Foi tudo muito rápido, mas Pancho tem prática com essas questões e desconfiou que ela poderia estar comprando Relax. Se não era Relax, era alguma outra coisa proibida. Daí fomos lá para "averiguar", como chamou Pancho. O problema é que o brutamontes está acostumado a resolver tudo na porrada. Não sabe conversar.

— Ele aprontou?

Cláudia confirmou, com um balançar de cabeça.

— Comecei a puxar papo com o vendedor, jogar um charme para ver se ele nos dizia alguma coisa.

— Usou a *Conexão*?

— Claro que não. Você usou?

— Foi o único jeito.

Ela fez uma careta de dúvida.

— Gielle contou da Praça dos Condenados — disse ela com um tom de preocupação.

Ele se apressou a mudar de assunto; não estava nem um pouco a fim de falar sobre o abiadi enforcado.

— O que o Pancho fez, afinal?

— Ele disse que aquela conversa toda estava demorando muito, agarrou o sujeito pelo pescoço e ameaçou bater nele se não contasse onde conseguia o Relax. Tudo isso aos gritos.

— Ou seja, foi o Pancho sendo Pancho.

— Tive que acalmar ele e depois o vendedor. Começou a juntar gente. Escapamos antes que a polícia chegasse.

A conversa foi interrompida pela chegada do lorde, da sobrinha e de Pancho. Os três tinham uma aparência tranquila, como quem estava aproveitando umas férias na praia. Viramundo sorria.

— O professor tomou o Relax?

— Sim, e presumo que vocês também.

— Vou mandar alguns comprimidos para a sede da Farmabem para testes. Não sei se funciona contra o mardarim, mas é um ótimo sonífero e *calmante*. — Lançou um olhar de reprovação para Pancho, que baixou a cabeça como se fosse uma criança e recebesse uma reprimenda dos pais.

— Testes? — perguntou Gielle.

— Faz anos que os meus cientistas tentam melhorar a fórmula do Benetox ou produzir um remédio eficiente para os nervos.

Que surpresa! Lorde Viramundo tinha visto uma nova oportunidade de lucro. Ele continuou falando, sem nem perceber que a sobrinha parecia incomodada.

— De qualquer maneira, vocês dois — apontou para Theo e Gielle — estão de parabéns. Ótimo trabalho. Cláudia, compre ingressos para o show no cassino hoje à noite. Use o meu nome para conseguir os melhores lugares. Providencie uma carruagem; o cassino é longe deste hotel. Mande entregar um presente para Madame Rouxinol, um buquê de flores e um perfume caro devem bastar, com um convite para se juntar à nossa mesa depois do espetáculo. Vocês dois — apontou para Theo e Gielle outra vez —, aproveitem o dia para vasculhar as lojas de antiguidades do Bairro das Ararinhas; pode ser que achem alguma outra pista do anatar. Não dá pra saber se esse negócio da Madame Rouxinol vai dar em alguma coisa.

— Você não vai conosco, tio? Tem outra reunião no Ministério?

— Infelizmente — bufou.

Theo e Gielle estavam no *lobby* do hotel, aguardando a carruagem que os levaria até o Bairro das Ararinhas.

— Achei que o lorde fosse se envolver mais com a busca pelo anatar.

A nobre apertou os lábios, preocupada.

— O tio está com dificuldades de renovar o contrato de concessão de direitos de mineração da mina de carvão. Vence a cada vinte anos, e o Ministério de Minas de Vastraz está pedindo uma fábula. Ele achou que ia resolver tudo em uma manhã e depois se juntaria a nós na caçada.

— Se o pessoal do Ministério for igual a Enrico...

— Acho que é o jeito deles de fazer negócio por aqui. Negociam tudo. Pechincham. E esperam que você faça o mesmo.

— É uma cultura bem diferente de Primeia. Lá dizem o preço. Se quiser compra, se não quiser vai embora.

Ela fez uma careta de dúvida.

— Em negócios grandes sempre tem alguma negociação, mesmo em Primeia. Prazo de entrega, qualidade do produto, preço, essas coisas. A diferença é que aqui essa cultura é disseminada. Enganam bem com todos aqueles "sim-sim", sorrisos e mesuras. Na verdade, são obstinados em tirar a maior vantagem possível. E, em um contrato de milhões, as coisas podem ficar bastante complicadas.

— Milhões?

— A lei não estabelece um valor exato para a concessão; deve ser considerado o potencial do negócio, a lucratividade dos últimos anos, a perspectiva de lucros futuros... O Ministério está pedindo o equivalente a dois milhões de ducados. O tio ofereceu um milhão.

Aquelas cifras fizeram a cabeça de Theo girar. E ele achando que os mil ducados de prêmio que o lorde havia prometido se encontrassem o anatar era grande coisa.

— Não é tanto quanto parece. O Reino de Vastraz não cobra impostos sobre a exportação ou a importação de produtos, por isso a cidade de Tilisi é um entreposto comercial tão bem-sucedido. Mas de algum lugar tem que vir o dinheiro para pagar as despesas do Reino. Polícia, escolas, hospitais. Então eles cobram direitos de concessão sobre as minas de carvão e ferro, direitos de pesca, autorização para abrir lojas ou fábricas, construir prédios, esse tipo de coisa. É um pagamento só e costuma ser bem alto.

Theo se perguntou quanto custava para o Reino enforcar um abiadi.

— Hum, está me parecendo que você não é tão ruim quanto pensa para entender como funciona a economia ou os negócios.

— Eu sei como funciona, só que não tenho estômago para certas coisas. Pelo que o tio contou, o Ministério está fazendo ameaças veladas e tentando empurrar a concessão de outros negócios que ele não tem certeza se valem a pena.

— O lorde não quis que você fosse junto?

Ela estremeceu ligeiramente.

— Mesmo sem vontade, me ofereci para participar das reuniões. O tio Karlo disse que, se eu quisesse me inteirar sobre os negócios da família Viramundo, seria melhor começar com coisas mais simples, com o dia a dia das empresas em Azúlea.

— Pelas coisas que você falou, me parece que você sabe o suficiente sobre os negócios dos Viramundo.

— Pois é, fiquei um pouco preocupada. Acho que ele não quis que eu me envolvesse porque está com medo de que eles façam alguma coisa contra ele. Até levou Pancho junto para trabalhar como segurança particular.

Aquela revelação foi de gelar o sangue. Se até o todo-poderoso Lorde Viramundo estava com receio...

12

A ida ao Bairro das Ararinhas se revelara infrutífera, e eles retornaram ao hotel de mãos vazias. Theo não encontrou sequer um artigo climariano que valesse a pena adquirir para posterior revenda. Muito menos, para seu desespero, um camuflador novo ou uma bateria. E menos ainda o anatar ou qualquer pista sobre o seu paradeiro. Ele começava a se perguntar se aquela viagem não tinha sido um grande equívoco.

Ao menos as horas passadas com Gielle tinham sido agradáveis, um refresco das tensões e preocupações que lhe pesavam a mente.

Os dias eram longos em Tilisi, e quando a noite finalmente caiu Theo vestiu seu melhor traje para ir ao Cassino Real de Tilisi. Um casaco azul-marinho com botões dourados e bordados da mesma cor, com padrões intrincados na lapela e punhos por cima de uma camisa branca e calça combinando com o casaco.

Ele desceu para o *lobby* do hotel para aguardar os demais. Enquanto esperava, examinou um dos jornais que eles deixavam para os hóspedes na recepção. A matéria de capa era sobre a Harim. Nos últimos dias haviam ocorrido vários incidentes, com partes da espaçonave se desprendendo e depois retornando ao corpo principal. A falha na Harim aumentara a emissão dos raios nefastos que causavam o mardarim. Os hospitais estavam cada dia mais lotados, e os médicos diziam que estavam aplicando doses maciças de Benetox nos pacientes, com poucos resultados.

Um protesto, pedindo que o governo de Primeia tomasse alguma providência, estava marcado para aquela tarde, e o Ministro da Saúde declarara aos repórteres que estavam considerando a evacuação da cidade de Azúlea até que a situação se resolvesse, apesar de os registros de aumentos de casos de mardarim começarem a se espalhar pelas regiões vizinhas.

A mente de Theo se voltou ao Padre Dominic e às crianças do orfanato. Sentiu um nó no estômago. Ele era um dos poucos que sabiam o que fazer para resolver a situação. Precisava encontrar o anatar. E logo.

Cláudia foi a primeira a aparecer, distraindo-o das preocupações. Ela, que costumava usar calças confortáveis e blusas, se apresentou com um vestido novo, amarelo-claro, com uma estampa de delicadas flores de cerejeira. De joias, usava um colar fino de ouro, com um pingente minúsculo, e brincos simples de pérolas. O cabelo estava preso em um elaborado penteado, cheio de voltas e reviravoltas, perpassado por uma fita de cetim prateada. A moça do Pântano camuflava a origem abiadi com habilidade.

— Você caprichou, Cla.

Ela sorriu enquanto passava a mão na roupa nova, ajeitando um amassado inexistente, orgulhosa de sua aparência.

— Gastei um pouco da verba que o lorde deu para o guarda-roupa novo. Comprei na promoção. Só vi gente muito elegante no cassino, não queria fazer feio.

Theo respondeu com um sorriso, pois, de fato, Cláudia estava muito bonita. No Pântano seria a inveja da vizinhança. Estaria bem-arrumada para passear no Bairro das Ararinhas ou para uma ida a um restaurante — um bom restaurante, porém não para um ótimo. Só esperava que ela não se desse conta de que, no ambiente do mundialmente famoso cassino, frequentado por nobres e milionários dos mais variados reinos e repúblicas, o traje dela a faria parecer a criada do lorde ou de sua sobrinha.

Os demais chegaram, descendo a escadaria do hotel.

O lorde resplandecia, como se fosse o próprio Rei de Primeia ou o seu embaixador — talvez ele achasse que era algo do tipo —, em um traje carmesim, cheio de bordados dourados. Adornavam a figura imponente um broche de brilhantes com o símbolo lunista no peito, as já tradicionais argolas nas orelhas e o relógio de ouro.

Pancho também se exibia em roupas novas. Traje cinza-chumbo, camisa preta, sapatos pretos de verniz e o relógio de prata no pulso. Até conseguia disfarçar que era um brutamontes. Todavia, a expressão assustada e o insistente repuxar de roupas para ajeitá-las no corpo não impedia que um olhar atento o identificasse como um peixe fora d'água.

Gielle estava deslumbrante. Uma princesa em um vestido verde intenso com padrões adamascados. Usava a echarpe de seda que havia comprado de Enrico ao redor dos ombros nus, presa com um broche de esmeraldas na altura do peito. Um colar de esmeraldas fazia conjunto com os brincos e os anéis. Para arrematar, uma tiara de diamantes. Exalava perfume caro, daqueles feitos por perfumistas famosos, uma elaborada mistura cítrica com tons de madeira.

Theo dispensou seu sorriso mais charmoso à nobre, que retribuiu no mesmo tom. Evitou elogiá-la com palavras. Com certeza já tinha se arrumado daquele jeito centenas de vezes ao longo da vida, e se a elogiasse Cláudia poderia se chatear. A discrepância entre as duas mulheres era tal que a abiadi murchou por um momento, todavia logo se recuperou e assumiu um tom profissional.

— A carruagem está à nossa espera, lorde.

Era um veículo paramentado, cheio de dourados e com bancos estofados de couro branco, puxado por quatro cavalos e um condutor uniformizado. Tocaram para o cassino, desfilando pelas ruas de Tilisi.

O Cassino Real de Tilisi se empoleirava em uma encosta à beira-mar, reluzente como um farol. As duas luas cruzavam o céu, derramando seu brilho prateado sobre o mar, que batia nas pedras abaixo. Uma brisa suave soprava, deixando a noite fresca. O prédio do cassino era enorme e cheio de adornos, mais parecendo um palácio. A síntese da elegância. Assim que desembarcaram, o *hostess*, enfiado em um uniforme preto com prateado, apareceu todo obsequioso.

— Muito boa noite. Lorde Viramundo, sim? A direção do cassino lhe dá as boas-vindas. Permita anunciar a presença do seu grupo, sim?

O lorde assentiu enquanto discretamente garantia a continuidade do tratamento especial com uma gorjeta, equivalente ao salário mensal de um operário de uma de suas fábricas.

Entraram, e o *hostess* abriu a porta dupla que dava para o salão de jogos. Bateu no chão com a ponta de um bastão dourado, anunciando a chegada do lorde com um vozeirão grave que ecoou pelo salão.

— Karlo Nairé, Sexto Lorde Viramundo do Reino de Primeia, sua sobrinha, senhorita Gielle Nairé, e acompanhantes.

Viramundo estufou o peito, empinou o nariz e ingressou no salão de jogos com a sobrinha ao seu lado, como se fosse o dono do lugar. Deu dois passos e fez uma pequena pausa dramática. Naquele ambiente foi recebido apenas com breves olhares curiosos, que logo retornaram ao prazer das mesas de roleta e de carteado.

O pouco-caso não fez o lorde perder a pose. Continuaram o desfile em direção ao teatro. Ele encontrou alguns conhecidos durante o caminho, parando para cumprimentá-los. Lady disso, ministro daquilo, comendador do não sei o quê, lorde da ponte que o partiu. Uma sucessão de gente de quem Theo não gravou o nome. Um borrão de roupas, joias e maquiagens exageradas. Uma disputa de beleza sem fim.

Dissecaram Theo com o olhar, tentando adivinhar se era um nobre, um milionário ou um político importante. Qual o seu título? Quantas propriedades possuía? Onde se encaixava? O que, afinal de contas, fazia ali, na companhia de gente tão ilustre? Deu-lhe ganas de desativar o camuflador, subir em uma cadeira e gritar "Sou prateado e venho do Pântano, e daí?", contudo se limitou a seguir o séquito do nobre, distribuindo sorrisos, perpetuando a fraude e se apresentando como Professor Theodosio Siber. Professor de quê? De História e Cultura Climariana, ora.

O teatro era um misto de restaurante elegante e teatro propriamente dito, com um grande palco oculto atrás de pesadas cortinas vermelhas. Os assentos eram uma série de sofás circulares atrás de mesas voltadas para o palco. Imensos lustres de cristais pendiam do teto, e o piso era coberto com um tapete com motivos de animais marinhos em que se afundavam os pés.

A plateia bem-vestida, perfumada e resplandecente com joias enchia os assentos. Os músicos se preparavam para o espetáculo, afinando os instrumentos. A mesa deles era bem em frente ao palco. Tão logo se sentaram, um garçom apareceu com uma garrafa de espumante em um balde de gelo e pôs-se a servir taças.

Theo tentava se distrair das preocupações, prestando atenção ao que os demais faziam. Pancho mantinha o olhar baixo, parecendo intimidado; por certo se sentia mais à vontade em um ringue, lutando lakma. Cláudia observava o ambiente, prestando atenção nos detalhes da decoração, passando os dedos nos rebuscados bordados da toalha de mesa, experimentando com a mão o peso dos talheres de prata, absorvendo toda a riqueza de informação — ou informação de riqueza — ao redor.

Gielle examinava o cardápio enquanto provava o espumante.

— A comida deles é muito boa; qualquer coisa do cardápio vale a pena — disse Lorde Viramundo para ninguém em particular. Mantinha um braço estendido ao redor do sofá enquanto tomava golinhos da bebida. Deu um peteleco no ombro de Pancho. — Pede o filé ao molho de mostarda, você vai gostar.

— Está bem — disse Pancho, colocando o cardápio de lado, aliviado por não ter que escolher.

Não dava para culpá-lo. Theo também estava confuso. Os pratos tinham nomes estranhos e referências a ingredientes que não existiam em Primeia. Vieiras ao Pescador, ligeiramente apimentada, acompanhada de alcachofras recheadas com queijo perfumado. Robalo da Deusa, carregado no açafrão, servido com batatinhas cozidas em ervas da floresta. Codornas ao molho de vinho verde com arroz-negro.

Gielle ajudou Theo e Cláudia, sugerindo pratos e explicando o significado dos termos.

— São só nomes pomposos para coisas simples — explicou a nobre.

O garçom anotou os pedidos. Gielle escolheu o vinho: um tinto, para acompanhar as carnes vermelhas, e um branco, para quem havia pedido frutos do mar.

— Sempre deixo Gielle escolher os vinhos para mim — disse Viramundo, com uma pontada de orgulho.

— Posso pedir cerveja? — perguntou Pancho.

— Claro — respondeu o lorde.

O garçom fez uma careta desaprovadora. Gielle percebeu e interveio:

— Ótima escolha, Pancho. Cerveja combina com filé.

— Acho que eu também vou mudar para cerveja, então — disse Cláudia. — Uma caneca pequena.

— Taça — corrigiu o garçom. — Servimos a cerveja em taças, madame.

O garçom olhou para Theo, na expectativa de que alterasse o pedido da bebida. Ele confirmou a escolha inicial pelo vinho e o garçom levantou as sobrancelhas, um pouco surpreso, porém satisfeito. O rapaz recolheu os cardápios, sem fazer menção de perguntar a Gielle e Viramundo se também queriam mudar o pedido de bebida. Era tão óbvio assim quem era rico e quem era pobre naquela mesa que até o garçom conseguia identificar?

Pancho estava cabisbaixo; o lorde apertou seu braço.

— Ele só está interessado em vender a bebida mais cara para aumentar o valor da gorjeta — disse o nobre. — Como se ele não tomasse cerveja. A única maneira daquele sujeito tomar qualquer vinho do cardápio do Cassino Real é se levar uma garrafa escondida para casa.

Pancho relaxou os ombros e sorriu timidamente.

— Esse lugar é muito bonito — disse Cláudia.

— Verdade — disse Viramundo. — Ainda assim, acho que prefiro o meu camarote no Teatro Real de Primeia. É só avisar que estou indo que eles já deixam a bebida e os petiscos que a gente gosta esperando.

Pancho assentiu com a cabeça.

— Lá me sinto mais em casa.

— O camarote é muito bom mesmo, mas é interessante conhecer lugares diferentes — disse Gielle.

Um sujeito robusto, com um bigode farto enfeitando o rosto redondo, veio até a mesa. Era o Ministro de Minas, Dom Marlim. O lorde se levantou para cumprimentá-lo, encarregando-se das apresentações.

O Ministro alisava o bigode enquanto passava um olhar avaliador por todos na mesa.

— Show de Madame Rouxinol muito famoso, sim? Ela é afinadíssima. Mui belo.

— Estamos ansiosos para conhecer os dotes artísticos de Madame. Até o nome é inspirador: Rouxinol. — Viramundo pousou a mão no ombro do Ministro. — Me conte, Dom Marlim, o senhor acha que terminaremos nossas tratativas na reunião amanhã pela manhã?

Ele deu um sorriso de raposa esperta.

— Negociações difíceis, sim? Proposta de Vastraz é justa, mas o lorde não quer aproveitar?

— Justa, é?

— Tenho certeza de que o lorde vai avaliar a situação e reconsiderar. Uma boa noite de sono ajuda a pensar sobre o problema, sim? — Despediu-se, desmanchando-se em mesuras e sorrisos.

Os pratos foram servidos. Uma miscelânea deliciosa de sabores e cheiros. Ainda comiam quando as luzes dos lustres se apagaram. Pequenos abajures nas mesas emitiam uma luz mortiça. Os últimos músicos tomaram assento. A plateia aplaudiu a entrada do maestro. Quando o silêncio se fez presente, a cortina subiu ao som suave dos instrumentos de corda.

Um único facho de luz desceu sobre uma cadeira no meio do palco em que Madame Rouxinol estava sentada de lado, de pernas cruzadas, segurando um chapéu pequeno e redondo com a ponta dos dedos. Salto alto, pernas e braços de fora e vestido colante vermelho e negro, revelando as curvas do corpo.

A plateia assoviou e aplaudiu.

— Em Primeia isso seria um escândalo — disse Cláudia, com animação.

A cantora aguardou imóvel como estátua até que o silêncio retornasse. Com um agudo longo e poderoso, ela se levantou da cadeira, ainda olhando para o lado enquanto empinava a cabeça e posicionava o chapéu. Os músicos atacaram com um estrondo que tirou o fôlego da audiência.

Madame Rouxinol se virou para a plateia e seguiu cantando. Uma canção sensual, cheia de ousadia, sobre amantes que se encontravam furtivamente para viver uma paixão arrebatadora.

Theo sentiu um calor subir pelo corpo, uma agitação, uma efervescência. Imaginou-se com Gielle nos braços, corpos entrelaçados em um frêmito, beijando-lhe os lábios carnudos. Quando deu por si, trocava um olhar com a nobre. Durou apenas um momento. Ela logo virou o rosto, em um movimento de fingida timidez.

A artista terminou a canção com um agudo capaz de partir cristais. Um segundo de silêncio foi seguido de uma explosão de aplausos, assovios e gritos da plateia.

— Linda!

— Te amo!

— Maravilhosa!

Madame Rouxinol continuou arrebatando a assistência com sua voz impecável. Em algumas canções, fez-se acompanhar de um grupo de moças e rapazes que dançavam ao seu redor. Trocou de roupa três vezes durante o show. Em uma delas no próprio palco, atrás de um biombo semitransparente, jogou longe as peças que retirava com um gesto teatral. A plateia quase botou o teatro abaixo.

As músicas eram vibrantes, dançantes, elétricas. Quando a melodia se tornava contida e triste, era somente para que no momento seguinte explodisse em um agudo, cheio de desespero e intensidade, levando muitos às lágrimas. Ela era uma explosão de fogos de artifício em uma noite de verão enluarada; um transbordamento de talento, carregado de malícia e sensualidade.

O espetáculo durou cerca de uma hora. Quando encerrou, Madame agradeceu os entusiásticos aplausos enquanto recebia um lindo buquê de flores. Após um pequeno intervalo, a orquestra retornou. Alguns casais foram para a pista de dança.

Madame Rouxinol atendeu ao convite de Viramundo e pouco depois foi à mesa deles. De perto, ela era ainda mais bonita. Tinha os olhos puxados, típicos dos povos do oeste; as maçãs do rosto altas; e a boca vermelha como rubi. Os cabelos negros lhe caíam pelos ombros nus. Estava metida em um vestido creme, que lhe acentuava as curvas do corpo. Tinha um ar de misteriosa beleza.

A guardiã Val apareceu ao lado de Theo, piteira na mão. Soltou uma baforada.

— *... quero ver se ela diz algo interessante...*

Lorde Viramundo fez um sinal para que a artista ocupasse um lugar ao lado dele, na ponta do sofá. Theo conteve a irritação. Madame Rouxinol estava muito longe, e ficaria esquisito se ele se esticasse todo para tocá-la e fazer uso da *Conexão.*

— Madame gostaria de algo para beber ou comer? — perguntou o lorde.

Ela abriu um sorriso cativante. Falava com um ligeiro sotaque de Tilisi.

— Por favor, me chame de Rou, sim? Um espumante e uma porção de copos de morango.

Viramundo fez o pedido ao garçom, e logo estavam todos com taças na mão. Uma enorme travessa com morangos banhados em chocolate no formato de pequenos copos foi posta na mesa.

— Adoramos o seu show — disse Gielle.

Madame cruzou as pernas e puxou uma piteira de ouro, que deixou esticada de forma casual. Um garçom correu para acender o cigarro. Ela agradeceu com um sorriso.

— *... acho que vou gostar dela...*

— Vocês são de Primeia, sim?

— Somos — respondeu o lorde.

Ela pousou o cotovelo na mesa, deixando o cigarro queimar — usava-o mais como um adereço estiloso —, e pegou um copo de morango com a pontinha dos dedos, mordiscando-o.

— Há tempos quero conhecer Azúlea. Diga-me, Lorde Viramundo, o senhor que é um homem de negócios. O meu show faria sucesso lá, sim?

— Azúlea é uma cidade bastante conservadora, talvez não esteja preparada para um talento do seu calibre.

Ela fez uma expressão de decepção.

— Tenho certeza de que com pequenos ajustes o show de Madame Rouxinol seria um tremendo sucesso, mesmo em uma cidade antiquada como Azúlea — interveio Theo.

Rou percebeu a presença de Theo pela primeira vez, abrindo um sorriso. Ele aproveitou a deixa para se apresentar.

— Eu me chamo Theo.

— Então, Theo — a artista fez uma pausa para morder o morango, que lhe deixou uma pequenina mancha vermelha acima do lábio —, que ajustes eu teria que fazer no espetáculo?

— *... hum, acho que a Rouxinol se interessou pelo seu alpiste...*

— Azúlea é mais fria que Tilisi. Eu sugeriria um guarda-roupa que cobrisse um pouco mais de pele.

— Sério?

— Ahã, só um pouquinho.

— Mais que só um pouquinho — disse Gielle. — A Igreja Lunista é muito influente lá.

— *... alguém ficou com ciúmes. isso está mais divertido do que eu pensava...*

— Madame Rouxinol é mais que uma cantora, é uma personagem, sim? Se mudar só para agradar os outros, perde a essência. Vira Madame Rouxinol disfarçada de Madame Pardal.

— *... nossa, parece até que ela te conhece há anos e resolveu te provocar...*

Cala a boca, pensou Theo.

— O Teatro Real é uma das instituições culturais que patrocino — disse Viramundo. — Se você quiser, Rou, posso pôr o seu agente em contato com a gerência.

Ela respondeu sem desviar o olhar de Theo.

— Isso seria maravilhoso, sim? Desde que aceitem Madame do jeito que ela é, pode ser uma boa oportunidade para a baixa estação. O inverno em Tilisi é meio parado para o entretenimento.

— Em Azúlea, os teatros lotam no inverno — disse o nobre.

— Pode ser que dê certo — respondeu a artista a Viramundo. Retornou sua atenção a Theo. — Gostando de Tilisi, Theo?

A cidade é uma maluquice e eles enforcam abiadis, pensou ele. *Como não adorar?*

— É uma cidade muito progressista, carregada de excitação e surpresas — respondeu ele. — Boa para os negócios, acho eu.

Gielle levantou uma sobrancelha, se remexeu no sofá e tomou um gole de espumante. Cláudia acompanhava a conversa, parecendo estar se divertindo tanto quanto a guardiã. Pancho permanecia retraído, sem demonstrar qualquer interesse no que era dito. Viramundo relaxou, desistindo de conduzir a conversa, observando como uma águia o que acontecia.

— Sim, Tilisi é muito boa para negócios. Muito diferente de Nikar, de onde veio a minha família. Aqui é comum alguém ter vários negócios. Loja de flores e barco de pesca; professor de música e arrendatário de terras; dono de restaurante e importador de tecidos. Todos fazem negócios sem parar. É prosperidade, sim?

— E você, Rou, que outro negócio tem? — perguntou Theo.

Ela desviou o olhar, fazendo uma pausa para tragar o cigarro pela primeira vez, derrubando cinzas no tapete.

— Uma coisinha aqui, outra ali. Como todo mundo, sim?

— Múltiplos negócios são uma proposta interessante — disse Theo. — Quem sabe um dia Azúlea não segue esse exemplo?

— Tilisi tem muito a ensinar — disse Rou com uma pitada de orgulho. — Unimos trabalho e diversão.

Theo olhava fixo para Madame Rouxinol, aproximando seu jeito de falar com o dos tilienses, o suficiente para entrar em sintonia, mas sem parecer que pudesse estar debochando.

— É verdade, Rou. Tilisi é terra de povo engenhoso. Ficamos sem Benetox logo que chegamos aqui e testamos o remédio local, o Relax. Adoramos.

— *... boa, vamos ver se ela abre o bico...*

Ela se remexeu no sofá, tragou o cigarro e deu uma longa baforada, no que foi acompanhada pela guardiã Val.

— Muita gente toma Relax em Tilisi, sim? — Ela se virou para o nobre e provocou. — O que o lorde acha da concorrência?

Viramundo a examinou por um tempo, dando um sorriso forçado.

— Concorrência faz parte dos negócios. Se o Relax é de fato eficiente, gostaria de saber quem está produzindo para fazer um acordo com a minha empresa, a Farmabem. Poderia ser bastante lucrativo para todas as partes envolvidas. Até mesmo para os distribuidores.

Madame deu um sorriso cheio de ironia, tomou mais um gole da bebida, tragou o cigarro pela última vez e, com um movimento teatral, jogou a bagana na taça.

— Negócios são complicados, sim? Às vezes uma das partes é arisca. Se insistir, desaparece e não quer mais comprar nem vender. Melhor deixar como está e continuar ganhando, garantir o que se tem.

— Se tivesse a oportunidade de conversar com o fabricante do Relax, seria capaz de apresentar uma proposta irrecusável.

— O lorde é homem de negócios experiente. — Ela pousou a mão sobre a dele. — Tenho certeza de que convenceria o peixe a morder o anzol. Obrigada por me convidar para sua mesa, Lorde Viramundo.

Madame Rouxinol se levantou, curvando-se em despedida.

A mente de Theo acelerou em busca de alguma desculpa para continuar a conversa.

— *... convida ela para dançar...*

— Você me daria o prazer de uma dança antes de nos deixar, Rou? — ele se pegou dizendo.

O rosto dela se iluminou, estampando um sorriso com uma pontada de malícia. Ela respondeu estendendo a mão na direção de Theo, que a conduziu à pista de dança.

Para sorte dele, que se considerava no máximo um dançarino medíocre, a orquestra tocava uma música lenta, que dispensava os elaborados movimentos das danças de salão, comuns nos bailes de Azúlea. Ele pôs uma mão na cintura de Madame Rouxinol e com a outra segurou a dela. Ela sorriu e se aproximou, roçando o corpo nele e o envolvendo em seu perfume de jasmim.

— Desculpe o lorde; ele só sabe falar de negócios.

— E você? Fala de quê?

— Todas as formas de arte. Pintura, escultura, música, teatro. Trabalho com o comércio de antiguidades.

— Isso é interessante, sim?

Ela suspirou. Estavam em sintonia. Madame estava pronta. Theo transferiu uma carga de energia conectiva em Madame Rouxinol. Ela estremeceu, como a chama de uma vela que recebe o sopro de uma brisa, relaxando só um pouco, o suficiente para que ele percebesse sua mente se entregar.

E então, *Conexão*.

— Me diga Rou, de quem você compra o Relax?

Ela sussurrou a resposta em seu ouvido; ele fez mais perguntas. A *Conexão* durou o tempo da canção. Despediu-se com um beijo na face e o sorriso mais charmoso que conseguiu, prometendo que entraria em contato com a artista para almoçar no dia seguinte. Promessa que não tinha a menor intenção de cumprir.

Assim que se sentou, o lorde perguntou:

— E então?

Os olhos do grupo estavam voltados para Theo, aguardando.

— Sei aonde temos que ir, e é a melhor pista que consegui do anatar em toda a minha vida.

Lorde Viramundo sorriu empolgado e no instante seguinte fechou a cara, olhando para um lugar atrás de Theo.

O abiadi se voltou. Um funcionário do cassino conduzia dois policiais até a mesa deles.

— O senhor Patrício Sena? — perguntou um dos policiais.

— Sou eu — disse Pancho se levantando.

— E a senhora Cláudia Maltese?

Cláudia se levantou sem dizer nada; tinha uma expressão confusa e uma ruga de preocupação na testa.

— Vocês estão presos.

Os policiais sacaram algemas dos bolsos e rapidamente executaram a prisão, enquanto os demais se levantavam protestando. Pessoas se viravam para eles, cochichando e apontando.

— Eu sou o Lorde Viramundo, essas pessoas são do meu grupo e exijo saber o motivo da prisão.

O policial deu um suspiro, tirou uns papéis do bolso e os entregou ao nobre.

— O que significa isso tudo? — perguntou o lorde, passando os olhos nos documentos.

— O senhor Patrício é acusado de agredir um comerciante, e a senhora Cláudia, de fazer uso da *Conexão*.

— É mentira! — protestou ela.

— Há uma reclamação de que a *Conexão* foi usada, mais de uma vez, em cidadãos inocentes desta cidade, sim? As vítimas dizem que foi um homem, mas estão um pouco confusas, como é normal com a *Conexão*. A senhora é a única abiadi, que se tem conhecimento, que está em visita a Tilisi e esteve no Bazar no horário do incidente, sim?

— Não, não! Eu não posso ser presa. Não fiz nada. Theo, faz alguma coisa — implorou ela, desesperada.

— Isso não vai ficar assim — disse o lorde. — Vocês estão fazendo isso só para me atingir.

A cabeça de Theo girava, o coração batia tão forte que parecia que ia explodir.

— Esperem — murmurou.

Os policiais não o escutaram em meio ao barulho do teatro e deram um puxão em Cláudia, que gritava: "Não! Não!".

— Esperem, ela é inocente! — repetiu Theo, desta vez com a voz mais forte. — Eu posso provar.

— Isso é com o juiz, senhor.

— Ela não é a única abiadi que estava no Bazar — disse Theo, sentindo-se sem fôlego, sua vida prestes a ruir. — Eu estava lá, fui eu que usei a *Conexão.*

Lorde Viramundo se voltou para ele, espanto e confusão no semblante.

— Hã?

Theo desligou o camuflador. O cabelo prateado se revelou em toda a sua glória, causando comoção nas mesas ao redor.

Ele levantou os braços, posicionando-os para que o algemassem.

— Meu nome é Theodosio Siber, e eu sou o abiadi que usou a *Conexão.*

13

Um dos carcereiros abriu a cela enquanto outro removia as algemas.

— Quando é que nós vamos ver um advogado? — perguntou Theo.

— Amanhã, sim? Se não puderem pagar, o tribunal manda o advogado deles. Agora, entra.

Eles obedeceram. O carcereiro fechou a porta com um rangido. A chave girou na fechadura duas vezes, provocando um ruído metálico. A cela estava escura. As únicas fontes de luz eram o brilho prateado das luas, que entrava pelas barras de ferro da janela minúscula no alto, e a luz de um lampião, que vinha mortiça do fundo do corredor.

O prédio era antigo, com espessas paredes de pedra, e ainda não fora eletrificado. Tinha sido um forte ou alguma outra construção com finalidade militar em um passado remoto e, posteriormente, foi reformado para funcionar como prisão. Localizava-se na ponta de uma península, e as ondas arrebentavam com força na sua base.

Theo ficou em pé até acostumar a visão. A cela tinha dois catres de pedra, uma torneira num canto e um balde, que ele presumiu fazer as vezes de vaso sanitário. Cheirava a mofo e suor.

Pancho se sentou com as costas curvadas e os ombros baixos. Era a própria imagem da derrota.

Theo estava paralisado. Não sabia se sentava, passava a noite caminhando na cela, se gritava ou sei lá o quê.

— Ei! — chamou uma voz de homem, com uma rouquidão de fumante.

Theo se aproximou da grade. Eram apenas dez celas, pelo que havia percebido. Até aquele momento achou que estavam todas desocupadas.

— Aqui, sim? — Acenou o homem da cela do outro lado do corredor.

Theo se virou para que pudesse enxergá-lo melhor.

— Vocês têm cigarro?

— A gente não fuma.

— Que pena — disse, desconsolado. — Você fala diferente, sim? Vem de onde?

— Somos de Azúlea, no Reino de Primeia.

— Ah, explicado, sim. Por que vocês estão aqui?

— Uso da *Conexão* — apontou para a própria cabeça —, e meu... amigo... — Pancho resmungou ao ouvi-lo se referir a ele dessa maneira — meu conterrâneo — corrigiu Theo — agrediu um comerciante no Bazar.

— Ah, abiadi — disse ele, como se isso explicasse tudo.

— Qual o seu nome?

— Fabian, mas todo mundo me chama de Barracuda porque, quando era mais novo, uma dessas danadas me mordeu na perna e me deixou coxo, sim. — Levantou a barra da calça para mostrar que faltava um naco da perna direita enquanto dava uma gargalhada que acabou em um acesso de tosse seca. — E vocês? — perguntou quando recuperou o fôlego.

— Theo, e o outro é Pancho. Como você veio parar aqui?

— Me acusaram de roubar umas roupas do meu patrão.

— Você está aqui há muito tempo?

— Desde ontem à noite. O defensor já acertou tudo. Meu irmão vai pagar a reparação.

— Reparação?

Pancho se interessou pelo curso da conversa e veio até a grade para escutar o que Fabian dizia.

— Sim, sim. Eu devolvi as roupas e vou pedir desculpas para a vítima na frente do juiz. Se não é coisa grave, a gente faz um acordo, paga um dinheiro e depois nos soltam. É melhor negócio pro Reino, sim.

— Vamos calar a boca, aí! — gritou o carcereiro lá do fundo. — Todo mundo pra cama, agora!

Barracuda levantou as mãos, como se dissesse "é melhor obedecer", apressando-se para se esconder no fundo da cela. Eles se sentaram no catre duro.

— Então pode ser que eles nos soltem depois de darmos um dinheiro para a vítima — sussurrou Pancho, esperançoso. — O Karlo paga, não vai ser nada para ele.

Na prisão, como num passe de mágica, Lorde Viramundo tinha virado Karlo. Pancho não parecia mais preocupado em manter as aparências sobre a natureza da sua relação com o nobre.

Theo achou Pancho meio ingênuo. Eles não sabiam ao certo como o sistema judiciário de Vastraz funcionava. Quais situações eram consideradas menos graves para os réus serem soltos após um acordo e o pagamento de uma reparação? Quanto custaria? Ele teria dinheiro suficiente? De qualquer modo, talvez o lorde pagasse para libertar o namorado, mas duvidava que fizesse o mesmo favor a ele. E mais importante: crimes praticados por abiadis usando a *Conexão* entravam no sistema de reparações?

Pancho se ajoelhou em um ponto onde o luar lançava uma mancha prateada no chão. Levantou as mãos e a face em direção às luas e rezou com fervor para Talab.

— Ó, Grande Pai, me livra desse mal. Tende piedade do seu filho, que sempre lhe foi fiel e temente.

Ele ficou assim, murmurando repetidamente as mesmas frases. Theo ficou admirado com a tenacidade da fé dele e se perguntou se um dia sentiria o mesmo. Enroscou-se na sua cama de pedra e adormeceu ao som daquela cantilena.

No dia seguinte, depois do café da manhã — uma caneca de café com leite com um naco de pão dormido —, levaram os dois a uma sala para conversar com a advogada. Ela se apresentou como a defensora Rose Carpes. Era baixa, rechonchuda e usava os cabelos amarrados para trás, deixando o rosto suarento ainda mais redondo. Os olhos eram amplificados por óculos com lentes de fundo de garrafa.

Theo e Pancho se sentaram em um lado da mesa, algemados a uma corrente presa ao chão. Era uma sala grande, com as paredes verde-escuras descascando. O sol forte penetrava pelas janelas, prenunciando um dia tórrido. Um carcereiro estava postado em um canto, observando-os.

A defensora se sentou à frente deles, abriu uma pasta e tirou uma montanha de documentos, organizando-os em cima da mesa enquanto os lia rapidamente.

— Lorde Viramundo me contratou para defender vocês, sim? — disse ela.

Pancho o cutucou com o cotovelo, o rosto se abrindo em um sorriso.

— Eu disse que Karlo ia nos ajudar.

A defensora examinou Pancho por um momento, sem entender muito bem o que ele falava. Talvez por nervosismo, talvez por empolgação, ele disparou uma porção de perguntas emendadas com considerações pessoais, sem dar tempo para que ela respondesse.

— Não sei o que disseram, mas não foi nada grave, não, nem cheguei a machucar o sujeito. Luto lakma, eu sei como controlar a força. O outro preso, o Barracuda, disse que aqui em Tilisi a gente paga uma reparação e resolve tudo. Quanto é a reparação no meu caso?

O lorde disse se ia pagar? Acho que sim, né? Ele está até pagando a senhora. Se não for muito, eu mesmo posso pagar; não quero abusar da generosidade dele. Vai demorar quanto tempo pra resolver tudo?

A defensora piscou os olhos gigantescos por trás dos óculos.

— Começaremos do começo, sim? Qual o seu nome?

— Desculpa, dona defensora; é que eu estou meio nervoso. Nunca fui preso, sabe? Sou um homem de bem, temente a Talab. — Ele ficou em silêncio por um instante, até se lembrar de que ainda não tinha respondido à pergunta. — Patrício Sena, pode me chamar de Pancho.

— É caso de uma agressão, sim? A vítima sofreu apenas escoriações leves. Parece promissor. O valor da reparação tem que ser negociado com a vítima. Pode deixar, vou providenciar o acerto.

— Eu sou Theodosio Siber. Como fica a minha situação?

Ela mexeu nos papéis, despendendo um longo tempo para ler vários documentos. Apertou os lábios, fazendo um som que lembrava um mugido.

— Uso da *Conexão* em um comerciante do Bazar, sim? É complicado, crime grave pelas leis do Reino. Vou fazer o possível para negociar um acordo com a vítima.

Por um lado, Theo se sentiu aliviado. Não havia acusação de que ele tinha feito uso da *Conexão* para disparar uma arma climariana, o que ele deduzia que agravaria sua situação. Por outro lado, a menção a crime grave não era nada animadora.

— A senhora poderia nos explicar como funciona o sistema judicial criminal de Vastraz? — perguntou Theo.

— Sistema muito eficiente, sim. Tudo é resolvido rapidinho, em poucos dias. Em Vastraz dificilmente se cumprem penas longas. Quase tudo se resolve por negociação entre a vítima e o réu. Se não houver acordo de reparação para a vítima e o réu for considerado culpado, dois resultados são possíveis: se for crime comum, recebe a pena de multa e, se for crime grave, é inscrito no Livro dos Condenados. Só vai para a prisão por tempo longo se não pagar a multa. E Livro significa forca. A Promotoria é a fiscal do Reino e deve concordar com o acordo entre a vítima e o acusado, e, no caso de não haver acordo, o promotor propõe a multa. Os acordos de negociação e o valor da multa devem levar em conta o caso: tipo de crime, histórico do criminoso, dano ocasionado, arrependimento, perdão da vítima, reincidência.

— Quais casos costumam ir para o Livro? — perguntou Theo.

— Coisa grave, sim. Homicídio, latrocínio, estupro, sequestro.

— Uso da *Conexão*?

Ela piscou várias vezes e baixou a cabeça como quem fingia ler algo.

— Uso da *Conexão* é crime grave, sim. Se o dano ocasionado à vítima for só uma questão financeira, de pouca monta, a Promotoria permite que se resolva por acordo.

— O meu caso é bem assim. Na verdade, ele não teve nenhum prejuízo, nós pagamos mais pelos produtos do que seria o razoável.

— Essa não é boa linha de defesa, sim? Se alegar que pagou mais, o juiz vai querer saber o porquê. Pode levantar outras questões. Tem certeza de que pode responder sem se complicar mais ainda?

Theo murchou.

— E essa negociação que a senhora falou, como funciona? — perguntou Pancho.

— Vários tipos de negociação possíveis. Negocia com a Promotoria para eles reduzirem a acusação, com as vítimas para aceitarem as desculpas e a reparação oferecida, e às vezes, como é no caso de vocês dois, tem interesse do Reino.

— Interesse do Reino? — Theo e Pancho perguntaram ao mesmo tempo.

— É a situação de vocês, sim? As investigações foram declaradas de interesse público pelo Procurador-Geral. — Ela vasculhou os documentos até encontrar o que procurava. — Está aqui, na Ordem nº 758-T. "O Procurador-Geral decreta que, por ordem do governo da Veneranda Rainha Sofia II, as investigações e as acusações relativas aos crimes praticados pelos estrangeiros, membros da comitiva do mui digno Sexto Lorde Viramundo, do Reino de Primeia, são consideradas de interesse do Reino."

Por que o uso da *Conexão* em um comerciante e a agressão a outro seriam de interesse do Reino? O lorde tinha algo a ver com a prisão deles?

— O que significa exatamente "interesse do Reino"? — perguntou Theo.

— Quer dizer que o Procurador-Geral pode, a bem do interesse público, intervir no processo, dispensando acusações, cancelando negociações, comutando ou até cancelando penas. Então pode ou não depender do que for negociado durante o curso do processo. A gente pode negociar a reparação com as vítimas, e ainda assim, na última hora, o Procurador-Geral mudar tudo. O contrário também é verdade. Pode ir para o Livro e o Procurador-Geral mandar soltar.

— Então é só falar com esse tal de Procurador-Geral — disse Pancho, empolgado.

Theo suspirou. A burrice ou a ingenuidade de Pancho era exasperante.

Os olhos da defensora Rose piscaram rápido novamente.

— O Procurador-Geral só faz o que é bom para o Reino de Vastraz. Vai intervir a favor ou contra se for de interesse do governo.

— Não dá para convencer ele? — perguntou Pancho.

— Dá, se o governo conseguir o que quer.

— E o que o governo da Rainha Sofia II quer, afinal de contas? — perguntou Theo.

— Essa é uma boa pergunta, sim? — Ela deu um sorrisinho maldoso. — Eu sou só uma defensora, a Promotoria não me contaria algo que está sendo negociado nos altos escalões do Reino. A Ordem do Procurador-Geral menciona a comitiva do Lorde Viramundo. Vocês são parte dela, devem saber que interesse o governo de Vastraz pode ter no lorde.

A negociação da renovação da concessão da mina de carvão. Então era esse o verdadeiro motivo de eles estarem presos? Theo corria o risco de ir para o Livro por causa do lorde?

Quando retornaram da conversa com a defensora, Barracuda já tinha sido libertado. Perto da hora do almoço, um grupo foi jogado em duas celas: três homens e duas mulheres. Haviam sido acusados de urinar em público e causar danos às vias públicas. Em resumo, tinham se embebedado na noite anterior, feito uma arruaça no centro da cidade e quebrado o banco de uma praça. Não era a primeira vez deles e não pareciam preocupados. Uma das mulheres, ainda um pouco bêbada, contou que das outras vezes eles pagaram os prejuízos e uma multa para a cidade e foram soltos depois de recuperarem o bom senso. Theo entendeu que o bom senso vinha quando a embriaguez acabava. No final da tarde, já estavam soltos.

À noite, restavam apenas Theo e Pancho na prisão. Quando as luas despontaram no céu, lançando seu brilho prateado pelas grades da cela, Pancho se ajoelhou para rezar.

— Você está rezando para Talab ou para o lorde?

— Rezo todos os dias. E rezar para uma pessoa é blasfêmia — respondeu, sem sair da posição ajoelhada.

— Você ainda não se deu conta de que nós estamos dependendo das negociações de Viramundo com o governo para liberar a renovação da concessão da mina?

— Confio em Karlo. Ele também é temente a Talab. Não vai nos abandonar aqui.

— Como você tem tanta certeza? Nós só estamos na prisão por causa dos negócios do lorde.

Pancho se levantou e veio com o dedo em riste para cima de Theo.

— Você nem conhece Karlo direito.

— Ele é vaidoso, autoritário e, acima de tudo, ganancioso.

Pancho ficou vermelho, cerrou os punhos e preparou um soco.

Theo se conteve para não se encolher todo, reduzindo-se à posição fetal. Não se deixaria intimidar. Um dia teria que parar de ter medo de Pancho ou ao menos parar de demonstrar.

— Você vai me bater? Como fazia quando a gente era criança? Só pra te lembrar, essa mania de resolver todos os problemas com violência foi o que te colocou na prisão.

Pancho parou com a mão no ar, próxima ao rosto de Theo. Soltou um grito de exasperação e se sentou no catre. Tinha os olhos marejados.

Theo jamais teria imaginado aquela reação.

— Por que você está chorando? — perguntou ele, mais por curiosidade do que por qualquer outro motivo.

— Não estou chorando — respondeu Pancho, passando a mão no rosto para limpar uma lágrima que havia escorrido e baixando o olhar, envergonhado. — Todo mundo só fala mal de Karlo; que ele é isso, é aquilo. Ninguém consegue ver como ele é generoso. Sabia que ele está sempre doando dinheiro para a igreja? — Lançou um olhar desafiador a Theo, passando a enumerar cada boa ação de Viramundo, contando nos dedos. — Pagou pelo conserto do telhado do orfanato; construiu o centro comunitário; doa todo mês um monte de dinheiro direto para o bispado, uns três mil ducados ou cinco mil, mas às vezes é dez mil, que repassa para todas as igrejas lunistas de Azúlea. E não é só a igreja, não senhor. Ajuda o Teatro Real, o Hospital Geral de Azúlea, o Corpo de Bombeiros e sei lá eu quem mais.

Theo não estava convencido.

— Mais um pouco e vira santo — provocou.

Pancho lançou um olhar de ódio. Theo teve certeza de que agora tinha cruzado uma linha imaginária que limitava quanto o brutamontes aguentava ouvir sem revidar com socos e pontapés. Já estava preparado para levar uma surra.

— Talvez vire.

Essa não era a resposta que Theo esperava.

— Você gosta mesmo dele, não é?

Pancho desviou o olhar, remexendo as mãos, nervoso.

— Todo mundo que sabe da gente diz que eu só quero o dinheiro dele; que estou com Karlo por causa dos presentes. Eu não dou importância pra nada disso. Ficaria com ele mesmo se não me desse nada. Tenho meu emprego. Se não trabalhar no banco, arranjo outra coisa. É mais que suficiente. Talab não vai me deixar faltar nada.

— O que você gosta nele?

— Ele é tão inteligente... está sempre me ensinando coisas novas, me mostrando como o mundo funciona. Antes dele, o meu mundo era o Pântano e, no máximo, Azúlea. Ele me conta das coisas da política, dos negócios e da nobreza. Me ensina sobre arte: os quadros, os livros, as peças de teatro. — Os olhos de Pancho brilhavam. — Ele se importa comigo. Um tempo atrás, fiquei doente, com febre e uma tosse que não passava. Ele fez questão de chamar um bom médico, desses que só atendem gente rica, para me examinar. E ficou a noite toda do meu lado, me dando xarope e esperando os remédios fazerem efeito. Ele não precisava fazer isso por mim. Não pedi nada, ficou porque quis.

Pancho disse isso e depois, mais calmo, retornou ao lugarzinho no chão iluminado pelas luas e à interminável reza.

Theo lançou uma última provocação, aproveitando que Pancho não estava operando no modo "vou bater no primeiro que vir pela frente".

— Por que você se importa tanto com uma religião que não te aceita como você é?

Pancho estremeceu, respirou fundo e respondeu, sem virar para trás:

— Os deuses me confortam.

Depois de um tempo calado, complementou:

— Se eu me afastar de todos que não me aceitam, o meu mundo vai ficar pequeno demais.

Enquanto Theo pensava no que ele dizia, foi a vez de Pancho provocar.

— E por que você, um abiadi, não se importa com o lunismo? Os lunistas são os únicos que não se importam que você seja prateado.

— O lunismo não salvou minha mãe do fogo e nem a mim de virar órfão.

Pancho suspirou.

— É uma pena você não ter nada pra te confortar. Se não for a igreja, ache alguma outra coisa, porque viver assim deve ser muito triste.

Theo ficou sem resposta. Talvez Pancho tivesse razão; talvez ele precisasse de algo que o confortasse, mas não seria a religião.

14

No dia seguinte pela manhã, o carcereiro disse que Theo tinha uma visita e o levou para a sala em que haviam conversado com a defensora.

Era Cláudia. Ele se animou, feliz por ver um rosto amigo. Ela tinha um semblante carregado de preocupação. Trazia nas mãos um embrulho.

— Presumi que a comida daqui não era boa. Então, trouxe um sanduíche de presunto e queijo. Os carcereiros já liberaram.

Ela depositou o embrulho, que exalava um aroma de pão fresco, na mesa. A comida da prisão era pouca e horrível. Nacos de pão dormido, sopas ralas de batata e repolho. Uma caneca ou outra de café com leite morno. Não à toa, Theo estava faminto e teve vontade de abrir o pacote ali mesmo e devorar seu conteúdo, mas as algemas estavam presas na corrente e as mãos mal alcançavam a mesa. O sanduíche teria que esperar.

— Obrigado — disse ele, esboçando um sorriso.

— As notícias de Azúlea são preocupantes. A cidade está sendo evacuada por causa do aumento dos casos de mardarim.

A guardiã Val ainda não tinha aparecido, e Theo estava sem notícias sobre a situação da Harim.

— Tem mais, Theo — disse ela, apertando os lábios.

Ele nunca a vira tão angustiada.

— O que aconteceu?

— É o Padre Dominic.

— Ah, não — disse ele, já adivinhando o que ela iria contar.

— Como não conseguia contatar meus sogros, telegrafei para todo mundo que conhecia em Azúlea para ver se alguém podia descobrir como Zelda estava. Recebi algumas respostas, uma delas da Berê, a cozinheira do orfanato. Lembra dela?

Ele balançou a cabeça positivamente.

— Ela não sabia nada da minha filha, mas contou que o Padre Dominic faleceu dois dias atrás, logo depois de ter se mudado com todas as crianças para outro orfanato da Igreja em Baía Grande.

Theo desmoronou, sem conseguir conter as lágrimas.

Cláudia esticou a mão em direção à dele.

— Nada de toque! — gritou o carcereiro.

Ela recolheu a mão, como se tivesse levado uma chicotada. Theo puxou a corrente, contudo não alcançava o rosto para limpar as lágrimas. Limitou-se a baixar a cabeça e deixar as lágrimas caírem no colo. Ficaram um tempo em silêncio, até que ele conseguisse se recompor. A morte do Padre Dominic deixava a situação com a Harim muito mais próxima, muito mais real para ele.

— Desculpa, Theo. Sei que esse não é o melhor momento, mas achei que você tinha que saber.

— Ele foi o mais próximo que eu tive de um pai.

— Eu sei, pra mim também.

— A situação com a Harim... vai piorar, sabe?

— A guardiã te contou alguma coisa?

— A Harim está falhando, e isso vai provocar cada vez mais mortes. O único jeito de resolver é conectando o anatar.

— Você descobriu mesmo uma pista com Madame Rouxinol?

Ele fez que sim. Sabia o local e o nome da pessoa que deviam procurar. E, pelo que Madame havia contado, a chance de encontrarem o anatar ou uma pista sobre seu paradeiro era grande.

— Quem sabe... — Ela apertou os lábios, parecendo em dúvida se diria o que estava prestes a dizer. Depois, balançou os cabelos e o olhou fixamente. — Nós somos melhores amigos desde sempre. Você sabe que pode confiar em mim.

Theo não estava gostando do rumo daquela conversa. Na sua experiência, as pessoas menos confiáveis costumavam ser aquelas que clamavam ser confiáveis.

— Claro — disse ele, curioso pelo que ela diria a seguir.

— Conta pra mim o que você descobriu.

Ele negou com um balançar de cabeça.

— É o único trunfo que tenho junto ao lorde — disse ele, irritado com a audácia e a falta de consideração dela de fazer aquele pedido justo quando acabara de descobrir sobre a morte do padre.

— E se o lorde não fizer o tal acordo da concessão da mina?

Então ela sabia das negociações de Viramundo; que a vida de Theo dependia do acerto que ele fizesse com o governo de Vastraz; que não era uma simples questão de pagamento dos honorários da defensora e do acordo de reparação com a vítima. E ainda assim ela queria que ele dissesse o que tinha descoberto. Ele balançou a cabeça outra vez.

— E se você não conseguir se livrar... você sabe... — Ela fez um gesto com a mão que englobava a prisão. — Alguém mais precisa saber onde procurar.

— Se eu contar, acabo na forca.

Ela se empertigou.

— Você não acha que está sendo meio egoísta?

— Egoísta? Egoísta? É a minha vida em jogo.

— E a vida das pessoas que estão morrendo por causa do mardarim?

— Por que eu deveria contar pra você?

— Por que não pra mim?

— Você não pode resolver a situação. Não tem poder de *Conexão* suficiente para entrar na Harim.

— De acordo com quem?

— De acordo com a guardiã Val — respondeu, ríspido. — Precisa de um climariano ou um abiadi com poder de *Conexão* muito forte, alguém com o cabelo todo prateado, como eu.

— E se você não sobreviver à prisão? Você precisa me contar. Eu dou um jeito de achar outro abiadi com *Conexão* mais forte.

Theo a encarou por um tempo, em choque. Por que o desespero para saber? Tinha vindo visitá-lo para contar sobre Padre Dominic ou descobrir a pista sobre o anatar?

— Você quer ganhar os mil ducados que o lorde prometeu? Foi por isso que veio aqui?

Lágrimas vieram aos olhos de Cláudia.

— Tenho que pensar na Zelda, preciso recuperar a minha filha.

Ele fez menção de se levantar, porém foi impedido pela corrente.

— Carcereiro — chamou ele. — Esta visita acabou. Quero voltar para minha cela.

Antes de sair, pegou o sanduíche que, de raiva, jogou em uma lixeira de forma que Cláudia visse.

Quando voltou à cela, ainda aturdido pela conversa com Cláudia, Pancho o aguardava em pé, com as mãos agarradas nas grades.

— Falou com a defensora? — disparou, assim que o carcereiro sumiu de vista. — Alguma novidade?

— Era Cláudia. Melhor se sentar. Tenho más notícias.

— O quê? Fala logo.

— Padre Dominic morreu dois dias atrás.

Pancho desabou no seu catre, desatando a chorar. Cobriu a face com ambas as mãos, soluçando.

Theo ficou meio sem jeito; não esperava todo aquele choro. Colocou a mão no ombro do companheiro de cela, inseguro se conseguiria confortá-lo e temeroso de acabar levando uma porrada. Sempre imaginara Pancho como um cachorro bravo; tocar nele era temerário, corria o risco de levar uma mordida.

Pancho ficou vários minutos assim, balançando o corpo para a frente e para trás, com as mãos tapando o rosto, como se fosse possível esconder que chorava feito criança.

— Você está bem? — perguntou Theo quando Pancho se acalmou.

— Padre Dominic foi mais pai do que o meu próprio pai. Quando ele me expulsou de casa, o padre me deixou dormir na igreja até eu conseguir um emprego e um lugar para morar.

Theo, por óbvio, nunca havia acompanhado a vida de Pancho e não fazia ideia de que ele fora expulso de casa.

— Expulsou?

— É, foi quando eu tinha dezoito anos. Bernardo me viu com Zozo. — Ele passou o braço pelo rosto, secando lágrimas e ranho na camisa. — A gente nem estava fazendo nada de mais, foi só um beijo naquele beco escuro, ao lado do Bar do Neto. Ele me levou pela orelha até em casa e, quando a gente entrou, começou a me bater. Eu meio que já estava acostumado — disse, dando de ombros. — Só fiz o de sempre: me encolhi todo para não me machucar muito. Só que ele estava exagerando, não parava. Foi a maior surra da minha vida. A mãe começou a gritar; pediu para ele parar, que ia acabar me matando ou me deixando aleijado. Bernardo ficou furioso e foi para cima dela; deu um soco que fez a mãe cair no chão. Eu já era forte naquela época, não tanto quanto ele, mas quase. Então, dei um soco nas fuças do desgraçado e mandei a mãe fugir. Ela saiu correndo porta afora, carregando as minhas irmãzinhas. Elas não paravam de chorar, e eu estava com medo de elas apanharem também.

Então Pancho chamava seu pai pelo nome e não simplesmente de pai. Theo se lembrou de que, às vezes, se referia à própria mãe como dona Milena; sempre em um tom zombeteiro ou saudoso. Todavia Pancho usava o nome do pai para se distanciar, pronunciando-o como se estivesse levando uma facada no estômago. Até as mãos estavam na barriga e ele se balançava para a frente e para trás enquanto falava, em um transe cheio de raiva e sofrimento.

— Eu nunca fiquei sabendo disso.

— Ninguém ficou. E muito menos você ia saber; acho até que já tinha ido embora do Pântano para estudar, sei lá.

— Como assim, ninguém ficou sabendo? E os vizinhos, a polícia? Ninguém viu que ele estava batendo em você e na sua mãe?

— Polícia? Vizinhos? — disse como se Theo falasse de fantasmas. — Você é do Pântano tanto quanto eu.

Theo se sentiu envergonhado por sua própria ingenuidade. Ele sabia como o antigo bairro funcionava. Todo mundo fingia que não via esse tipo de coisa. Se você está constantemente lutando para sobreviver, não vai querer se meter nos problemas dos outros, porque corre o risco de arrumar mais confusão. Pancho tinha razão.

— Bernardo disse que eu tinha trazido vergonha para nossa família; mandou eu pegar minhas coisas, ir embora e nunca mais botar os pés em casa. E que era melhor eu não contar para ninguém no Pântano que eu era... florzinha. Foi assim que ele me chamou: florzinha. Senão ele ia me caçar e me matar. Foi meio assustador porque, quando Bernardo falou essa coisa de matar, estava segurando uma faca, uma grande, que a mãe usava para cortar carne e ele tinha pegado depois que eu dei o soco nele.

— Como você foi parar na igreja? Não me lembro de alguma vez ter visto sua família na missa.

— Enfiei as minhas roupas numa sacola e saí meio sem rumo. Era tarde da noite, não tinha para onde ir, não sabia o que fazer. Zanzei pelas ruas do Pântano e acabei dormindo num banco da praça em que o profeta Vito Aura pregava. Quando amanheceu, o profeta, o santo homem em pessoa, me acordou com um cutucão, sorriu e me deu uma caneca de café e um pedaço de pão. Ele não perguntou nada, não me criticou por estar dormindo na rua nem disse que eu tinha que fazer isso ou aquilo.

Pancho se levantou e continuou contando sua história enquanto caminhava de um lado para outro na cela:

— Enquanto comia, assisti ao profeta Vito Aura pregar, bem ali no meio da praça — disse ele, olhando para o alto com uma verdadeira expressão de adoração. — Ele ensinou sobre Talab, o Deus das Luas; sua bondade e sabedoria. Falou de Mani, a Lua Maior, e também de Nianga, a Lua Menor, e como elas são a face masculina e feminina de Talab. E como o Deus Marduk é a luz e o fogo, que nos dá a vida e promove a justiça de Talab. — Pancho concluiu, sorrindo.

Theo se comoveu com a fé dele. Era genuína e profunda. O que faltava em inteligência ao brutamontes, ele compensava com paixão, com ardor verdadeiro pelo divino.

— Ele despertou uma coisa tão boa em mim que nem me dei conta do tempo passando. Nessa época, eu tinha começado a trabalhar no mercado do Nono. Lembra dele?

Theo fez que sim. Ele vendia fiado para muita gente no Pântano, e se você não pagasse, mandava uns capangas para cobrar a dívida.

— Carregava mercadoria pra cima e pra baixo o dia inteiro, o que estava me deixando ainda mais forte. O velho queria que eu fosse cobrador; eu ficava me esquivando. Precisava de um emprego, mas não queria fazer aquilo; todo mundo que eu conhecia devia pra ele. Já pensou se eu tivesse que ir à casa de um amigo pra fazer uma cobrança?

— Dizem que eles quebravam um braço ou uma perna se não recebessem.

Pancho confirmou com um aceno de cabeça.

— Cheguei no mercado um pouco atrasado, bem a tempo de ver Bernardo se despedindo do Nono. Eles riam e conversavam. Entrei de fininho e fui trabalhar. Dali a pouco, o Nono me chamou. Disse que não tolerava atrasos e me mandou embora. Fiquei desesperado. Sem casa e desempregado. Passei o dia pra lá e pra cá. Fui em tudo que era lugar do Pântano procurando emprego, mas estava sempre atrasado.

Bernardo já tinha passado e feito a minha caveira. "É vagabundo, ladrão, mal-educado, não presta." Nunca contava o verdadeiro motivo. Um pai falando essas coisas do próprio filho. Quem iria me contratar?

— Foi aí que você foi para a igreja?

— Ainda não. Naquela noite, consegui dormir na casa de um amigo; a mãe dele deixou que eu ficasse por uma noite. Passava o dia tentando achar trabalho; eu teria aceitado qualquer coisa. Pensei até em voltar no Mercado do Nono e me oferecer para trabalhar como cobrador — disse, fazendo uma careta de nojo. — Uma noite dormia na casa de um amigo e na noite seguinte na de outro; só que as portas foram se fechando. O pouco dinheiro que eu tinha foi acabando, e ninguém ia dar casa e comida de graça para um homem-feito. Acabei no banco da praça de novo. E lá estava o profeta Vito de manhã cedinho, com o sorriso no rosto, o café e o pedaço de pão.

— Achei que você não gostasse de abiadi — Theo disse em tom sarcástico, lembrando-se da mecha prateada do profeta.

— Quando era criança e adolescente, não gostava muito mesmo; todo mundo só falava mal de vocês. O profeta me fez mudar de opinião.

Era verdade que agora ele dava aula de lakma para as crianças do orfanato e grande parte delas era abiadi. Ainda assim...

— Quer dizer que não é porque sou abiadi que você me detesta? — provocou Theo.

— Nunca foi só por isso. Eu gostava de implicar; era divertido — disse com um sorriso sádico. — E você — apontou o dedo para Theo —, além de ser abiadi, era um pé no saco.

— Você batia em mim porque eu era um abiadi pé no saco? É essa a sua desculpa? Tem ideia do que você me fez passar? A humilhação? A dor? Eu estava sempre cheio de roxos.

— E você tem ideia do que era para mim e para os outros? "Theo, o sabe-tudo". "Theo, o preferido dos professores"; que sempre estava com a lição de casa feita toda certinha; que só tirava nota alta e fazia todo mundo parecer burro. "Theo, que sempre tinha alguma coisa espertinha para dizer."

— Sério? Você tinha inveja porque eu era mais inteligente e os professores gostavam de mim? Por isso me batia? Consegue imaginar o que um abiadi sofre só por ser abiadi?

Pancho se calou, pensativo, mordendo o lábio.

— Hoje eu sei que não estava certo. Mas naquela época tinha tanta raiva dentro de mim que não conseguia me conter. E você despertava todo esse meu lado ruim. Ainda desperta, às vezes. As Escrituras ensinam sobre o poder do perdão. Então oficialmente, neste momento, eu peço perdão pelo mal que te fiz.

Theo já estava atordoado o suficiente com a prisão, a morte do padre e a atitude de Cláudia, que lhe pareceu uma espécie de traição. Agora, o companheiro de cela o deixava ainda mais confuso. Pancho o invejava durante a infância e a adolescência? Por si só, esse fato era inconcebível. Como alguém invejava um abiadi órfão com uma cicatriz de queimadura enorme no pescoço? E como, ainda por cima, achava que ia apagar toda a humilhação e os machucados que lhe infligira com um simples pedido de desculpa?

Ele não ia concordar com algo assim.

— Não tem problema se você não aceitar o meu pedido de perdão. Eu entendo; talvez eu não mereça. Não ainda. Se um dia você conseguir encontrar no seu coração espaço para me perdoar, vou estar aqui de braços abertos.

Era só o que faltava. Pancho. Burro, ingênuo e fanático religioso Pancho. Seria possível que, guiado pelos ensinamentos da religião lunista, ele fosse em alguns sentidos mais maduro que Theo?

Pancho aguardou por um tempo, como se esperasse que Theo fosse fazer uma declaração do tipo "eu te perdoo" e se lançar em um abraço emocionante. O abiadi até podia entendê-lo, porém não estava pronto para perdoá-lo, muito menos em meio àquele turbilhão de acontecimentos.

Então, até porque queria saber como Pancho tinha se envolvido tanto com a igreja e o Padre Dominic, deu um suspiro e disse:

— Continua sua história. Você estava na praça com o profeta...

Pancho esboçou uma careta de decepção antes de retornar ao relato.

— Por uns dias ajudei o profeta Vito. Passava o chapéu coletando doações, e ele me pagava com comida e me deixando dormir no barraco dele. Logo me dei conta de que não poderia viver daquele jeito para o resto da vida. Por mais que gostasse de aprender com o profeta, principalmente sobre o que ele tinha a dizer sobre as visões e o anatar, tinha que arranjar um trabalho, um lugar para morar; fazer alguma coisa da vida. Comecei a ir à missa todas as noites para aprender mais sobre o lunismo. Um dia, estava tão cansado que adormeci no banco. Acordei com a igreja vazia e o Padre Dominic me sacudindo.

Os olhos de Pancho marejaram. Lembrara-se da morte do amigo. Theo recordou o dia do incêndio e o rosto bondoso e confortador do padre. Imaginou a cena entre Pancho e Dominic na igreja; sentiu um aperto no peito e embarcou junto naquela tristeza.

— Ele viu que eu estava sujo e cheirava mal. A verdade é que tinha me tornado, basicamente, um mendigo. — Pancho baixou o rosto, envergonhado. — O padre não se importou. Disse que sabia quem eu era. Ele conhecia todo mundo no Pântano, nem que fosse de vista, e perguntou por que eu não estava na casa dos meus pais. Contei que Bernardo tinha me expulsado de casa e tinha perdido o emprego. Quando me perguntou o motivo da expulsão, respondi que Bernardo não aceitava que eu fosse amigo de Zozo. O padre fez cara de quem tinha entendido sobre o que eu estava falando, mas não me julgou nem pediu explicações. Me deu uma muda de roupa que estava lá para doação, mandou que tomasse um banho e dormisse no sofá do apartamento dele. No dia seguinte, disse que eu podia ficar na igreja por uns tempos se em troca ajudasse na limpeza, na distribuição dos panfletos e na missa. Aceitei, é claro.

— E o profeta?

— Voltei na praça uns dias depois; ele me abençoou e disse que eu ainda ia realizar muito em nome do Deus das Luas.

Ele devia dizer isso para todo mundo, pensou Theo.

— Depois de algumas semanas, dois pivetes tentaram roubar a igreja. Chegaram a ameaçar o padre com uma faca — falou com indignação. — Cheguei bem na hora. Tive um acesso de fúria; vi tudo preto na minha frente. — Só de lembrar, Pancho fechou os punhos e o rubor lhe subiu às faces. — Quando me dei conta, tinha derrubado os dois no chão. Padre Dominic me acalmou. Fez os garotos prometerem que nunca mais tentariam assaltar a igreja, em troca de não chamar a polícia, e mandou os desgraçados embora. Ele era assim, sabe? Sempre generoso, mesmo com quem fazia o mal. Uns dias depois disse que tinha conseguido para mim uma entrevista de emprego para trabalhar como segurança no Banco Confiança. O resto você já sabe.

— Você ainda tem contato com sua família?

Pancho baixou a cabeça, triste.

— Nunca mais quero falar com Bernardo. Encontrei com a mãe uma vez no mercado. Ela chorou e pediu que não procurasse as minhas irmãs ou ela. Bernardo prometeu que ia bater até aleijar quem se arriscasse a conversar comigo. Estou esperando que minhas irmãs cresçam. Quando elas saírem de casa, ele não vai poder impedir.

O coração de Theo se encheu de tristeza por Pancho. O abiadi não tinha família. Não conhecera o pai; a mãe, morta no incêndio, nem mesmo lhe contara seu nome. Também não tinha irmãos. E Pancho tinha pai, mãe e irmãs vivos, porém era quase como se não tivesse.

Eram dois sem-família; um por força do destino e o outro por força do pai preconceituoso.

— Você me entende agora, abiadi?

Theo ficou em dúvida a que exatamente ele se referia e, portanto, foi incapaz de responder.

Pancho leu a incerteza no semblante de Theo.

— O que eu queria com essa viagem? — disse Pancho.

— Diga.

— Além de passar mais tempo com Karlo, queria encontrar o anatar para entregar para a igreja. Você entende? É a forma de pagar minha dívida com o Grande Pai, com o Padre Dominic e com o profeta Vito. Para você é só um negócio, um prêmio gordo que Karlo vai te dar pelo anatar. Mas para mim é muito mais que isso. Eu estava no fundo do poço — os olhos de Pancho marejaram —; ia acabar como mendigo ou marginal ou, pior ainda, como cobrador a serviço do Nono. O lunismo me salvou, deu um sentido para minha vida e me colocou no caminho do bem.

Então era simples assim a diferença entre os dois prisioneiros: Theo se sentia abandonado por Talab, enquanto Pancho havia encontrado esperança e conforto Nele.

Theo não podia contar para ele tudo que estava em jogo com o anatar. Sem poder retrucar, disse:

— Fico contente por você.

E ele, de fato, estava.

15

No dia seguinte, ainda cedo pela manhã, trouxeram um novo prisioneiro. Apresentou-se pelo apelido: Siri. Devia ter uns quarenta anos, pele tisnada de sol, magro como um palito, com barba por fazer. Trazia consigo um olhar desesperado. Colocaram-no em uma cela do outro lado do corredor.

Theo puxou conversa assim que os carcereiros se foram.

— Fez o quê?

— Matei um homem, sim — lamuriou-se. — Não tinha intenção, não achei que fosse acertar a cabeça dele. Me prenderam no ato. E você?

Theo contou.

— Ah, vocês ainda podem ter esperança. Desta vez, vou parar no Livro — disse, desconsolado.

Ajoelhou-se e pôs-se a rezar, repetindo infinitas vezes:

— Que a Onda me leve de mansinho!

Logo depois do almoço, apareceu um carcereiro chamando por Pancho. Saíra o acordo dele. Alguém pagaria a reparação, e ele seria solto. Mandou que se apressasse, pois ainda tinha que se apresentar na frente do juiz para o pedido de desculpas.

— E eu? — perguntou Theo.

— Você o quê?

— Estou com ele. Não fizeram acordo para mim?

— Não veio nada na papelada. Vai ter que esperar.

— Pode deixar, vou falar com Karlo — disse Pancho. Estava meio maníaco; gesticulava muito e falava rápido, de um jeito eufórico, tentando confortá-lo. — Ele é bom, vai negociar para você. Vai dar tudo certo. Não se preocupe.

— Vamos, o juiz tem horário para atender — disse o carcereiro, dando um empurrão em Pancho.

O empurrão irritou Pancho, que encrespou os dedos. Theo achou que ele fosse dar um soco no carcereiro, mas o agora ex-companheiro de cela conseguiu se conter.

— Eu vou te ajudar e daí você vai me perdoar! — gritou ele corredor afora.

Theo assistiu à partida de Pancho com o rosto grudado na grade. O coração acelerado, um nó no estômago. Tinha ficado para trás. As portas se fechavam, e ele estava cada vez mais sozinho. O que aconteceria com ele? Viramundo se importaria em fazer um acordo para soltá-lo? Quão interessado estaria nas informações sobre o fabricante de Relax e sobre o anatar?

O mais estranho de tudo é que agora contava com Pancho como aliado junto ao lorde. E Cla, sua amiga de infância, parecia ter lhe dado as costas, preocupada apenas em recuperar a guarda da filha. Sua vida ficava cada vez mais esquisita e fora do seu controle.

Quando o sol inclemente de Tilisi começava a descer no horizonte, a guardiã Val apareceu, sentada ao lado de Theo no catre. A imagem tremeluzia, e era possível ver a parede de pedra imunda através dela. A voz não passava de um murmúrio. O luto estava presente no vestido negro, no véu da mesma cor e na expressão triste e cansada.

— *... não consegui vir antes* — disse ela após levantar o véu. — *... o sistema de comunicação não para de falhar. e depois custei a achar a prisão. este lugar e esta cidade são horríveis. olha o que eles fizeram contigo...*

Ela passou a mão — um toque etéreo, sem peso ou calor — no rosto dele. Ele tocou o próprio rosto, fundindo sua mão à dela.

— Como estão as coisas?

A guardiã deu um longo suspiro.

— *... mais de trezentos casulos já se apagaram. tinha gente lá que eu conhecia, literalmente, há séculos...*

— E seu marido e filha?

— *... Tikri e Itsa estão bem. por enquanto...*

Ela o examinou, séria e compenetrada, de um jeito que ele nunca tinha visto.

— *... antes de partir, preciso te dizer uma coisa...*

— Isso é uma despedida?

Ela balançou a cabeça, assentindo.

— *... considero você como um filho. um filho emprestado, que nunca pude tocar ou abraçar de verdade. você excedeu todas as minhas expectativas e, para tudo que conta, para mim você é tão bom quanto qualquer climariano, um igual. qualquer mãe climariana se orgulharia...*

— Por que você está dizendo essas coisas? — perguntou ele, surpreso e um pouco indignado pela arrogância dela em supor que um climariano era, em essência, melhor que um cenense. — Está desistindo? Não, você não pode. Não agora que estamos tão perto.

— *... sempre tive esperança, nunca desisti de encontrar uma solução. mas agora...* — Ela baixou os ombros e suspirou.

— Ainda é possível. Se eu sair... *quando* eu sair da prisão, vou em busca do anatar. A pista que Madame Rouxinol forneceu é muito boa. Tenho quase certeza de onde posso encontrar Kass ou alguém próximo a ele.

— ... *quase?...* — perguntou ela, com um tom carregado de tristeza. — ... *ah, Theo. sempre duvidando. algum dia você vai se livrar dessa insegurança? quando você vai se dar conta de que é especial?...*

Os olhos do abiadi marejaram. Era a primeira vez que Val falava com ele de forma tão carinhosa, do mesmo jeitinho que dona Milena falava.

Ela passou a mão no rosto dele, numa tentativa inútil de secar uma lágrima.

— ... *mesmo que você resolva essa situação, não vou mais conseguir falar com você. por isso preciso me despedir. não sei até quando a Harim vai se sustentar. o colapso total é iminente. temos apenas alguns dias...*

— Eu vou resolver essa merda em que me meti e vou dar um jeito em tudo — disse em um tom desesperado. Achou-se tolo por falar daquele jeito, estava parecendo Pancho, porém não conseguia se conter. — Prometo, prometo, prometo — repetiu.

— ... *não dá mais tempo; a Harim vai se tornar uma tumba. será o receptáculo dos corpos dos meus companheiros de jornada, repousando no solo de Azúlea até... até...*

Ela baixou a cabeça, suspirou e se levantou vagarosamente.

— ... *adeus, meu filho...* — disse, beijando-lhe a testa.

A imagem desapareceu, deixando um vazio.

Theo se encostou na parede e deixou as lágrimas correrem. Num dia Padre Dominic e, no seguinte, a guardiã Val. As pessoas importantes na sua vida, partindo.

— Ei, abiadi — chamou Siri.

Theo limpou o rosto e foi até a grade.

— O quê?

— Com quem você estava falando?

— Ninguém — balbuciou. — Estava rezando — disse em um tom mais firme.

— Que reza estranha, sim. Você adora Talab, né? O Deus das Luas.

— Isso.

— Nunca fui muito de ir ao templo; agora tenho rezado para nossa Deusa, a Onda.

— Sempre frequentei a igreja, mas nunca acreditei muito. O meu companheiro de cela é que gostava de rezar.

De repente Siri explodiu num choro, com direito a longas fungadas, como se lhe faltasse o ar.

— Tenha força — disse Theo, tentando passar uma segurança que não possuía. — As coisas ainda podem se resolver.

— Estava pensando na minha filha, sim — soluçou. — Estou com saudades. Não sei se a mãe vai trazer a menina aqui na prisão para eu me despedir.

O estômago do abiadi embrulhou. Era mais um lembrete de que tudo desmoronava ao seu redor. Esforçou-se para consolar o outro prisioneiro.

— Se despedir? Você não pode perder a esperança. Não ainda.

— Tá tudo acabado. Ou resolve tudo no primeiro ou segundo dia, ou já era. E, além do mais, o meu caso é de matar uma pessoa. Ninguém tem dúvida de que sou culpado. Com certeza vou pro Livro, sim.

Theo não sabia o que dizer para confortá-lo. Pelo que ele vira até agora, o sujeito tinha razão: acabaria no Livro. Limitou-se a assistir ao choro. O seu silêncio não era o suficiente, todavia naquele momento era tudo o que podia oferecer.

— Você tem alguém lá fora que vai sentir sua falta? — perguntou Siri quando, enfim, sossegou.

Ele pensou um pouco e concluiu que, com a morte de Padre Dominic, a despedida da guardiã Val e o interesse de Cláudia apenas na filha, talvez não tivesse mais ninguém que se importasse com ele. Quem sabe Gielle ou, ironicamente, Pancho? O aperto no peito voltou. Controlou-se para não se desesperar e se juntar ao choro de Siri. Respondeu com um simples aceno negativo.

— Sorte sua — disse Siri.

A noite trouxe consigo uma tempestade. Dava para sentir a eletricidade no ar. O vento rugia pela grade da pequena janela no alto da cela. As ondas explodiam na base do prédio da prisão. Raios cruzavam o céu, seguidos de trovões tão fortes que Theo achou que partiriam a prisão ao meio.

— Ô, abiadi! — gritou um carcereiro parado em frente à cela.

Theo, que estava de costas observando a tempestade, virou-se bem quando um raio caía, iluminando o corredor. O carcereiro tinha um olhar ardiloso e segurava um porrete que passava pela grade, provocando um sinistro ruído metálico.

Theo se arrepiou de pavor.

O homem abriu a cela e entrou. Batia o porrete na palma da mão compassadamente, antegozando o que estava por vir.

— Lembra de mim?

Outro raio iluminou a cela. Em um vislumbre, Theo o reconheceu. Era Pepe, o rapaz que ele tinha alvejado com a arma climariana.

— Substituo meu primo aqui de vez em quando. Sabe como é, um trabalho aqui, outro lá. Preciso ganhar a vida, sim? Quando ele me disse que tinha um abiadi na prisão, achei que podia ser o mesmo que atirou em mim. É você mesmo? Que magia abiadi você usou para esconder o prateado naquele dia?

— Eu não te machuquei — implorou Theo. — Atirei só para atordoar; não queria te causar nenhum mal.

Pepe deu um sorriso macabro. Não haveria negociação; ele não era a Justiça do Reino de Vastraz.

Theo avaliou suas chances.

Pepe tinha um porrete; ele tinha os punhos.

Pepe era forte, os músculos pressionavam a roupa; ele estava fraco, vinha comendo pouco e mal há dias.

Não seria uma briga justa. Havia algo justo naquela situação?

O carcereiro veio para cima de Theo. Instintivamente ele levantou o braço para se defender, e foi sobre ele que recaiu o primeiro golpe. Ele socou a barriga do homem, que mal se abalou. Pepe acertou mais uma porretada, dessa vez no outro braço. A dor o fez se encolher junto à parede; não conseguiria dar mais soco algum. Correu para a porta da cela — talvez pudesse gritar por ajuda —, deu dois ou três passos antes de ser atingido por um golpe na perna.

Theo caiu de joelhos.

Pepe o alvejou no ombro. O abiadi se encolheu em posição fetal, do mesmo jeito que fazia quando era criança e apanhava da trinca. O carcereiro baixou o porrete duas, três, quatro, cinco vezes. Acertou-o nos braços e nas pernas, evitando órgãos vitais, com força suficiente para machucar muito, porém sem quebrar nem um osso. Theo deduziu que, se o encontrassem em meio a uma poça de sangue, talvez fosse Pepe a acabar no Livro.

Quando terminou, o carcereiro, satisfeito com sua vingança, arfava.

— Isso foi para você aprender a não usar magia abiadi.

Ele se afastou, cantarolando. Fechou a grade da cela com um estrépito. No fim das contas, não havia sido uma briga, mas um espancamento.

O abiadi permaneceu no chão, encolhido. O corpo explodia em dor.

— Theo — chamou Siri, após dar tempo suficiente para que Pepe se afastasse das celas.

Ele mal ouviu o chamado em meio ao barulho da chuva que descia em cascatas.

— Theo — insistiu Siri. — Você ainda está vivo?

Ele fez um esforço para se erguer, sentando-se no catre, próximo à grade.

— Estou.

— Que bom, sim. Ele te machucou muito?

— Bastante, mas não é essa surra que vai me matar.

Siri deu uma risadinha.

— Fico contente.

Alguns minutos depois, a chuva amainou e a torrente se transformou em pancada leve.

— Theo?

— Fala.

— Desculpa.

— Pelo quê?

— Pela surra. É gente como esse sujeito que dá má reputação aos tilienses, sim.

16

Theo se sentou na cadeira bem devagar, tentando achar uma posição que doesse menos. Infelizmente ela não existia. Suas pernas e seus braços eram uma confusão de manchas amareladas e arroxeadas. Ele mancava e mal conseguia levantar os braços.

O carcereiro o algemou à corrente.

Por trás do vestido azul-marinho discreto e das poucas joias — um relógio de pulso de ouro minúsculo e brinquinhos de ouro na forma de meias-luas, Gielle o examinava com uma expressão transtornada. Ele tentou disfarçar a dor com um sorriso.

— O que aconteceu com você? O que é esse roxo no braço?

Theo estava em dúvida se dizia a verdade. Faria alguma diferença? Pepe contaria que Theo o atingira com uma arma climariana no momento eu que o denunciasse. Ainda que prendessem o carcereiro, uma coisa era certa: o abiadi adicionaria mais uma acusação à sua lista de crimes. Ademais, duvidava que Gielle conseguisse fazer algo a respeito. Seria só mais confusão.

Ele suspirou. Decidiu por uma meia-verdade.

— Resvalei no banheiro quando me levaram para tomar banho hoje cedo e caí. Me machuquei todo.

De fato, pela primeira vez desde a prisão o tinham levado para tomar banho. Ao menos se livrara do mau cheiro.

Desconfiada da resposta, a nobre franziu a testa e mordeu o lábio.

— Você tem alguma novidade pra mim? — perguntou Theo.

— Queria te ver antes do julgamento.

— Julgamento? Quando vai ser?

— Conversamos com a defensora ontem. Está marcado para esta tarde.

Aquela tarde? Então aquele suplício estava no fim. Se o soltassem, talvez ainda desse tempo de encontrar o anatar. Mas por que era Gielle a vir lhe contar?

— Ela não deveria discutir o processo comigo?

Gielle baixou os olhos, meio envergonhada.

— Eu pedi para vir no lugar da defensora Rose, que tinha poucas novidades. Além da data do julgamento, ela negociou com Enrico e ele está disposto a fazer um acordo.

Theo se encheu de esperança.

— A tal reparação? Isso é ótimo.

A nobre espremeu os lábios.

— Ele não está pedindo muito, quer dizer, considerando o que está em jogo; o equivalente a trinta ducados como indenização. Posso te emprestar se você não tiver esse valor.

Theo fez as contas de cabeça. Ainda tinha a maior parte do valor que Viramundo tinha dado para o guarda-roupa novo. Além disso, o lorde lhe devia ao menos dez ducados da primeira semana na expedição. E mais suas economias no banco. Era o suficiente.

— Não precisa.

— Vou avisar a defensora que você concorda com o valor.

Ela se calou; continuava encabulada.

— O que mais?

Ela se remexeu na cadeira, em uma tentativa inútil de se desviar de um raio de sol que entrava pela janela e batia direto no seu rosto.

Não era apenas o calor úmido que retornara depois da tempestade que a deixava desconfortável.

— Tem o problema do decreto de interesse do Reino.

— A defensora já tinha avisado que o Procurador-Geral poderia intervir e recusar a reparação à vítima. Qual a situação da negociação da mina de carvão?

— Avançaram um pouco, tanto que o tio conseguiu que fossem em frente com o julgamento de Pancho sem a intervenção do Procurador-Geral. Um gesto de boa vontade, como eles disseram.

Theo ficou esperando. Havia mais.

— Participei de uma reunião ontem; o tio finalmente concordou que eu o acompanhasse. É tudo muito complicado. Por trás de todas as mesuras, os chazinhos, os cafés, os chocolatinhos e o mais fino tabaco que eles insistem em oferecer, tem sempre uma ameaça velada, uma pressão para que se concorde com o que eles querem. Eles apresentam soluções alternativas, que são boas só para o Reino de Vastraz.

— O que eles querem, afinal de contas?

— Não era para eu contar essas coisas, mas acho que você tem o direito de saber. Querem que o tio aceite pagar os dois milhões de ducados em troca da renovação da concessão da mina de carvão, comprando junto a concessão para exploração de petróleo. Parece que eles encontraram o ouro negro, como eles chamam, no interior do reino, só que não conseguem interessados para desenvolver as jazidas. O tio não sabe nada do negócio de petróleo, exceto que se faz querosene para usar em lampiões, que agora estão sendo substituídos por luz elétrica. Ele disse: "Esse é um negócio moribundo" — ela imitou o vozeirão do tio. — Eles afirmam que não, que tem muito potencial. Trouxeram um químico para explicar algo sobre plástico e combustíveis. O tio está indeciso.

Então a vida de Theo estava dependendo de um acordo sobre petróleo, plástico e sabe-se lá o que mais. A cada dia sua situação ficava mais bizarra.

— Desculpa — disse ela. — Sei que esse é o último tipo de coisa que alguém na prisão está interessado em ouvir. — Ela fez uma pausa, parecendo indecisa.

— Mais alguma coisa?

— O tio Karlo está muito bravo.

— Imagino que neste momento estou longe de ser a pessoa favorita dele.

— Ele também ficou furioso comigo e com Pancho, porque a gente não contou que você era abiadi.

— Hum, você é família, e se ele fez acordo para liberar Pancho, presumo que os dois tenham se acertado.

— Tiveram uma briga daquelas. Dava para ouvir os gritos da minha suíte. Depois acabaram fazendo as pazes.

— Bom pra eles — disse Theo, dando de ombros.

— Pancho tem intercedido a seu favor. — Ela levantou uma sobrancelha. — Vocês ficaram amigos na prisão? Achei que vocês se detestassem. Ele fica falando uma coisa sobre perdão. Não consigo entender nada.

Theo daria uma gargalhada se não estivesse com tanta dor e tão preocupado com sua situação.

— Ele quer meu perdão por todas as vezes que me bateu quando era criança e adolescente.

Ela pareceu confusa.

— É uma coisa religiosa.

— Ah, entendi.

Gielle ficou calada por um instante que durou uma eternidade; remexeu-se outra vez na cadeira — a cada momento que passava, ela parecia mais desconfortável — e se esforçou para fitá-lo direto nos olhos.

— Você pode contar o que Madame Rouxinol te disse? Não precisa ser tudo; só o suficiente para que o tio perceba que é algo relevante.

Theo cerrou os punhos. Inspirou fundo uma, duas vezes, tentando controlar a raiva.

— Então esse é o verdadeiro motivo de você vir aqui? — perguntou ríspido.

— Não, Theo — ela balbuciou, desviando o olhar. — Sei que pode parecer assim e que na sua situação os negócios do tio Karlo são irrelevantes, mas eu... eu... realmente me importo com você.

Se ela começasse a falar que era para confiar nela e fizesse qualquer coisa parecida com juras de amor, ele a deixaria falando sozinha.

— Tentei convencer o tio, mas ele está irredutível. Diz que não tem qualquer motivo para acreditar em você, que só Talab sabe quantas vezes você usou a *Conexão* para vender produtos para ele. E pode ser mais um truque, uma informação que não vai levar a nada e custar uma fortuna.

— Para ele pode custar uma fortuna, e para mim pode custar a vida.

— As situações não são equivalentes, sei disso. Entendo seus motivos para não contar nada. É que o tio exige alguma evidência de que sua informação vale a pena.

— Eu disse que a informação da Madame Rouxinol era a melhor pista que já tinha achado antes de saber que a polícia ia me prender. Não é prova suficiente?

— Não para o tio. Ele tentou ir direto à fonte, mas, com essa confusão toda, Madame Rouxinol não quer nem chegar perto da gente.

Theo sorriu satisfeito. Estaria perdido se convencessem Madame a colaborar com o nobre.

— Você pode dizer para Lorde Viramundo que o único motivo de eu saber o que sei foi por usar a *Conexão*. Mesmo que a informação de Madame não leve ao anatar, vai levar ao fabricante do Relax. E, se ele comprar a fórmula do Relax, vai ganhar infinitas vezes o que ele acha que perdeu comigo comprando artigos climarianos. Do meu ponto de vista, a minha *Conexão* pode lhe render uma fortuna em vez de custar uma fortuna. Já que ele gosta de colocar tudo em termos de negócios, diga para ele que sou um investimento com potencial de retorno fantástico. Não é assim que ele gosta de pensar o mundo, até as relações pessoais e familiares?

Os olhos de Gielle marejaram.

— Essa foi desnecessariamente cruel.

Theo sentiu uma pontinha de culpa por ter usado as confidências que ela havia feito sobre as tentativas de Viramundo de apresentá-la a um noivo adequado.

— Minha posição atual não me deixa propenso a uma postura delicada.

Ela engoliu em seco.

— Está bem, Theo. Vou fazer o possível para convencer o tio com o que você me deu.

O carcereiro empurrou Theo para o banco dos réus. Ele se ajeitou no assento de madeira, tentando encontrar a posição menos desconfortável para os machucados.

A defensora Rose se sentou ao seu lado, abriu uma pasta e tirou um monte de papéis. Ajeitou-os em várias pilhas e os arrumou meticulosamente, de forma que estivessem todas alinhadas entre si e com as bordas da mesa. Apenas quando se sentiu satisfeita, virou-se para cumprimentá-lo.

— Esperamos que tudo corra bem, sim?

Theo assentiu. Não sabia o que esperar. Já sentia o estômago embrulhado.

A sala do tribunal era imponente e austera. Pé-direito duplo, móveis de madeira escura de boa qualidade e piso de mármore preto e branco em um padrão quadriculado. O sol penetrava suave pelas janelas longas e estreitas, atravessando os vitrais com motivos típicos do Reino de Vastraz: barcos, pescadores lançando redes, peixes, caranguejos e baleias. Ao fundo, em uma plataforma, uma poltrona imponente para o juiz, ao lado, ficava o sino da Justiça. Antes de pronunciar a sentença ou selar o acordo, o juiz o tocava, anunciando que a Justiça do Reino de Vastraz tinha chegado a mais um julgamento justo.

Na assistência, alguns rostos conhecidos: Cláudia, Pancho e Gielle acenaram para Theo. Cláudia cabisbaixa, Pancho empolgado e Gielle preocupada.

Os ventiladores de teto giravam, garantindo um refresco ao ar abafado.

A juíza entrou por uma porta lateral. Vestia um longo manto branco como neve, com as bordas douradas e o símbolo do Reino de Vastraz — um barco à vela — bordado no peito. Um chapeuzinho quadrado com uma borla vermelha no topo completava o traje da magistrada.

Assim que a juíza se sentou, um funcionário da Corte, que vestia uma casaca de veludo azul-marinho e suava em bicas, bateu com um bastão no chão e anunciou em um vozeirão que estrondou pela sala:

— Todos em pé para saudar a eminente Juíza Salete Arraia.

Cumprida a ordem, a juíza balançou a mão sem nem mesmo olhar para a assistência, indicando que todos se sentassem. Ajeitou o cabelo acinzentado, colocou os óculos de leitura e passou a analisar a papelada à sua frente com expressão cada vez mais preocupada. O silêncio era sepulcral, quebrado apenas pelo farfalhar dos documentos e pelo barulho dos ventiladores. Após vários minutos, ela, enfim, se pronunciou:

— Essa vai ser uma tarde difícil — disse com um sorriso que pretendia ser confortador. — Vamos ao primeiro caso de hoje. Reino de Vastraz contra Theodosio Siber. Promotor Dani Tartaruga e defensora Rose Carpes, de acordo com a informação dos autos, a vítima e o acusado chegaram a um acordo de reparação. É confirmado, sim?

— Sim, Excelência — responderam em uníssono.

— A vítima, senhor Enrico Tatuíra, está presente?

Enrico, o comerciante do Bazar, emergiu de um dos bancos mais à frente. Theo nem o tinha notado até aquele momento.

— Sim, Excelência — confirmou ele, retorcendo o chapéu que trazia à mão.

— O acusado, Theodosio Siber, pode apresentar suas desculpas ao réu.

A defensora passou uma folha para Theo com uma declaração.

— É só se levantar e ler, sim?

O abiadi se levantou, segurou o papel tentando não tremer.

— Eu, Theodosio Siber, peço desculpas ao comerciante Enrico Tatuíra por cometer o crime — o abiadi engoliu em seco, sentindo a cabeça girar — de uso da *Conexão* abiadi contra ele, infligindo danos materiais que pretendo reparar através da compensação oferecida. Espero receber a sua compreensão e o seu perdão. Pelas leis do Reino de Vastraz, assim me declaro.

— A vítima, senhor Enrico Tatuíra, concede o perdão?

— Sim, Excelência, a reparação foi justa — disse o comerciante, com uma expressão de satisfação.

— O promotor Dani Tartaruga tem algo a opor?

O promotor olhou para trás e para os lados, como se esperasse a presença de alguém.

— Senhor promotor, precisamos da manifestação oficial do representante do Reino — insistiu a juíza.

— Desculpe, excelência — disse, limpando a garganta. — A Promotoria nada tem a opor à negociação.

A juíza estendeu a mão, prestes a bater o sino da Justiça. Uma sensação de alívio percorreu o corpo de Theo; em instantes tudo estaria resolvido.

O gesto da juíza foi interrompido pelo ranger da abertura da porta principal da sala do tribunal.

Um homem alto e moreno, metido em um terno de linho claro e uma gravata-borboleta amarela, irrompeu na sala, seguido por um séquito.

— Senhor Procurador-Geral Liomar Baleia, a que devo a honra? — perguntou a juíza.

— Excelência — cumprimentou ele, dobrando-se em direção ao chão em uma mesura exagerada, com direito a aceno com um pequeno lenço de seda branco que, logo em seguida, usou para secar o suor da testa com batidinhas repetidas. — O Reino de Vastraz gostaria de intervir no processo ora em curso em que figura como acusado o senhor... — um lacaio se apressou a lhe passar um documento que ele leu antes de completar — ... Theodosio Siber, oriundo do Reino de Primeia.

Theo congelou; o coração batia no pescoço.

— O promotor e a defensora acabaram de anunciar que fizeram um acordo de reparação — disse a juíza. — O acusado apresentou suas desculpas e a vítima aqui presente, senhor Enrico, se declarou satisfeita.

— Enrico está feliz, sim? — confirmou o próprio, imitando a mesura do Procurador-Geral, usando o chapéu no lugar do lenço.

O Procurador-Geral lançou um olhar de desprezo para o comerciante.

— O caso foi declarado de interesse do Reino, como, tenho certeza, consta dos autos, excelência.

A juíza Salete Arraia suspirou, como se o peso do mundo recaísse sobre suas costas.

— Qual seria a natureza da intervenção?

— A Procuradoria-Geral requisita o cancelamento da negociação.

Um murmúrio percorreu a sala. Theo, que ainda se encontrava de pé, achou que fosse vomitar em cima da sua defensora.

— É o desejo do governo da Veneranda Rainha Sofia II, Excelência.

— O senhor tem certeza, senhor Procurador-Geral? — a juíza perguntou, ajeitando os óculos, a testa cruzada por vincos de preocupação. — A prova dos autos indica que, apesar de o crime ser grave, ocasionou apenas danos materiais, tanto é que as partes negociaram um acordo. Não preciso lembrar que a consequência para o cancelamento da negociação é a aplicação da pena prevista para o crime de uso do poder de *Conexão*.

— Infelizmente, excelência.

A juíza examinou o Procurador-Geral, esperando que ele caísse em si e o bom senso prevalecesse. Ele, por sua vez, ficou impassível.

— Quando iniciei a sessão, achei que teríamos um dia complicado — disse a juíza. — Mais de um crime grave em julgamento, sim. Depois, neste primeiro processo, o Tribunal ficou satisfeito em verificar que, apesar de o crime ser grave, chegou-se a um acordo, o que sempre manifestamos como melhor solução para resolver conflitos. Agora, vejo que o desenlace não será feliz.

Ela deu um longo e desolado suspiro e, então, passou a pronunciar a sentença de forma mecânica, como devia ter feito um milhão de vezes.

— Recusada a negociação pelo digno Procurador-Geral, o réu, Theodosio Siber, responde integralmente pelo crime de uso da *Conexão* abiadi. As provas dos autos são contundentes e o réu, em sua manifestação, declarou ter cometido o ilícito. Inexistindo dúvida sobre a ocorrência do crime e a sua autoria, condeno o réu, Theodosio Siber, à pena prevista no Código Penal do Reino de Vastraz, determinando sua inscrição no Livro dos Condenados. A pena será executada amanhã, às dez horas da manhã, na Praça dos Condenados, desta cidade de Tilisi. — Interrompeu a proclamação, lançando um olhar de compaixão para Theo. — Que a Deusa tenha piedade da sua alma. Que a Onda te leve.

A magistrada encerrou a sessão de julgamento, tocando o sino.

Theo tombou na cadeira, sentindo sobre si todo o peso da Justiça de Vastraz.

— Posso mudar minha declaração? — perguntou à defensora Rose. — Recorrer?

— Sinto muito; nada há mais a fazer, sim? — disse ela enquanto recolhia seus papéis.

— E a reparação de Enrico? — indagou ele próprio, indignado. — Como fica, sim?

Enquanto o carcereiro pegava Theo pelo braço e o empurrava em direção à porta por onde havia entrado, ele se virou e viu de relance que Pancho protestava, gritando que aquilo não era certo; Cláudia tapava a boca com a mão e tinha uma expressão assustada; e Gielle, de pé, apertava os lábios e seus olhos pediam perdão. Uma lágrima escorria pelo rosto da nobre.

17

O caminhão adaptado — uma carroça enorme com grades de ferro, puxada por seis cavalos — sacolejava pelas ruas, seguido de perto por um grupo de cidadãos de bem da mui valorosa cidade de Tilisi, que exorcizava sua sede de vingança e justiça gritando palavras de fúria contra seus ocupantes.

— Assassino!

— Ladrão abiadi!

— Monstro!

— Infeliz, matou meu marido!

— Está tendo o que merece, abiadi!

Aqui e acolá, objetos eram jogados. Ovos, frutas podres, cascalho.

O destino do veículo era a Praça dos Condenados.

Siri — seu nome verdadeiro era Jean Cachalote — se sentava cabisbaixo à frente de Theo, chorando sem parar e recebendo a chuva de ofensas e objetos sem reclamar.

Vestiam roupas de condenados: camisa e calça de juta, com listras horizontais azuis e brancas. O sol ardia na pele, e as manchas de suor no tecido se ampliavam.

Theo mal percebia o que acontecia à sua volta. Os gritos, o calor e o choro de Siri eram registrados da mesma maneira como notava o barulho de um vizinho no prédio ao lado quando estava em casa. Uma perturbação à qual prestaria atenção caso pudesse fazer algo a respeito.

Toda sorte de pensamentos vinha à mente do abiadi. Quem ficaria com suas coisas? Os objetos pessoais, o pequeno apartamento comprado a tanto custo. Gostaria que o dinheiro fosse para o orfanato. Agora era tarde para fazer um testamento. Por que a roupa de condenado tinha que ser tão áspera? Raspava na pele, acentuando a dor dos machucados. Será que fariam uma cerimônia fúnebre tradicional lunista para ele? Queimariam seu corpo em uma pira funerária sob o luar da meia-noite? Ele sempre achara bela e cheia de significado, apesar do cheiro. É, o cheiro lembrava a mãe queimando no jardim da frente de casa.

A saudade de dona Milena bateu com força, comprimindo o peito. Os bolinhos, os docinhos e os salgadinhos no formato de folhas e flores, o tilintar do copo de vinho tinto barato, os abraços apertados cheirando a farinha e a caramelo, os passeios no parque nas tardes de folga, a abundância de "eu te amo".

Mama!

O caminhão finalmente parou. A Praça dos Condenados estava cheia. A execução de condenados atraía uma pequena multidão em Tilisi. Em um canto da praça, um pipoqueiro estourava milho e anunciava: "Doce, salgada ou misturada; é a freguesia que decide, sim?".

As correntes nos pés e nas mãos os obrigaram a desembarcar em movimentos lentos. Cordas dividiam a praça em duas, formando um corredor guardado por policiais até o cadafalso.

Assim que Theo desceu do veículo, uma menina de uns sete ou oito anos se agarrou na saia de uma mulher.

— Olha, mãe! — gritou, apontando para ele. — A cabeça é toda prateada e tem cicatriz!

A mãe puxou a filha para perto de si em uma postura protetora, como se o abiadi tivesse uma doença contagiosa.

Seguiram em procissão. Na frente ia um monge, segurando um incensório e gritando: "Abram alas para os condenados! Tenham piedade. Que a Onda os leve". Theo e Siri eram acompanhados cada um por um carcereiro. O dilúvio de observações e ofensas se derramou sobre a dupla.

— Abiadi desgraçado!

— Assassino! Assassino! Tem mais que morrer na forca, desgraçado!

— Quero ver a magia abiadi te livrar dessa, bruxo queimado!

Siri renovou o choro; fungava e se lamentava. Theo decidiu que se conteria, não daria a satisfação de demonstrar o pavor que sentia. Olhou para a frente e tentou não pensar no que estava prestes a acontecer, concentrando-se na fumaça da mirra que vinha com o balançar do incensório pelo monge.

A caminhada demorou uma eternidade, como se fossem lesmas fugindo de garotos levados que jogavam sal para vê-las derreter.

Subiram a escada para o cadafalso.

O carrasco os aguardava. Um gigante de orelhas de abano e rosto tão expressivo quanto uma estátua. Ele tocou um sino do tamanho de uma bacia, que pendia de um poste de madeira. O barulho estridente ressoou pela praça, silenciando a multidão.

O monge pousou o incensório no chão e se empertigou.

— A Deusa não quer que seus filhos se desviem do caminho do bem. — Abriu os braços, com a palma das mãos viradas para cima e o olhar em adoração ao alto. — Neste mundo de dor e sofrimento, somente Ela traz a esperança da elevação da alma. Aqueles que caem no abismo da criminalidade devem sofrer as consequências impostas pelas leis dos homens e esperar a redenção do espírito eterno nas águas purificadoras do pós-vida. Que a Deusa tenha piedade da alma desses pecadores. Que a Onda os leve.

— Que a Onda os leve! — ecoou a multidão.

O monge se postou ao lado, balançando o incensório e espalhando a fumaça e o odor de mirra.

O carrasco abriu o cadeado, retirou as correntes e deu um empurrão em Siri, obrigando-o a subir em uma caixa de madeira abaixo de uma das forcas. Theo achou que ele fosse se desmanchar, de tanto que tremia. A praça silenciou, obedecendo ao estranho ritual macabro. O carrasco passou a corda pelo pescoço do assassino.

— Que as testemunhas escutem a última declaração do condenado! — anunciou o carrasco.

Siri arregalou os olhos, reprimiu um soluço e juntou o último fiapo de coragem.

— Não vejo minha filha na praça, mas se ela não estiver aqui... — Siri fungou, respirando fundo antes de continuar: — Por favor, alguém diz pra ela continuar estudando e lembrar o que eu ensinei sobre a melhor isca, como armar a rede e o melhor lugar para pescar anchovas. Amo você, mimosa.

Ele olhou para o céu e gritou:

— Que a Onda me leve!

O carrasco deu um chute na caixa e o corpo de Siri balançou no ar preso pela forca, contorcendo-se em agonia. Quando parou, a umidade se espalhou pela calça e a urina escorreu por sua perna.

— Justiça! Justiça! — a multidão gritava e aplaudia.

— É sua vez, abiadi — disse o carcereiro enquanto o desacorrentava.

Theo subiu na caixa, controlando-se para não tremer, para não se desesperar. Não alimentaria o prazer da multidão em vê-lo sofrer. Manteve o foco em coisas sem importância, como o sol ardendo na sua pele pálida, o ritmo da respiração e os pontos do corpo doloridos da surra.

O carcereiro passou a corda pelo pescoço do abiadi. Um burburinho na praça o interrompeu, justo quando estava para anunciar que Theo poderia fazer sua última declaração. Algo estava acontecendo. Um grupo abria espaço na multidão e avançava em direção ao cadafalso. Apesar de o sol dificultar a visão, o abiadi achou ter visto Pancho entre eles. *Estou delirando*, pensou.

Todavia ele não estava.

O grupo era formado por dois policiais, um homem vestido elegantemente — Theo o reconheceu; era o assistente do Procurador-Geral que o acompanhara no julgamento — e, por último, Pancho.

— Em nome da rainha, parem! — gritou o assistente quando estava perto o suficiente para ser ouvido.

Ele subiu no cadafalso e entregou um papel para o carcereiro. Trocaram palavras que Theo não conseguiu escutar.

O gigante examinou o papel, verificando a assinatura, o belo selo dourado ao lado dela e a estampa do barco à vela vermelho no topo. Símbolos e autenticações do Reino de Vastraz. Um documento oficial legítimo. Ele o leu, fazendo uma careta de quem não gostava nem um pouco do seu conteúdo.

Pancho sorriu para Theo, como quem dizia "vai dar tudo certo".

— Enforca o abiadi logo de uma vez, sim! — gritou um homem em meio à multidão, o que foi seguido por murmúrios de "É isso mesmo", "Vamos logo" e "Acaba com o prateado".

O carcereiro limpou a garganta, estendeu o papel à sua frente e o leu em voz alta:

— O Procurador-Geral do Reino de Vastraz, em nome da Veneranda Rainha, faz a todos saber que, a bem do interesse do Reino, decreta o cancelamento da sentença de inscrição no Livro dos Condenados de Theodosio Siber...

A cabeça de Theo girou, tentando absorver a magnitude das palavras pronunciadas que transformavam seu desespero em alívio. Vaias e gritos indignados interromperam o pronunciamento:

— É magia abiadi!

— Justiça!

— Forca, forca!

O carrasco bateu o sino com fúria até conseguir que todos se calassem. Os policiais empunharam as armas, lembrando à multidão quem estava no controle. Levou vários minutos até que a ordem se impusesse. Ele segurou por um instante o documento que decretava a liberdade de Theo, em dúvida se valia a pena continuar a lê-lo em voz alta. Por fim, deu de ombros, retirou a corda do pescoço de Theo e disse a ele:

— Theodosio Siber, do Reino de Primeia, você está livre, sim.

— É melhor a gente ir logo — disse Pancho, puxando Theo pelo braço.

Eles atravessaram a multidão, que rugiu em indignação, despejando vaias e palavrões, clamando por justiça. O único motivo que os impediu de serem linchados foi a escolta armada dos policiais. Não seria irônico se fosse morto pela turba irada instantes depois de o carrasco retirar a corda do seu pescoço?

— Deixamos a carruagem perto daqui — disse Pancho assim que saíram da praça e o barulho ficou para trás.

A carruagem estava a duas quadras de distância, e Theo pensou que Gielle ou Cláudia, ou talvez ambas, estivessem no veículo. Para sua surpresa encontrou apenas Lorde Viramundo, de pernas cruzadas, braço esticado sobre o banco, soprando a fumaça com cheiro de canela do seu cachimbo. Ele entrou, sentando-se em frente ao nobre.

— Para o hotel, rápido! — gritou Pancho ao cocheiro antes de entrar e se sentar ao lado de Viramundo. — Estava uma loucura naquela praça; foi por um triz.

Viramundo soltou uma baforada, examinando Theo de cima a baixo.

— Pancho estava preocupado que não daria tempo. Eu não estava nem um pouco.

Theo engoliu em seco.

— Calma, Karlo — disse Pancho.

— Nunca tinha visto um abiadi com o cabelo completamente prateado — disse o lorde, com os olhos fixos na cabeça de Theo, ignorando o pedido do namorado. — Parece mais climariano que cenense. Gielle me contou que você tem um aparelho capaz de mudar sua aparência. Um dispositivo assim valeria uma fortuna, bem mais do que você ganhou usando a *Conexão* para me vender todas as outras coisas. Eu mesmo adoraria tirar uns quinze ou vinte anos do meu rosto.

— Se quiser, pode ficar com o camuflador de aparência.

O dispositivo seria inútil para Viramundo, pois necessitava da *Conexão* para ser acionado. Ainda assim, oferecer entregá-lo trouxe um alívio que o surpreendeu. Não precisava mais se esconder. Estava livre.

O nobre lançou um olhar fuzilante em direção a Theo.

— Só tem uma coisa que ainda quero de você, mestiço.

Ele não o chamava mais de professor, notou Theo.

— Pancho e a minha sobrinha me convenceram a fazer um acordo para te libertar. Vou esclarecer uma coisa para que não paire nenhuma dúvida: o único motivo de concordar em aceitar a proposta do governo de Vastraz, que incluía sua libertação, foi a perspectiva de retorno com o anatar ou com a fórmula para a fabricação do Relax. Decidi que não vou pagar o prêmio de mil ducados; preciso ser compensado pelo quanto você me logrou ao longo dos anos. Dê-se por satisfeito que eu não te denuncie à polícia quando voltarmos a Primeia.

— Por mim, tudo bem. — Theo imprimiu o tom mais suave que conseguiu. Depois do que ele havia passado, a última coisa na sua mente era dinheiro. E, já que Viramundo não pretendia pagá-lo, ele não sentiria remorso por não entregar o anatar caso o obtivesse.

O lorde se remexeu no banco, parecendo surpreso com a calma de Theo.

— E tem mais um detalhe: se eu perceber que você usou a *Conexão* em mim, na minha sobrinha ou em Pancho, ou se tentar escapar, te jogo na prisão.

— Se o lorde passou a vida admirando os climarianos e as maravilhas da sua tecnologia, que funcionava à base da *Conexão*, por que despreza os abiadis? Por que tem tanto medo da *Conexão*? Os abiadis são os descendentes deles, o mais próximo que sobrou neste planeta da presença do povo de Climar. Olha só o meu cabelo; sou quase um climariano.

— Você acabou de responder à sua própria pergunta. *Quase* um climariano.

Theo conteve o ímpeto de retrucar a provocação do lorde, dizendo o que realmente pensava a respeito da ganância dele e que o único motivo de ele ter sido preso e condenado à forca eram as negociações milionárias em que o nobre estava envolvido. Os dois trocaram olhares raivosos.

— Ele não vai fugir, Karlo — interveio Pancho. — Nem usar a *Conexão*. Não é mesmo? — perguntou a Theo.

Theo respondeu concordando com um leve aceno de cabeça.

— Se ele aprontar qualquer coisa, eu mesmo me encarrego de aplicar um corretivo nele, como fazia quando a gente era criança — disse Pancho, de um jeito que parecia estar ao mesmo tempo brincando e falando sério.

O abiadi o ignorou, enquanto Viramundo continuava a encará-lo.

— Se eu ajudar a encontrar o anatar, o lorde está disposto a esquecer que eu escondi que era abiadi?

Viramundo sorveu o cachimbo, exalando a fumaça sem pressa.

— Vou tratar esse assunto como mais um negócio. Se você cumprir sua parte, esqueço essa questão de você ser abiadi. Qual era a grande pista que Madame Rouxinol deu?

Theo refreou a vontade de dizer uma mentira qualquer e escapar de Tilisi sozinho, terminando a busca pelo anatar sem o grupo. Sufocou o orgulho. Coisas mais importantes estavam em jogo, e o nobre ainda tinha uma coisa que o ajudaria: um meio de transporte mais rápido. O dirigível. Levaria dias utilizando meios convencionais — navio e estradas — para chegar a Montes Claros. Não tinha mais tempo a perder; a prisão já o atrasara demais.

Era o único que poderia resolver o problema da falha na Harim e ele o faria. Custasse o que custasse.

Pela guardiã Val, pelos climarianos presos na Harim, pela memória de Padre Dominic e por todas as pessoas que sofriam com o mardarim.

Agora, seu único objetivo era o anatar.

Theo o encontraria.

Nada mais importava.

E mais importante: porque ele era um abiadi e tinha orgulho disso.

— Vamos para Montes Claros. Quando chegarmos lá, eu digo a quem devemos procurar — disse Theo.

Se contasse tudo, corria o risco de o lorde deixá-lo em Tilisi e seguir adiante com os demais. Viramundo o encarou, percebendo sua jogada. Theo quase podia enxergar as engrenagens do cérebro do homem de negócios se mexendo, calculando suas opções e avaliando qual seria o melhor movimento. Eles não tinham motivo para confiar um no outro. Mesmo que Theo repassasse todas as informações de Madame Rouxinol, nada garantiria que não seriam mentiras. A melhor opção para o nobre seria ter Theo por perto e se assegurar de que receberia a informação verdadeira.

— Para Montes Claros, então — disse Viramundo.

O abiadi não se surpreendeu, mesmo assim respirou aliviado. Enfim conheceria o país natal de dona Milena.

18

Às duas da tarde o dirigível já sobrevoava Tilisi, contornando a costa, e Theo observava da sua cabine a cidade tinindo à luz do sol: o tráfego intenso de carruagens, cavalos e pedestres; os prédios colados uns nos outros; as praias e os barcos no porto. Uma efervescência, um dinamismo.

E também o forte onde ficara preso e a Praça dos Condenados. O corpo de Siri, balançando na forca, minúsculo daquela distância. A corrupção e o descaso com a vida humana. A podridão daquela sociedade. Ele odiava Tilisi com todas as fibras do seu ser e esperava nunca mais ter o desprazer de colocar os pés lá.

Uma preocupação se adicionava às demais. A soqueira, sua arma climariana, havia sumido da bagagem.

Bateram à porta. Era Gielle, trazendo uma bandeja com um bule, um par de xícaras e uma travessa com biscoitos amanteigados e sanduichinhos de queijo e pepino. A comida era bem-vinda. Ele estava faminto; tinha conseguido apenas beliscar o parco café da manhã antes de ser levado para execução.

Theo se acomodou no assento, tentando achar uma posição mais confortável. Os roxos nas pernas e nos braços provenientes da surra haviam se espalhado em manchas feias e doloridas que, felizmente, a roupa ocultava. Demoraria dias para a dor sumir e semanas para as manchas desaparecerem por completo.

Ela colocou a bandeja no banco antes de se sentar com delicadeza, de pernas cruzadas. Usava calça preta, camisa de seda xadrez preta e branca e várias pulseiras e colares de ouro que se combinavam. O cabelo havia sido alisado e preso com grampos de pérola. Exalava um suave perfume de gardênia. Moderna e elegante. A síntese da elite jovem do Reino de Primeia.

— Chá-preto com limão, sim? — ela perguntou com um sorriso zombeteiro enquanto servia.

Ele respondeu com um sorriso forçado enquanto pegava a xícara fumegante.

— Muito cedo pra fazer piadinhas usando o sotaque de Tilisi?

— Não acho que um dia eu vá achar aquele jeito idiota de falar engraçado — respondeu ele, desta vez com um sorriso verdadeiro.

— Desculpe não ter ido junto na carruagem te buscar. O tio achou que seria perigoso, e eu não quis contestar. Ele não anda nada contente comigo nos últimos tempos. Achei melhor não discutir. O mais importante era que chegassem com a ordem do Procurador-Geral a tempo.

— Não tem problema — disse ele, depois de tomar um gole. — Obrigado por interceder a meu favor junto ao lorde.

— Pancho também ajudou, com todo aquele discurso lunista e tal. Pode não parecer, mas o tio tem um lado bem religioso... — ela fez uma pausa para bebericar o chá, antes de complementar enquanto fazia uma careta — ... às vezes.

Quando a religiosidade não interferia no lucro, pensou Theo.

Enquanto observava Tilisi se distanciando no horizonte, Gielle deu um longo suspiro.

— Esta viagem está sendo um grande aprendizado para mim — filosofou ela.

— O que você está aprendendo? — ele perguntou antes de morder um biscoito.

— Como funciona o mundo dos negócios na prática; o valor das coisas e da vida. Sobre aquilo que é realmente importante.

— E o que é realmente importante?

— Não o mesmo que eu pensava antes; ainda estou descobrindo.

— Você ainda se importa com o que o seu tio pensa?

Ela bebericou o chá, dando tempo para que ponderasse a resposta.

— As coisas não são tão simples. Ele é meu tio; o sangue ainda fala alto.

O tio do qual ela herdaria uma fortuna imensa. Se ela se comportasse.

— Tenho que dizer uma coisa. — Ela mordeu o lábio inferior. — É meio... — Desviou o olhar, envergonhada.

— Há poucas horas eu estava com a corda no pescoço, literalmente. Acho que posso aguentar seja lá o que for.

— O lorde não quer que você se junte a nós na sala de recreação para o jantar ou para o café da manhã. Ele prefere que você faça as refeições na cabine.

— Entendo. Então o *lorde*... — enfatizou, para deixar bem claro que tinha percebido que ela havia mudado a referência de *tio* para *lorde* — vai me privar de vários discursos educativos sobre os climarianos, seguidos de uma sessão de aspiração da fumaça deliciosa do cachimbo?

Ela deu uma risada nervosa.

— Talvez seja melhor assim — disse ela. — Ele ia ficar o tempo todo cutucando, fazendo piadinhas e dando indiretas.

— É, talvez seja.

— O tio Karlo não está acostumado a levar a pior em nenhuma situação, muito menos depender dos outros para conseguir o que quer. Por outro lado, não costuma guardar rancor. É só dar um tempo para ele perceber que você ainda é o mesmo Professor Theo que ele tanto admirava, que você volta a cair nas graças dele.

Claro, tudo que Theo mais queria no mundo era cair nas graças do mui digno Sexto Lorde Viramundo. Conquistar a amizade do nobre era sua prioridade número um. Até mais importante do que consertar a Harim.

Eca!

O abiadi segurou a vontade de revirar os olhos e retrucar em um tom mais ríspido:

— Vou fazer o possível para ficar longe das nobres vistas dele.

Ela estremeceu.

— Eu não sou o meu tio e ainda gosto da sua companhia para as refeições — ela disse, baixando o olhar, um pouco tímida.

Aquilo era um flerte? Gostava de Gielle, de sua inteligência e delicadeza. Da disposição para tentar coisas novas: escrever para jornais e revistas, tirar fotos e se aventurar por países estranhos. Talvez ela fosse mesmo diferente das outras mulheres da sua classe, tão mimadas e fúteis. Mas, naquele momento, o foco dele era apenas um: o anatar. Além disso, depois do que havia passado por causa de Viramundo — a quem ela ainda parecia querer agradar, apesar de toda a conversa sobre aprendizado —, ele gostaria de continuar se envolvendo com alguém tão próximo ao lorde? Naquele exato momento não estava interessado. Afinal, a prioridade era o anatar. Por outro lado, ainda queria deixar uma porta aberta.

Theo bebeu o chá, sorrindo enquanto pensava em como lidar com a situação.

— Café da manhã, almoço ou jantar? — perguntou, esforçando-se para dar um tom jocoso.

Ela deu uma risadinha.

— Não seja convencido, o chá da tarde já está de bom tamanho.

Ele espalmou a mão no peito, como se ela o tivesse atingido com uma flechada. Gielle respondeu à brincadeira com um sorriso.

— Falando sério — disse ele. — Não estou com disposição para pensar nisso agora. Depois que terminar a confusão em que se transformou esta expedição e tivermos voltado para Azúlea, vamos manter contato e daí marcamos um jantar.

— Claro, claro — disse ela, desviando o olhar. — Vamos resolver essa história primeiro.

Ela se levantou, deixando a xícara pela metade.

— Antes que você vá, sabe me dizer o que aconteceu com a minha arma?

— Arma?

— Minha soqueira climariana.

Gielle fez uma expressão de confusão.

— Nem sei o que é isso. No mesmo dia em que soltaram Pancho, o tio mandou que liberassem o seu quarto. Então eu e Cláudia guardamos suas coisas, e não vi arma nenhuma. A mala ficou no quarto dela.

Ela parecia dizer a verdade, contudo havia como saber com certeza?

— Tudo bem, depois pergunto pra Cláudia.

No final da manhã seguinte, sacolejavam em uma carruagem pelas ruas de Kishar, a capital da República de Montes Claros, rumo ao hotel. Passaram por um dos bairros da cidade nova, um dos vários localizados em platôs vizinhos à cidade antiga.

Todas as construções apresentavam linhas curvas — janelas ovais, portas em arcos, ameias arredondadas — e eram carregadas de pinturas de cores vívidas de flores, folhagens e animais. As pequenas sacadas davam a impressão de que ruiriam sob o peso dos vasos de flores, e a hera se insinuava pela fachada dos prédios. A arquitetura extravagante era complementada pela natureza presente nas ruas, pois mesmo as vielas estreitas eram enfeitadas com flores, arbustos e pequenas árvores, principalmente jasmineiros. Tampouco as colmeias de abelhas pendendo do alto de árvores pareciam perturbar os habitantes.

Atravessaram uma ponte de pedra estreita, que dava a impressão de flutuar a cem metros de altura, conectando aquele bairro à cidade antiga, que ocupava um grande platô e era cercada por uma muralha com mais de mil anos e vários quilômetros de extensão. Os pequenos vales que ocupavam o espaço entre os platôs eram tomados por bosques naturais, córregos e pomares.

— Mais tarde tenho que vir nesta ponte tirar uma foto — comentou Gielle. — Imagina a vista do pôr do sol.

Kishar se movia em um ritmo tranquilo; as pessoas andavam sem pressa, e as carruagens não avançavam sobre os pedestres. O abiadi até achou que poderiam estar celebrando algum feriado local, mas aquele era um dia comum de trabalho.

Se, na chegada a Tilisi, o lorde tinha tagarelado o tempo todo, comentando sobre os lugares pelos quais passavam, em Kishar se mantinha calado. Era sua primeira vez na cidade, e parecia absorver o ambiente sem expressar qualquer empolgação.

Gielle, Cláudia e Pancho esticavam o pescoço, admirando a paisagem.

— A cidade é tão florida! — comentou Cláudia. — Que linda!

— É verdade — disse Gielle. — Em cada esquina tem alguém vendendo rosas, margaridas e flores-do-campo, e já contei quatro floriculturas pelo caminho. E o perfume de jasmim no ar? Que delícia!

O abiadi vinha evitando ficar perto do lorde e, quando não podia, se mantinha o mais calado possível. Ainda assim, deixou escapar uma observação, quase sem perceber que falava alto:

— Minha mãe era daqui — disse ele, lembrando-se da obsessão de dona Milena pelos doces com formato de flores e folhas. Em Montes Claros a natureza, em todas as maneiras possíveis, era objeto de adoração.

— De Kishar mesmo? — perguntou Gielle.

Ele assentiu.

— Não vi muita diversão — disse Viramundo, cortando o assunto. — Só uns cafés e restaurantes. Será que eles têm um teatro decente, uma casa noturna ou um cassino por aqui?

— Se o lorde quiser, posso pesquisar e comprar os ingressos — disse Cláudia.

Ele deu de ombros.

— Veremos. Talvez depois que a gente resolver nossos assuntos aqui. Quem sabe umas compras; deve ter alguma loja com coisas mais interessantes ou duráveis que flores.

— Vi uma Igreja Lunista lá atrás — disse Pancho, animado. — Gostaria de ir a uma missa para agradecer a Talab por minha liberdade.

— Vamos juntos — disse Viramundo, colocando a mão sobre a de Pancho, que respondeu com um sorriso.

— A gente podia pedir para colocarem o nome de Padre Dominic na Saudação aos Mortos — disse Pancho. — Acho que ele ia gostar da lembrança.

— Claro, meu querido — disse Viramundo, apertando a mão de Pancho.

As ruas da cidade antiga tinham o calçamento de pedra irregular e gasta; em sua maioria, eram tão estreitas que por elas nem passavam carruagens.

Hospedaram-se no Hotel Duval, um antigo palacete reformado ao lado da muralha, com portas em arco e corrimões de ferro batido, com detalhes no formato de plantas e uma infinidade de vasos de flores coloridas. Lorde Viramundo ocupou uma suíte no quinto andar, o mais alto, ao lado da sobrinha. Os quartos de Pancho e Cláudia ficavam um andar abaixo, onde era possível avistar a cidade por cima da muralha.

Theo foi relegado a um quarto de fundos bem apertado, localizado no segundo andar. Ao menos havia um lindo buquê de flores-do-campo na mesinha de cabeceira. Quando abriu a janela para deixar entrar o ar fresco, deparou-se com um paredão coberto de hera. Assim que ele tomou um banho e arrumou suas coisas, desceu para o saguão do hotel.

Haviam combinado de se encontrar ao meio-dia, mas pensou que talvez conseguisse escapar dos demais e sair à procura do anatar sozinho. Entretanto, deparou-se com Cláudia aguardando em uma poltrona, lendo um jornal local. Será que Viramundo a tinha colocado lá para garantir que ele não escapasse? Theo e Cláudia estavam se evitando desde que ele fora libertado. Estava mais do que na hora de acabar com aquele mal-estar e, talvez, começar outro.

— E então? — perguntou ele enquanto se sentava em uma poltrona ao lado dela.

Cláudia devolveu o periódico para uma pilha de jornais e revistas em uma mesa no canto e se sentou de pernas cruzadas. Usava uma jaqueta de couro por cima de uma camisa de algodão e as costumeiras calças. A ponta do canivete brilhava no cano da bota.

— Temos que esperar os outros descerem. O lorde deu instruções para que o grupo não se dividisse aqui em Kishar.

Theo deu de ombros, fingindo que não se importava, apesar de saber que a proximidade do lorde poderia atrapalhar seus planos.

— Por mim, tudo bem.

Ela levantou uma sobrancelha, desconfiada.

— Desculpa pelo quarto — disse ela. — Viramundo mandou reservar o mais barato pra você.

— Quanta maturidade!

— Ele acha que está te dando uma lição, mas, pra quem cresceu no orfanato, ficar em um quarto simples do melhor hotel da cidade passa longe de ser algo intimidador ou humilhante.

A conversa morreu. Theo pensava qual seria a melhor maneira de abordar o sumiço da arma.

— Estou preocupada com Zelda — disse Cláudia, torcendo as mãos.

— Onde ela está?

— Na casa de campo dos avós, bem longe de Azúlea. O problema é que eles estão com sintomas de mardarim. — Ela mordeu o lábio. — Tenho medo de que algo aconteça com eles enquanto estou viajando e Zelda fique sozinha. Não sei se dá pra confiar nos criados deles.

— Zelda está doente?

— Não, não — disse ela, balançando a cabeça com veemência. — As crianças resistem muito melhor ao mardarim, e ela sempre foi muito saudável.

— Que bom.

Theo ficou em dúvida. Por que Cláudia trouxe à baila o assunto da filha? Era só preocupação mesmo ou será que se sentia culpada por ter traído sua confiança e queria angariar simpatia?

Ele esperou um pouco antes de passar à questão que lhe interessava. Resolveu ser direto.

— Viu minha arma climariana quando você e Gielle pegaram minhas coisas no hotel em Tilisi?

Cláudia negou, com um balançar de cabeça casual.

— Achei que estivesse com você quando te prenderam. Tem certeza de que não ficou na prisão?

Theo a encarou enquanto ela sustentava o olhar. O abiadi não havia levado a arma para o cassino. Ele não tinha como saber o que acontecera com suas coisas enquanto estava na prisão e tampouco provar qualquer acusação. Alguém estava com sua arma. Se não era Cláudia, então quem? Pancho, com medo de que Theo pudesse usá-la contra o lorde? O próprio Viramundo? Gielle?

Theo podia realmente confiar em qualquer um deles?

— É, deve ter sido isso — disse Theo, decidindo que teria que deixar a questão para mais tarde. — Ficou na prisão. É uma pena.

— Os demais chegaram — disse ela, apontando com o queixo para a escadaria do hotel. — Vamos ao trabalho.

Os dois abiadis se levantaram enquanto Viramundo, Pancho e Gielle desciam a escada.

Tanto o lorde quanto a sobrinha vestiam as usuais roupas feitas sob medida nos ateliês de Azúlea. Muita seda, punhos e golas de renda e bordados. Relógios e joias de ouro. Ainda assim, pareciam confortáveis e preparados para uma longa caminhada. Pancho usava roupas boas, porém simples em comparação às do namorado. De artigo de luxo, apenas o relógio de pulso de prata. Pelo que Theo pudera observar nos dias que passara com ele, Pancho se sentia incomodado em roupas ou ambientes requintados.

Viramundo parou no meio do saguão; ajeitou a casaca, fingindo tirar uma felpa da manga.

— E agora, abiadi? — perguntou o nobre, sem se dar ao trabalho de olhar para Theo.

— Estamos procurando um boticário chamado Gregor Dawa, ele tem uma botica na cidade.

O grupo passou a próxima hora seguindo uma informação errada dada pelo serviço de concierge do hotel, que indicou uma botica pertencente a um certo Greisson em um bairro próximo. Viramundo não ficou nem um pouco satisfeito e saiu resmungando algo sobre reclamar com a gerência e que alguém ia perder o emprego naquele dia. Theo não conseguiu se distanciar mais do que alguns passos dos demais. Havia sempre alguém na sua cola.

Apesar da sensação de estar sendo vigiado, ao menos, para alívio dele, o povo de Kishar não se importava com o fato de ele ser abiadi. Cláudia chamou sua atenção para a presença de outros cabelos prateados — variando de umas poucas mechas até a metade ou pouco mais — circulando pela cidade. Ele percebeu apenas um ou outro olhar de curiosidade — talvez pelo fato de ter o cabelo todo prateado —, porém nenhuma atitude de desprezo. Não sabia se era por causa do contraste com Tilisi, mas se sentiu em casa. Kishar era bela, cheirosa e tranquila. Por que dona Milena havia trocado aquela cidade por Azúlea?

Fizeram uma pausa para o almoço, banqueteando-se em um restaurante especializado na culinária local, conhecida por servir uma enorme variedade de pratos em pequenas porções a serem partilhadas por todos à mesa. Gielle fez o pedido por todos, escolhendo um prato chamado Dia no Campo. A mesa se encheu com cumbucas de carnes de caça — perdiz, cervo e javali — grelhadas, cobertas com molho de frutas silvestres e acompanhada de arroz-selvagem e salada verde com pétalas de flores. A refeição estava deliciosa, e até o humor de Viramundo melhorou.

Theo perguntou ao garçom — um sujeito baixote, com uma barba espessa ruiva e um forte sotaque, que puxava os "erres" — se ele conhecia um boticário chamado Gregor Dawa.

— Gregor? — disse ele, passando a mão na barba. — É aquele da Botica Além do Céu? Toda a minha família compra remédio com ele. Fica na Rua das Laranjeiras, na Pedra Branca.

A Pedra Branca era um bairro localizado em um dos platôs de Kishar e se conectava diretamente à cidade antiga por meio de uma ponte de pedra em arco. Em menos de meia hora estavam em frente à Botica Além do Céu, um prédio de madeira colado aos vizinhos, pintado de azul-claro, com desenhos de plantas medicinais e vitrine com inscrições douradas. A abertura da porta fez soar uma sineta.

Balcões com gavetas de madeira davam a volta no estabelecimento e eram encimados por prateleiras lotadas de jarros de vidro transparente com todo tipo de ervas, sementes e flores secas que iam até o teto. Um balcão fazia a separação entre os clientes e o atendente, um rapaz abiadi — as mechas prateadas se mesclavam com cachos castanho-escuros —, magro e alto, como os abiadis costumavam ser, que trajava um avental azul e não deveria ter mais que uns dezesseis ou dezessete anos, a julgar pela penugem no lugar do bigode. Ele dispensou um olhar rápido para o grupo enquanto terminava de atender um cliente.

A botica cheirava a chá de ervas, plantas secas e álcool farmacêutico.

Cláudia chamou a atenção dos demais para um enorme jarro com comprimidos sobre o balcão.

— É Relax — murmurou ela.

— Vocês precisam de Relax? — perguntou o rapaz, que já havia terminado de atender o cliente. — Quantos comprimidos? — disse ele, apressando-se em direção ao jarro.

Theo deu um passo à frente, e o rapaz pareceu notar seu cabelo pela primeira vez, examinando-o com curiosidade através dos grandes olhos castanhos. Theo estava prestes a perguntar sobre Gregor, todavia o lorde foi mais rápido.

— Esta é a botica de Gregor Dawa? — perguntou Viramundo, estufando o peito.

— É — respondeu o rapaz.

— Posso falar com ele?

— Hum. O vô não atende mais.

— Mas ele está?

— Está no escritório, nos fundos, mas ele não atende mais na loja. Eu posso providenciar o que vocês precisarem. Tem receita? Se for complicado, a mãe pode preparar para amanhã de manhã cedo.

— Diz que o Sexto Lorde Viramundo, do Reino de Primeia, tem um assunto importante para tratar com ele.

— Ele não atende mais, senhor.

— Garoto, só diz para ele quem eu sou e que tenho uma proposta de negócio irrecusável.

— Só um pouquinho — disse o rapaz depois de suspirar.

Ele sumiu por uma porta nos fundos. Dava para ouvi-lo conversando com alguém mais velho, que tinha a voz rouca, apesar de não ser possível distinguir as palavras. Instantes depois, a porta se abriu; apenas uma fresta. O rapaz ainda estava lá dentro.

— Mas, vozinho, ele disse que é um lorde. E veio de longe.

— Aqui é uma república; ninguém dá importância para nobre.

— Tá bem, tá bem.

O atendente voltou para o balcão, forçando o sorriso.

— O vô não pode atender — disse ele a Viramundo.

— Meu rapaz, eu sou um homem importante e vim de muito longe para falar com seu avô. O assunto é de interesse dele.

Passos irritados vieram do escritório, e a porta foi escancarada. Um homem, aparentando estar próximo dos setenta anos, magro e alto, pele pálida e bastante enrugada, veio até o balcão.

O coração de Theo acelerou. O homem tinha o cabelo todo prateado.

Madame Rouxinol tinha contado que o boticário era abiadi, só que não do cabelo completamente prateado. Muito menos que ele parecia tão velho. Fazia sessenta anos que os climarianos haviam desembarcado. Ou ele era mais novo e só aparentava ter uns dez anos a mais do que deveria, ou então, como Theo suspeitava, era Kass, o climariano que havia roubado o anatar.

Theo trocou um olhar com Cláudia; os dois de imediato entenderam as implicações daquela descoberta. Gielle observava com a testa franzida; talvez tivesse se dado conta. Pancho observava o lorde — por certo não tinha percebido nenhuma incoerência.

— Em que posso atender vocês?

— O senhor é Gregor Dawa? — perguntou Viramundo. O nobre estava tão interessado em fazer negócios que não prestou atenção na aparência do velho.

— Sou.

— Eu sou o Lorde Viramundo, gostaria de fazer uma proposta de negócios para o senhor. — Ele começou a estender a mão para cumprimentar o boticário e desistiu no meio do caminho, com medo de que Gregor fizesse uso da *Conexão*. A situação foi embaraçosa e levou Gregor a fazer uma careta de desgosto.

— Negócio? Nos últimos tempos são os meus filhos que resolvem a maior parte dos assuntos da botica.

— Sou dono da Farmabem, fabricante do Benetox.

— Sei, Viramundo e Farmabem são sinônimos.

O lorde tomou a observação como elogio, liberando um sorriso de satisfação.

— Nós poderíamos conversar no seu escritório?

— Não tenho interesse em fazer negócio com a Farmabem.

O lorde segurou a casaca com as duas mãos na altura do peito, falando estufado como um pombo.

— A sua empresa é a fabricante do Relax?

— Empresa? Ah, a Botica Além do Céu. Sim, mas em que isso te interessa?

— A sua empresa não tem autorização para vender o Relax, e eu gostaria de propor uma solução para esse problema.

Gregor bufou, olhando Viramundo de cima a baixo.

— Meu produto está patenteado na República de Montes Claros, e posso vender Relax para quem eu quiser no território nacional. Se as pessoas compram comprimidos para revender em outros países, não é problema meu.

A boca de Viramundo virou um risco, e ele se estufou ainda mais. O homem estava prestes a explodir.

— Tio — disse Gielle ao colocar a mão no braço dele, querendo acalmá-lo.

— Eu sou Theo — o abiadi se apresentou, estendendo a mão.

O boticário finalmente o notou, examinando seu cabelo por um momento que pareceu uma eternidade.

— Quem sabe nós conversamos no seu escritório enquanto tomamos um chá ou café? — perguntou Theo com seu sorriso mais charmoso.

— Está bem — respondeu Gregor, após pensar um pouco.

Eles passaram para o escritório; uma sala com um armário para documentos, uma escrivaninha e uma mesa com balanças, pipetas e outros equipamentos para preparar misturas e comprimidos. A janela estava aberta, permitindo a entrada do sol da tarde acompanhado de uma brisa suave.

Gregor se sentou atrás da escrivaninha. Viramundo e Gielle se sentaram nas cadeiras em frente. Assim que o nobre apresentou os demais, passou a esboçar propostas para comprar a patente do Relax ou seu direito de fabricação, falando da abertura de fábricas e perguntando sobre as outras aplicações possíveis para o medicamento.

O boticário nem se importava em fingir interesse, e Theo o pegou várias vezes lançando olhares curiosos para ele.

O escritório tinha uma lareira — Montes Claros era um país montanhoso, com invernos frios —, e sobre a cornija estava disposta uma dúzia de porta-retratos, de tamanhos e formatos diversos. Gregor — ou Kass; Theo ainda não tinha certeza, ao menos não absoluta — aparecia em várias fotografias de família. Os filhos, presumiu Theo, nas mais variadas idades e quantidades de prateado na cabeça, eram o destaque. Duas mulheres apareciam nas fotos: nas mais recentes era uma, e nas mais antigas outra.

Todavia algo destoava naquela miscelânea de rostos felizes imortalizados em papel fotográfico. Algo que lhe chamava a atenção, que seu cérebro tentava informar que era importante.

Em uma foto, a menor de todas, desbotada e com as bordas amareladas pelo tempo, figurava uma terceira mulher. Theo passou os olhos pelos retratos e constatou que aquele era o único em que ela aparecia. Segurava um bebê sorridente no colo, com os tufos de cabelo completamente prateados.

Ela era inconfundível, apesar de estar mais moça na fotografia do que nas recordações de Theo.

Dona Milena.

Mama.

19

— A Farmabem compraria a patente do Relax e se encarregaria da fabricação e da distribuição — explicou Viramundo. — Temos fábricas em vários países — disse com mal-disfarçado orgulho. — Podemos planejar a expansão da produção para vários mercados, investir em publicidade. A sua empresa...

— Botica Além do Céu — lembrou Gielle.

— ... isso, a Botica Além do Céu receberia royalties proporcionais às vendas. Como a Farmabem assumiria todos os custos do investimento, eu diria que uns 2% seriam justos. — Fez uma pausa para examinar a reação de Gregor, que se limitou a piscar os olhos e a manter uma expressão de tédio. — Já vi que o senhor é duro na negociação. Não necessitamos definir esses percentuais agora. Vamos precisar de contratos registrados nos devidos órgãos governamentais, é claro; os advogados vão cuidar desses detalhes. O que o senhor me diz da proposta?

Gregor bufou. Sorveu um gole de chá que havia sido preparado antes de eles entrarem na sala, sem fazer menção de oferecer uma xícara.

— Somos uma empresa familiar, e quero manter assim.

— Minha proposta não seria de adquirir sua empresa, a não ser que o senhor quisesse, é claro. Nós podemos definir a área de atuação geográfica. A botica venderia o Relax em Montes Claros, e a Farmabem nos países que forem definidos em contrato. Tudo é negociável.

O boticário bufou mais forte, avaliando o nobre e a sobrinha.

Cláudia descansava o corpo numa perna e depois na outra, ainda mais entediada que Gregor. Pancho se moveu, parando atrás de Viramundo, bloqueando a visão entre o boticário e Theo. Era a oportunidade que o abiadi estava esperando.

Sem que ninguém percebesse, ele pegou o porta-retrato com sua mãe e guardou-o no bolso do casaco.

— Eu quis dizer que quero manter meu negócio pequeno — disse Gregor.

— O senhor está a par da crise de saúde em Azúlea. A cidade foi evacuada. Talvez o Relax pudesse ajudar.

Gregor desviou o olhar, parecendo desconfortável.

— O Relax tem várias aplicações, mas não é mais eficaz contra o mardarim do que o Benetox. — Balançou a cabeça para enfatizar. — Infelizmente.

— Tenho certeza de que podemos chegar a um acordo.

O boticário enrubesceu.

— Posso garantir que não.

Gielle interveio:

— Tio, quem sabe nós damos um tempo para o senhor Gregor pensar no assunto? Preparamos uma proposta por escrito, que ele pode mostrar para os filhos e passar para o advogado dele examinar os detalhes e preparar uma contraproposta.

Gregor enrolou os olhos e suspirou.

— Pode ser — respondeu, do jeito de quem aceita qualquer coisa para se livrar de uma visita indesejada.

— Que bom — disse Viramundo. — Vou falar com meus advogados e enviar uma proposta o quanto antes. Também temos outro assunto que gostaríamos de tratar com o senhor.

Gregor esboçou uma expressão de cansaço.

— Estamos à procura de um artefato de origem climariana. Talvez o senhor saiba algo a respeito. Chamamos de anatar.

O boticário se remexeu na cadeira e terminou o resto do chá com um gole.

— Por que eu saberia alguma coisa a respeito desse anatar?

Foi a vez de Viramundo se remexer, desviar o olhar e coçar o queixo.

— É que o senhor é abiadi.

— E aquele rapaz e aquela moça também. — Apontou para Theo e Cláudia.

A sala ficou em silêncio, quebrado apenas pelo insistente canto de um passarinho.

— Apesar da minha origem, nunca tive interesse algum por objetos climarianos — explicou Gregor. — Sempre achei um desperdício de tempo remexer no passado.

— Então o senhor sabe do que estou falando?

Gregor o fuzilou com o olhar.

— Todos os abiadis sabem. É um mito, uma historinha que se conta para crianças e adultos impressionáveis.

— É importante — Pancho interveio. — O senhor é lunista, não é? A igreja precisa do anatar. É um objeto sagrado.

Gregor gargalhou de maneira debochada.

— Você está enganado, meu rapaz. O lunismo verdadeiro não tem nenhuma relação com o anatar.

Pancho ficou vermelho.

— Tem, sim. Eu acredito.

Viramundo segurou a mão de Pancho um instante, fazendo-o se calar.

— Independentemente do que o senhor acredita, gostaria muito de adquirir esse objeto. Pagaria um bom preço.

— Tenho certeza de que pagaria. Se souber de alguma coisa, dou um jeito de contatar o senhor.

O boticário se levantou, dando a entender que encerrava a reunião.

Theo ficou por último para se despedir de Gregor. Quando esticou o braço, a manga do casaco subiu, revelando uma mancha arroxeada.

— Você está com um hematoma feio nesse braço — disse Gregor.

— Ah, sim. Me machuquei. Vai passar daqui a uns dias.

— Deixa eu dar uma olhada.

Sem esperar por autorização, Gregor foi logo puxando a manga do casaco e da camisa, examinando com atenção.

— Volte aqui outra hora, posso preparar uma pomada que vai dar um jeito nisso rapidinho.

— Está bem — disse Theo, ajeitando a roupa, preocupado que o boticário percebesse o volume que o porta-retrato fazia no bolso.

No caminho de volta para o hotel, Viramundo tagarelou o tempo todo. Estava empolgado com a perspectiva de fazer negócio com o boticário e recrutou Gielle para que o ajudasse a redigir uma proposta e telegrafasse para o escritório dos advogados em Azúlea.

Quando chegaram, Theo fingiu que ia para seu quarto. Depois que os demais sumiram na escada em direção aos andares superiores, saiu de fininho. Ele retornou à botica o mais rápido que conseguiu. Precisava falar com Gregor a sós, descobrir por que ele tinha um retrato de dona Milena. O coração batia acelerado, e ele mal percebia a paisagem em volta ou as pessoas e as carruagens passando.

Quando dobrou a esquina da botica, viu Gregor e o neto fechando a loja. Deveriam estar indo para casa. Theo resolveu segui-los. Aproximou-se cautelosamente. A rua era tranquila, e dava para ouvir parte do que os dois conversavam.

— Vamos chamar uma carruagem — sugeriu o jovem.

— Não precisa, caminhar faz bem.

— Mas, vô...

— Não tem nada de "mas, vô".

— Vai ficar cansado.

— Só um pouco. Quero aproveitar o sol e a brisa. São umas poucas quadras.

Theo os seguiu de perto, escondendo-se atrás das árvores para evitar ficar na linha de visão da dupla. O barulho dos cascos de um cavalo no pavimento de pedras interrompeu a conversa por um momento.

Gregor caminhava devagar. De repente, parou.

— Vô, segura no meu braço.

— Não sou aleijado.

— Só um pouco, vozinho.

— Está bem, está bem. Mas é só porque você está insistindo.

Eles seguiram naquele passo, se arrastando por mais três quadras. O rapaz perguntou sobre a conversa com o nobre. Uma carruagem passou, e Theo não conseguiu ouvir a resposta. Depois disso eles já estavam em outro assunto.

O avô e o neto chegaram ao destino: uma casa ampla no estilo típico de Kishar. Um jardim pontuado por jasmineiros e roseiras conduzia a um chalé de dois andares, com janelas em arco, paredes cobertas de hera e um telhado com cobertura natural em que despontavam várias chaminés.

Theo ficou parado na calçada em frente à casa de Gregor, observando-os entrar. De repente, um medo avassalador superou sua curiosidade. E se Gregor batesse a porta na sua cara? E se chamasse a polícia? E se a mulher na foto não fosse sua mãe? A verdade é que não restara nada do incêndio, nenhuma foto de dona Milena. Estava confiando em lembranças vagas; imagens que restaram na sua mente. Dezessete anos era um longo tempo, e a memória podia ser enganadora. Será que ele não estava projetando em uma foto antiga seu desejo de encontrar o pai, uma família, um grupo a que pertencesse?

Enquanto ele criava coragem, o neto o viu pela janela. As pernas de Theo diziam para fugir, entretanto se conteve. Já que tinha sido visto, aproveitaria a oportunidade. Acenou e sorriu.

O rapaz abriu a porta, examinando-o com uma expressão intrigada.

— Você não esteve na botica esta tarde?

Theo cruzou o jardim, com o coração batendo no pescoço.

— Desculpa incomodar. É que o seu avô disse que eu podia voltar caso quisesse um remédio para meus machucados.

— Aqui em casa? Acho que ele quis dizer voltar na loja.

Gregor surgiu atrás do rapaz.

— Você? Como descobriu onde eu morava? Você nos seguiu?

— Eu... eu... precisava falar com o senhor.

— Não atendo em casa. Passe amanhã pela manhã na botica, que eu prometo cuidar dos seus machucados.

— É sobre este retrato. — Theo puxou o porta-retrato de dentro do bolso.

— Você pegou isso do meu escritório? — Gregor perguntou ríspido, já estendendo a mão para que Theo o devolvesse. O rosto pálido enrubesceu.

— Por favor, quem era esta mulher para você?

— Por que você quer saber? — perguntou Gregor, mudando o tom de irritado para intrigado.

— Preciso saber se o nome dela era Milena, Milena Siber?

Gregor se segurou na porta, fitando Theo intensamente.

— Como você sabe o nome dela?

— Vô, o que está acontecendo? Quem é ele?

— Vai lá pra dentro, Gio — disse Gregor, colocando a mão no ombro do rapaz. — Eu preciso conversar com este jovem.

— Quer que eu chame a vó?

— Não precisa. Só me deixa conversar com ele.

Gio baixou a cabeça e sumiu dentro da casa.

— Meu nome é Theo, Theodosio Siber — apresentou-se quando ficaram a sós. — Milena era minha mãe.

Gregor colocou a mão no peito e arfou, parecia que ia desmaiar. Theo o amparou.

— Você está bem? É para chamar sua esposa ou seu neto?

— Não, não. Já vai passar.

O abiadi notou que Gregor tinha os olhos marejados e o analisava de cima a baixo.

— Vamos conversar na minha oficina. Fica nos fundos. Entre — disse ele, escancarando a porta.

Eles atravessaram a casa. Gio estava em uma biblioteca, lendo um livro e fazendo apontamentos em uma escrivaninha. Quando passaram por ele, o rapaz levantou a cabeça, e, antes que perguntasse qualquer coisa, Gregor avisou que iam para a oficina. A esposa estava na cozinha, temperando um grande pedaço de carne. Uma senhora abiadi cheinha, aparentando estar próxima dos sessenta anos, rosto redondo simpático, fios grisalhos despontando nos cabelos castanhos e umas poucas mechas prateadas. Chamava-se Quica.

O pátio da casa se estendia por dezenas de metros. Tinha uma horta — abóboras, pepinos e berinjelas estavam quase no ponto de colheita —, um pomar — limoeiro, laranjeira, macieira — e uma capela lunista. A oficina era uma construção térrea, no mesmo estilo da casa, e aparentava ter sido convertida de uma garagem construída para abrigar carruagens e um pequeno estábulo. O interior era uma confusão de equipamentos e ferramentas dispersos por armários e bancadas. Um veículo, provavelmente uma pequena carruagem, estava estacionado na frente de uma porta dupla, coberto por lonas.

— Desculpe a bagunça. Sente-se — disse Gregor, apontando para uma das poltronas em um canto, com estofado puído. — Vou fazer um chá de arruda-azul, vai ajudar com os machucados. Tenho uma pomada mais potente na botica.

Havia um fogão a lenha em uma cozinha improvisada nos fundos da oficina. Gregor inseriu algumas achas de madeira e acendeu o fogo. Enquanto ainda estava de costas, enchendo a chaleira, perguntou:

— Como Milena está?

— Ela morreu. Já faz dezessete anos.

Gregor deixou cair a chaleira na pia. Theo se aproximou.

— Você não fazia ideia?

O velho fez que não com a cabeça. Quando se virou, tinha os olhos cheios d'água.

— O que aconteceu com você quando ela morreu?

— Antes de contar, me diz o que ela foi para você. Você é meu pai?

— Então você não sabe? Ela nunca te contou?

— A mãe nunca me disse nada sobre meu pai, nem mesmo o nome. Na minha certidão de nascimento consta PAI DESCONHECIDO e que eu nasci em Azúlea.

— Sim, eu sou seu pai — disse, limpando as lágrimas do rosto. — Desculpa, sonhei com este momento por tanto tempo e agora que você está na minha frente nem sei o que dizer, o que fazer.

— Quem sabe um abraço?

Gregor envolveu Theo num abraço e, apesar de ter um milhão de perguntas, foi a vez de o filho deixar as lágrimas rolarem. Ele sentiu o calor do corpo do pai; os cabelos prateados se movendo, fazendo cócegas no seu nariz. Um abraço de verdade.

Quando se soltaram, Gregor, enfim, pôs a água para aquecer.

— No momento em que vi você na botica, fiquei desconfiado. Nunca encontrei um abiadi com os cabelos totalmente prateados, o que não quer dizer que não existam. E você estava naquele grupo com o Lorde Viramundo. — Ele se encolheu, fazendo uma expressão de desgosto. — Nenhum dos meus filhos, quer dizer, dos meus outros filhos, tem o cabelo como o seu. Mas Carmilla, minha esposa antes de Quica, nem era abiadi, e a Quica só tem umas mechas prateadas. Depois quero saber qual a sua história com aquele grupo.

Depois, pensou Theo. Agora tinham outras coisas mais importantes a tratar. Uma porção delas.

— Como você conheceu minha mãe?

Gregor mordeu o lábio, e uma expressão triste passou pelo seu rosto. Escolheu um pote de uma prateleira e pôs uma colherada de uma erva seca em duas canecas de porcelana.

— Ah, Theo. Tenho muita vergonha sobre essa parte do meu passado, mas você tem o direito de saber. — Ele suspirou, como quem exortasse uma força superior para criar coragem. — Eu era casado com Carmilla quando conheci Milena. Tínhamos um filho e uma filha.

A chaleira chiou e ele colocou a água nas canecas, repassando uma para Theo. Sentaram-se nas poltronas.

— Sua mãe era tão bonita... de uma vivacidade... sorria o tempo inteiro. Possuía uma crença na bondade humana que beirava à ingenuidade. Só via o lado bom das pessoas e das situações. Era bonito de ver. Algo não tão incomum aqui em Kishar e muito diferente de onde eu vim. Então...

— Você não é daqui, não é mesmo?

Gregor desviou o olhar.

— De onde você veio? — insistiu Theo.

— Parece que você já sabe a resposta.

— Climar.

Ele assentiu.

— E seu verdadeiro nome é Kass.

Gregor se remexeu na poltrona, demonstrando estar surpreso.

— Faz décadas que não me chamam assim. Como...

— Nós ainda vamos voltar a este ponto — interrompeu Theo, de um jeito um pouco brusco. — Fala mais da minha mãe, por favor.

— Foi errado, eu sei. Não consegui evitar, me apaixonei por ela. Perdidamente. Deveria ter me contido, tinha obrigação. Mas se aprendi uma coisa na minha longa vida foi que, quando se trata dos assuntos do coração, a experiência e a maturidade nem sempre conseguem controlar o que sentimos. Foi a paixão mais avassaladora da minha vida.

— De toda a sua vida?

O climariano ponderou por um momento, compreendendo a implicação da pergunta de Theo.

— Sim, dos meus mais de seiscentos anos de vida — respondeu com sinceridade, após bebericar o chá. — É claro que não podia durar. Era paixão, não amor. Foi uma chama que queimou forte e rápido e da mesma forma se extinguiu. Milena engravidou e começou a exigir que me separasse e ficasse com ela. Logo depois que você nasceu, Carmilla descobriu tudo. Foi uma época muito confusa. Achei que ia enlouquecer. Me apaixonei por Milena, mas cheguei à conclusão de que ainda amava Carmilla. Além disso, tínhamos um filho e uma filha juntos. No fim das contas, não consegui me separar dela. Implorei o perdão e acabamos voltando.

— Você nos abandonou? — perguntou Theo. Ele ouviu o tom choroso em sua própria voz e se odiou por isso.

— Não, não, Theo. Nunca pense isso. Eu decidi ficar com Carmilla. Quando contei para Milena, me comprometi a ser um bom pai para você, a dar tudo que você precisasse. Ia até comprar uma casa para Milena; já estava tudo acertado. Só que ela não se conformou; disse que não queria mais saber de mim, que não precisava de migalhas. Achei que ela estivesse falando da boca pra fora, que a raiva fosse passar e que ficaria tudo bem. Uns dias depois levei meus filhos para visitar o irmãozinho, e ela tinha sumido.

Kass limpou uma lágrima.

— Uma vizinha me contou que ela havia partido bem cedo pela manhã. Milena não disse para onde estava indo. Passei anos procurando por vocês. Inventava desculpas para viajar a trabalho em lugares diferentes e vagava pelas ruas de cidades estranhas, mostrando aquele retrato de vocês dois para todos os abiadis que via pela frente, na esperança de que alguém soubesse alguma coisa. Foi em vão. Ela nunca mandou sequer uma carta para contar como você estava. Os anos foram passando e acabei desistindo.

— Chegou a procurar em Azúlea?

Ele balançou a cabeça, em negativa.

Theo deu um longo suspiro.

— Então eu nasci em Kishar, e não em Azúlea, e sou um filho bastardo.

— Bastardo — disse Kass, como se pronunciasse aquela palavra pela primeira vez e ponderasse seu significado. — Que palavra horrível. — O velho o fitou. — Não pense em si mesmo dessa maneira. Você é meu filho e de Milena, nasceu do nosso amor, ainda que tenha sido um amor efêmero.

O chá tinha esfriado, e Theo bebeu toda a caneca de uma vez só.

— Me conta como sua mãe morreu e o que aconteceu com você.

Theo contou do incêndio e mostrou a cicatriz. Contou sobre o Padre Dominic, como ele fizera as vezes de pai durante sua adolescência e sobre sua morte recente. Falou da vida no orfanato e que Cláudia havia sido como uma irmã.

O climariano escutou tudo com muita atenção, e sua expressão foi se tornando cada vez mais consternada. Arfava, com a mão espalmada no peito, como se a história toda lhe causasse dor.

— Ah, Theo, eu sinto tanto! Você não precisava ter passado por nada disso. Graças a Talab, sempre consegui prover uma vida confortável para meus filhos, os meus outros filhos — corrigiu ele. — Quanto sofrimento desnecessário...

A porta se abriu e uma menina de uns seis anos, cabelos castanhos esvoaçantes, metida em um vestido de veludo vermelho, entrou correndo.

— Vô, vô! — gritou ela. Quando viu Theo estacou, mordendo o lábio encabulada.

Kass riu.

— Vem aqui com o vô — disse Kass, abrindo os braços.

Ela escalou o colo dele, abraçando o velho. Ele arrumou o cabelo dela, beijando-lhe a cabeça. A menina tinha apenas algumas mechas prateadas, mas muito irrequietas.

— Esta é Mel, minha neta, irmã de Gio. Ela é meio tímida até conhecer a pessoa, depois se solta e vira um furacão — disse ele enquanto fazia cosquinha nela.

A menina se contorceu, dando risadinhas e pedindo que ele parasse.

— O que você trouxe aí? — perguntou o avô, pegando o potinho que ela havia trazido e quase derrubara no chão. — Tâmaras secas? E sua mãe deixou comer doce antes do jantar?

— Uma só não faz mal, vô. Quer?

— Agora não. Oferece uma para a visita. Ele se chama Theo.

Ela esticou o braço e Theo se serviu de uma tâmara; provou e disse:

— Hum, muito bom.

Mel devolveu um sorriso de satisfação.

— A vó mandou dizer que o jantar já está quase pronto.

— Está bem. Avisa para ela colocar mais um prato na mesa.

A menina saiu correndo. Assim que fechou a porta, Theo perguntou:

— O que aconteceu com Carmilla?

— Morreu três anos depois de você nascer. Câncer. Se fosse em Climar, poderia curar com um tratamento feito em casa. Aqui em Cenes... — As palavras desconsoladas morreram na sua boca. — Custei a me recuperar; só tive forças porque tinha dois filhos para criar. Daí encontrei Quica. Ela foi a melhor coisa que podia me acontecer; me trouxe tanta paz, tanta tranquilidade. Um amor tão calmo, tão suave! Acho que fazemos bem um para o outro. Mais ela para mim do que eu para ela — complementou sorrindo. — Vamos jantar?

Theo concordou com um aceno, notando que seu pai — era estranho pensar em alguém como seu pai — não perguntara se ele gostaria de ficar para a refeição. Val também adotava uma postura autoritária. Seria este um traço comum a todos os climarianos? Ou algo típico de alguém com centenas de anos de idade? Ele ainda tinha que perguntar do anatar e descobrir a história toda.

A mesa era longuíssima — para catorze pessoas — e estava posta para sete na sala de jantar. Pratos de porcelana com motivos florais, copos de vidro e talheres de aço repousavam na toalha branca com bordados de árvores e pássaros. Pequenos botões de rosa vermelhos enfeitavam a mesa. A carne assada fumegava em um grande prato no centro, exalando seu aroma característico, com toques de alecrim. De acompanhamento: batatas assadas coradas, cobertas com pitadas de queijo, e salada verde com nozes. Para beber, uma grande jarra de limonada.

Havia certa elegância na simplicidade daquela casa. Era tudo de boa qualidade, contudo sem extravagâncias. A preocupação era em tornar os ambientes aconchegantes. Vasinhos com plantas, flores na mesa, móveis de madeira, poucos enfeites, paredes cobertas de fotos de família. Brinquedos e livros espalhados por tudo que era canto. Um gato amarelo observando preguiçosamente de uma prateleira alta.

Uma casa transbordando vida.

Das janelas, via-se o sol morrendo no horizonte. O silêncio do bairro era quebrado apenas pelo barulho dos cascos de cavalos batendo no pavimento de pedra.

Assim que todos se sentaram, Kass explicou para Theo:

— Somos todos lunistas e sempre rezamos antes das refeições. De quem é a vez de dar graças?

— Acho que sou eu, vô — disse Gio.

Theo acompanhou os demais, levantando os braços e fechando os olhos.

— Agradecemos ao Deus das Luas por esta refeição partilhada com a família e com...

— Theo — completou Kass.

— ... e com Theo. Que o alimento seja a dádiva que aquece o corpo e que a harmonia pacifique nosso espírito. Que Talab nos mantenha prósperos e em paz. Obrigado.

— E então, Theo. De onde você é? — perguntou Tati, a irmã de Theo, mãe de Gio e Mel. Ela era alta e magra, com grandes olhos negros observadores e mechas de prateado dançando em meio ao cabelo castanho-escuro. Ela fez a pergunta enquanto servia o prato da filha.

Theo ficou tão empolgado quando se deu conta de que conversava com sua irmã mais velha que quase não conseguiu prestar atenção no que ela perguntou. Ele tinha uma irmã. Uma irmã! Na verdade, duas, e dois irmãos, que não estavam naquele jantar. E mais dois sobrinhos, além de Gio e Mel. Uma hora atrás ele nem sabia que tinha irmãos e irmãs. Uma grande família completa.

Kass, ou Gregor, não o havia apresentado como filho. Era tudo tão novo. Nem ele sabia se estava preparado para isso. De qualquer modo teria que esperar, cabia ao pai contar.

— Recentemente descobri que sou daqui mesmo, de Kishar. Fui criado em Azúlea, no Reino de Primeia.

— Ah, bem que achei, pelo sotaque — disse Lino. — Já fui lá duas vezes, a negócios.

Lino era o marido de Tati. Um abiadi muito sorridente e com umas poucas mechas prateadas. Ele logo se levantou e retornou com uma garrafa de vinho tinto aberta e taças.

— Azúlea? — perguntou Gio, empolgado.

— Gio quer estudar lá — explicou Kass.

— Por que Azúlea? — perguntou Theo.

— A Escola de Negócios da Universidade de Primeia é a melhor de todas.

— Estudei na Universidade de Primeia. Fiz História e Arte, no campus que fica em Arvoredo, uma cidade próxima. Hoje em dia tem trem para lá saindo a cada meia hora da Estação Central de Azúlea.

— Sequer existe trem em Kishar — resmungou o rapaz.

— A Escola de Negócios fica no centro de Azúlea. Na verdade, a umas poucas quadras de onde eu moro.

Gio o examinou com admiração, como se Theo viesse de uma terra encantada.

— Ano que vem vou para lá — disse Gio, cerrando um punho com convicção.

— Não! — choramingou Mel, enterrando o rosto no braço do irmão.

O rapaz riu.

— Já expliquei. São só três anos; depois volto. E venho para passar as férias enquanto isso.

— Três anos! — disse a menina, levantando três dedos para enfatizar como esse era um período longo.

A conversa prosseguiu, e Theo descobriu que Tati havia estudado Química e Farmácia e, ele não havia entendido exatamente por qual razão, tinha largado o emprego em uma indústria de perfumes e assumido há alguns meses a administração da botica e da fábrica de Relax, que ficava em um galpão não muito longe da casa de Kass. Lino tinha uma empresa de importação e exportação.

Quando terminaram, Kass fez menção de se levantar.

— Você ia pegar a sobremesa, meu velho? — perguntou Quica, impedindo-o com um aperto no braço. Ela não esperou que ele respondesse. — Deixa que eu trago, não é para você se cansar. O Gio me contou a aventura que foi para vocês voltarem para casa a pé hoje.

— Traidor — disse Kass, apontando um dedo acusatório para o rapaz.

— Ah, contei mesmo, vô.

— Pai! — Tati fez um gesto, como se ameaçasse umas palmadas pelo mau comportamento.

— Era só o que faltava, chegar na minha idade tendo que me explicar para um bando de fedelhos! — reclamou baixinho.

— Você não se comporta, vô.

Kass bufou e enrolou os olhos.

Quica retornou com uma travessa de bolinhos em formato de flores e folhas, com cobertura de creme.

— São iguais aos que eu ajudava minha mãe a fazer — Theo deixou escapar.

— Sua mãe era daqui? — Quica não esperou a resposta. — São bolinhos da natureza, um doce típico de Kishar — ela explicou. — Estes são de amêndoas com cobertura sabor baunilha. Uma receita de família.

Theo experimentou um. Tinha gosto de infância.

Ele continuou observando a conversa, que girou em torno da agitação de Mel com os primeiros dias na escola; Kass perguntando a Tati sobre assuntos da fábrica e ela respondendo que ele não se preocupasse, que estava tudo sob controle; e Gio argumentando que preferia morar nos dormitórios da universidade enquanto os pais tentavam convencê-lo de que seria melhor se alugassem um apartamento, pois assim eles teriam onde ficar quando fossem visitá-lo.

Quica era silenciosa e passava o tempo cuidando de todos, como uma mãe gata lambendo os filhotes. Kass era um velho ranzinza, com arroubos autoritários que os demais aceitavam como um fato da vida e ignoravam quando convinha. Gio era um jovem cheio de planos, um pouco ingênuo, pensando que tudo estava a seu alcance. Tati estava focada em assumir o lugar do pai e levava a carreira e os negócios de família muito a sério, curvando-se ligeiramente quando falava sobre a fábrica, como se cedesse ao peso da responsabilidade. Mel idolatrava o irmão e sofria por antecipação com sua saída de casa para estudar em outro país, a ponto de fazer cara de choro quando o assunto vinha à tona.

Eles eram uma família, com suas implicâncias, disputas, medos, preocupações e demonstrações de afeto. Mais do que qualquer coisa, havia amor naquela casa.

Em um instante de reconhecimento, de autoaprendizado, Theo se deu conta de toda a sua avidez de pertencimento reprimida. A angústia se revezava com a saudade. Saudade da mãe. Saudade da família que poderia ter tido. Saudade do amor que não teve a oportunidade de partilhar. Tudo que ele queria era fazer parte daquela família. Em teoria, ele era. Mas seria aceito como tal ou conseguiria se adaptar, não se sentindo deslocado? Ouviria confidências? Pediriam sua opinião? Seria convidado para os almoços do sétimo?

20

Quando o jantar terminou, Theo e Kass retornaram à oficina.

— Preciso falar sobre uma coisa — disse Theo, assim que Kass fechou a porta.

O velho apontou as poltronas.

— O anatar — começou ele.

— Eu estava esperando por isso. O Lorde Viramundo — disse em um tom debochado — estava bem interessado. Como se eu fosse dizer alguma coisa para ele. É por isso que você faz parte daquele grupo?

— Ele é um colecionador de artigos climarianos e me contratou para fazer parte da expedição como *expert* no assunto. As coisas acabaram se modificando ao longo da viagem. Acho que agora ele está mais interessado nas oportunidades com o Relax do que com o anatar.

— O que você sabe sobre o anatar? Além dos mitos e bobagens que dizem por aí?

— Tudo o que a guardiã Val me contou — disse ele, esperando para ver o impacto que a revelação teria.

— Val? A engenheira-chefe da Harim? Como assim?

— Ela vem se comunicando com abiadis, tentando recuperar o anatar e libertar os climarianos presos na espaçonave. Nós meio que trabalhamos juntos. Falo com ela desde que a minha mãe morreu; Val se tornou uma segunda mãe para mim.

— O quê?! Aquela víbora?! — perguntou ele, agitado, como se se referisse a uma cobra que, de fato, poderia picá-lo.

— Ao menos ela estava lá.

Ele se levantou, passando as mãos nos cabelos, sem perceber nem se importar com a provocação de Theo. Tinha um tom desesperado na voz.

— Não, não. Você não sabe o que ela realmente pensava, o que ela realmente queria — disse, balançando a cabeça.

— Ela quer reativar a nave e retornar para Climar.

— Ah, meu filho. Val quer muito mais que isso. Tão mais. Ela foi o membro do Conselho que mais brigou para que retornássemos logo para Climar e preparássemos a ocupação de Cenes.

— Ocupação?

— Sim, a ocupação — respondeu Kass, enfático. — A Harim, apesar de todo o seu tamanho, é uma espaçonave de pesquisa e exploração, com pouco mais de 2.500 tripulantes. O plano é realocar dezenas ou centenas de milhões de climarianos para Cenes. Tomar conta deste planeta. A palavra final vai ser do Alto Conselho das Nações em Climar, que vai levar em consideração tudo o que descobrimos aqui. E, se o Conselho da Harim serve de parâmetro, duvido que a decisão seja diferente. Você pode achar que roubei o anatar em um ato de loucura ou por egoísmo, mas posso garantir que a coisa toda é muito mais complicada que isso.

Theo mostrou-se estarrecido. Tinha tantas dúvidas que estava com dificuldade até para articular perguntas. Seria aquilo verdade? Val teria mentido para ele durante todos aqueles anos?

— Preciso me acalmar — disse Kass, colocando a mão no peito. — Vou fazer um chá de camomila e te contar tudo, desde o início, para você entender a importância da descoberta de Cenes para os climarianos.

Ele acendeu o fogo e colocou água para ferver.

— Climar vem sofrendo com o problema da superpopulação há séculos, desde que a tecnologia dos biorrenovadores foi inventada. É muito bom se regenerar a cada vinte e cinco, trinta anos, e voltar a ter a aparência e a saúde de um jovem. A consequência é que, se ninguém morre de causas naturais, a população aumenta sem limites, até o ponto de ultrapassar a capacidade de recursos naturais do planeta.

"Quando nasci, o crescimento populacional era alarmante e o governo já tinha limitado a uma criança por casal, no máximo. Depois, eu devia ter uns trinta anos, as restrições aumentaram e o governo passou a fazer várias exigências: renda, testes psicológicos, tempo mínimo de casamento. Naquela época eu não dava importância para isso. Era jovem; queria me divertir, estudar e fazer coisas que estava com vontade. Não queria compromisso com filhos. Uns anos depois me casei pela primeira vez. A minha esposa queria um filho. Eu estudava Engenharia, um curso avançado sobre construção de estações orbitais. Ela também estava em início de carreira, então combinamos de deixar para mais tarde.

"Quando finalmente estávamos prontos, as exigências haviam aumentado, e nós não passamos nas avaliações psicológicas de compatibilidade de casal. Eles estavam certos. Acabamos nos separando. Anos depois, andava insatisfeito com minha vida. Havia chegado à conclusão de que Engenharia não era para mim. Daí conheci Mirna, minha segunda esposa. Que Quica não me ouça, mas ela foi o grande amor da minha vida. Foram mais de trezentos anos de casamento."

Trezentos anos casado com a mesma pessoa? Impressionante. Kass olhou de relance para Theo com um sorriso nos lábios, satisfeito com a reação que causara. O climariano terminou de preparar o chá e entregou uma caneca para Theo.

— Mirna era médica e me convenceu a mudar de profissão. Fui estudar Medicina. Quando me formei, decidimos que estávamos prontos para ter um filho. Tentamos obter a autorização, porém a exigência já tinha saltado para um mínimo de quinze anos de casado. Passamos a planejar a nossa vida em torno da autorização parental. Cursos de preparação para pais, estágios em creches, apartamento com quarto preparado para o bebê. Quando ingressamos com o pedido, achando que tínhamos tudo para ser aprovados com louvor, recebemos um "não" como resposta. As exigências tinham aumentado ainda mais: trinta anos de casamento; poupança em conta especial, garantindo recursos para sustentar a criança por toda a vida escolar; mais cursos. Uma loucura. Era impossível cumprir tudo aquilo. Dava para entender o motivo: a população de Climar tinha atingido cinquenta bilhões de pessoas. Nossa vida girava ao redor dessa questão. Íamos a palestras, encontrávamos com outros candidatos a pais, entramos para uma associação e tudo. Foram décadas de espera. Foi demais para Mirna.

Os olhos de Kass marejaram.

— Você está bem? — disse Theo, preocupado.

— Apesar de fazer séculos, ainda me emociono.

Theo esperou que ele se recompusesse.

— Mirna foi diagnosticada com uma depressão leve. Fez o tratamento; não era um problema grave, nunca cogitamos que pudesse fazer diferença. Quando o Ministério da Família foi comunicado, nos excluiu da lista de espera. Conto isso para você entender como era a vida em Climar. Nossa situação não era uma exclusividade. A maioria sequer considerava a paternidade como opção, porque sabia que jamais obteria autorização. Não desistimos, só tínhamos que esperar os prazos para entrar com um novo pedido. Nos dedicamos às nossas carreiras. Complementamos a Medicina estudando Farmácia, Biologia, Exobiologia. Gostávamos de fazer coisas juntos e aprender coisas novas. Então um dia, depois de termos o nosso pedido recusado pela quinta ou sexta vez, porque as exigências não paravam de crescer, Mirna me disse que não mais usaria o biorrenovador.

— Isso não seria o mesmo que... — Theo pensou numa maneira delicada de dizer — ... uma forma de terminar com tudo?

Kass balançou a cabeça, confirmando.

— Ela disse que me amava, mas não via motivo para continuar se renovando e vivendo para sempre, que jamais conseguiria realizar seu sonho de ser mãe e que era melhor deixar a natureza seguir seu curso. Chorei, briguei, me desesperei. Daí é que me dei conta da dimensão do meu amor por Mirna. Por fim, me resignei. Ela havia se renovado para uma aparência de vinte e cinco anos não fazia muito tempo e viveu mais oitenta. Fiquei com ela até o fim e aproveitei cada momento que tínhamos juntos.

"Sem a pressão da autorização, tivemos anos maravilhosos, cheios de conquistas. Nós nos dedicamos à pesquisa científica e às aulas em universidades, e nos tornamos cientistas renomados na nossa área. Até ganhamos juntos o prêmio científico mais importante de Climar, com uma descoberta que possibilitou a construção dos casulos de hibernação, essenciais para as viagens espaciais de longa distância. Ela envelheceu, ficou doente e acabou morrendo nos meus braços. Literalmente nos meus braços. Nos últimos dias de vida, ela andava muito cansada. Eu me deitei na cama ao seu lado e ela colocou a cabeça no meu peito; o prateado nem se mexia mais. Passei o braço ao redor dela, beijei aquele rostinho cheio de rugas, dissemos que nos amávamos, e uns minutos depois ela exalou o último suspiro."

Kass recolheu as canecas de chá e levou-as à pia, disfarçando um enxugar de lágrimas.

— Tempos depois, por causa de todas as qualificações que eu tinha acumulado ao longo dos anos, fui convidado a entrar no programa de exploração espacial interestelar — disse Kass enquanto lavava a louça, de costas para Theo. — Eu aceitei, é claro. Precisava de algo para superar o luto por Mirna. Além disso, tinha sofrido pessoalmente as consequências do problema da superpopulação de Climar e queria contribuir para achar uma solução. A ideia era simples: encontrar um ou mais planetas parecidos com Climar para estabelecer colônias.

— Foi aí que você veio para Cenes?

Kass soltou uma gargalhada, fechou a torneira, enxugou as mãos e retornou à poltrona.

— Se apenas tivesse sido assim, tão simples... Os astrofísicos encontraram cinco planetas orbitando estrelas, não muito distantes do nosso sol, com condições de vida semelhantes a Climar. Primeiro, é claro, precisávamos investigar esses planetas; a observação por telescópios e o envio de sondas não eram suficientes. Não tínhamos experiência em viagens interestelares. Levamos anos planejando, desenvolvendo a tecnologia e construindo as espaçonaves. A primeira delas, a Intrépida, foi lançada em uma grande cerimônia, com a presença de todo o Alto Conselho. Nem ao menos alcançou o planeta mais distante do nosso sistema solar, sofreu uma pane e, antes que a ajuda chegasse, todos os 352 tripulantes morreram. Apesar do baque, tínhamos que seguir em frente. Fizemos os ajustes necessários nas outras espaçonaves que estávamos construindo.

"Participei da segunda missão na Valorosa; chegamos ao planeta C-3 três anos após a partida. Atmosfera e gravidade semelhantes a Climar. Começamos os testes e as pesquisas para determinar se o planeta era habitável. Nas primeiras semanas, tudo correu bem. Estávamos tão animados! Estabelecemos alguns campos de pesquisa em pontos diferentes da superfície e começamos a testar o solo, o ar, a água e as espécies vegetais e animais em busca de ameaças. Quando ficamos satisfeitos, tiramos o equipamento de proteção. Uns dias depois, apareceram os primeiros doentes. Trabalhei sem parar até descobrir que a causa era uma forte reação alérgica a uma planta que à primeira vista parecia inofensiva. Perdi trinta pacientes até obter a fórmula ideal da medicação.

"Depois disso, foi uma infecção pulmonar causada por um fungo; quinze mortos. E a última tragédia foram os ataques dos lobos. Não eram lobos, é claro; tinham escamas douradas no lugar de pelos, mas o porte era o mesmo e atacavam em bandos. Havia milhões deles espalhados em todos os continentes. Uma vez que eles tomaram gosto pela nossa carne — disse ele, balançando a cabeça —, mataram cento e três. Com isso, mais da metade da tripulação havia perecido. Nossos estudos mostraram que, se eliminássemos aquela espécie, alteraríamos o equilíbrio do planeta de tal forma que causaria uma catástrofe ambiental. Assim, acabamos desistindo de C-3 e voltamos a Climar, derrotados pela natureza daquele planeta maldito."

Kass fez uma pausa. Tinha uma expressão desolada no rosto. Durante seu relato, passava da empolgação para a tristeza e de volta à empolgação, em um sobe e desce revelador de como as lembranças o impactavam.

— Depois de C-3, ainda na Valorosa, participei da missão a C-5. Outro desastre. Dessa vez foi um vírus. Eu quase não sobrevivi. Partiram duzentos e noventa e oito, retornaram setenta e oito. As outras espaçonaves encontraram destino semelhante. A Indômita chegou a Climar com todos os tripulantes que haviam sobrevivido à C-2 mortos. Para evitar qualquer risco de contaminação do nosso planeta, a espaçonave foi destruída. Protestos começaram a surgir em Climar contra as viagens interestelares. Até mesmo alguns membros do Alto Conselho se posicionaram publicamente contra novas tentativas, alegando o altíssimo custo tanto em vidas quanto em recursos. O programa passou por uma reformulação completa.

— Depois de todo esse horror, você ainda quis participar de uma nova missão? — perguntou Theo, espantado. Ele já tinha percebido o quanto seu pai era corajoso e aventureiro, ainda mais considerando que nada o impedia de voltar para sua vida prestigiosa e confortável em Climar. O prazer pela aventura justificava tamanho risco e sofrimento?

— Pois é. Você deve estar pensando que sou louco. Talvez seja um pouco. Os sobreviventes daquelas primeiras explorações interestelares, em sua maioria, se recusaram a participar de novos projetos. Eu estava em dúvida; ainda não havia dado uma resposta oficial. O governo estava com dificuldades de contratar pessoal qualificado, mesmo aumentando os salários. Então, um membro do Alto Conselho teve a ideia de dar como prêmio a todos os tripulantes uma autorização parental.

Theo se lembrou de que Val teve dois filhos nascidos em Cenes. A história que Kass contava fazia mais sentido do que os fragmentos de informação que a engenheira-chefe da Harim lhe dera ao longo dos anos. Ela nunca contara sobre as dificuldades com as missões anteriores, a extensão do problema da superpopulação de Climar e que só tinha obtido a autorização parental porque fazia parte da tripulação da Harim. Uma sensação de que havia sido traído começava a se formar nele. Como Val pôde omitir tantos detalhes nesses anos todos?

— O prêmio mudou tudo — continuou Kass; o rosto havia se iluminado com a empolgação pela lembrança. — Houve uma avalanche de pedidos. Tinha gente disposta a fazer loucuras para entrar no programa; a maioria sem a qualificação necessária. Até mesmo a resistência do público diminuiu. Voltei animado para o projeto. Quando entrei no programa espacial, decidi que não me casaria. Não conseguiria deixar uma esposa e partir numa missão no espaço com anos de duração. O prêmio seria a minha oportunidade de ser pai. Uma autorização parental tinha o efeito de um afrodisíaco, muito mais do que ser milionário, alto oficial do governo ou uma megacelebridade do mundo das artes. De uma hora para outra, comecei a receber convites para sair com mulheres lindas que eu nunca tinha visto. Tenho que admitir que aproveitei aquele período.

Kass fez essa observação com um sorriso malicioso. E continuou:

— Quando voltasse da missão, teria tempo suficiente para encontrar alguém, me apaixonar de novo e constituir família. As opções de planetas próximos, com até três anos de viagem de Climar, tinham acabado, então nossos cientistas se voltaram para planetas que orbitavam estrelas mais distantes. Aí encontraram C-6. Cenes — disse Kass, com um sorriso nos lábios. — Que achado extraordinário! Um planeta com atmosfera e gravidade idênticas às de Climar, o que não era a mesma situação de C-1 a C-5, que eram apenas compatíveis. Tinha até mesmo duas luas, uma maior e outra menor. Exatamente como Climar. Nosso planeta gêmeo. Só podia ser um sinal de Talab. Nós nos enchemos de esperança. Levamos vinte anos projetando e construindo a Harim, uma nave de dimensões gigantescas, cinco vezes maior que as anteriores, com uma tecnologia avançadíssima, capaz de viajar a uma velocidade assombrosa. Ainda assim, levamos quinze anos para chegar aqui. Optamos por uma tripulação maior por motivo de segurança, com várias equipes para todas as atividades. Faríamos uma abordagem conservadora. Não montaríamos acampamentos na superfície até termos certeza de que seria seguro.

— Vocês não sabiam que tinham pessoas habitando Cenes?

— Até então não tínhamos encontrado outros seres com inteligência capaz de criar civilização, e não havia motivo para suspeitar que esse seria o caso de Cenes. Se os cenenses tivessem uma tecnologia mais avançada, poderíamos ter captado alguma coisa, mas vocês sequer tinham energia elétrica quando chegamos aqui. A ideia de enviar sondas, como fizemos com C-1 a C-5, foi descartada porque, devido à distância, precisaríamos instalar várias estações de retransmissão entre Cenes e Climar para receber os dados num intervalo de tempo razoável. Apesar de todos os riscos, era mais rápido enviar uma missão tripulada.

— Isso tudo parece um pouco insano para mim. Despender tanto esforço para construir e enviar a Harim a Cenes sem ter qualquer garantia de que não seria uma repetição das outras missões.

— Na nossa lógica, não. A superpopulação é o maior problema da civilização climariana. A única solução é colonizar outros planetas. Val não contou nada disso pra você, não é? Você entende agora?

— Entendo como Cenes é importante para Climar. E a Val? — balbuciou. — Ela concordou com essa ocupação? Mesmo depois de saber que já havia gente morando aqui?

— Nós nos surpreendemos quando chegamos a Cenes. O planeta era perfeito para os climarianos, exceto pelo fato de que já havia uma espécie dotada de inteligência vivendo aqui. E uma espécie muito parecida com a nossa, exceto pelo poder de *Conexão*. Era até mesmo possível termos filhos juntos. Não encontramos uma explicação para esse fato; talvez sejamos ambos descendentes de alguma outra espécie que colonizou a galáxia milhões de anos atrás. Sei lá, é tudo especulação. O fato é que até agora este foi o único planeta que encontramos em condições de ser habitado de imediato por climarianos.

— Quais são os planos de Climar? — perguntou Theo, sentindo um aperto no peito, uma angústia, ao se dar conta de que a versão de Kass fazia muito mais sentido do que o pouco que Val havia contado. — Matar os cenenses e dominar o planeta?

— Não exatamente. O Conselho da Harim, do qual eu fazia parte por ser o médico-chefe, ia apresentar como sugestão ao Alto Conselho das Nações que ocupássemos o planeta. Se possível, seria uma coabitação. Tudo dependeria de como os cenenses reagiriam. Uma coisa é certa: a tecnologia climariana é tão mais avançada que os cenenses não teriam a menor chance de opor qualquer resistência. Até já tínhamos o lugar ideal para estabelecer a primeira colônia: Esperança.

— Esperança? Val sempre insistia que eu fosse até lá para tentar achar o anatar.

— Não tem nada em Esperança — disse Kass, dando de ombros. — Quando fugi com o anatar, passei de aerocarro e peguei tudo que tinha algum valor.

— E o que você acha que Climar vai fazer?

— A Harim é uma espaçonave para exploração e estudos científicos, não para guerra ou mesmo colonização. A missão em C-6 foi planejada para durar vinte anos. Coletar materiais; estudar o clima, a geologia, a flora e a fauna; detectar fontes de alimentos; e ameaças. Quando o prazo estava expirando, tivemos infindáveis discussões. Eu falava representando os que eram contra, e Val os que eram a favor. No fim das contas ela venceu, por larga margem. Os vencidos tiveram que aceitar. De qualquer maneira, a palavra final seria dada pelo governo em Climar.

Theo se levantou, andando de um lado para o outro. Era muita coisa para absorver.

— Por que você decidiu trair o seu povo?

— Os dias após a votação, quando os preparativos para o retorno a Climar estavam em andamento, foram os mais angustiantes da minha vida. Não me conformava. O fato é que me afeiçoei aos cenenses. Havia conhecido Carmilla uns meses antes. Ao contrário de vários tripulantes, tanto homens quanto mulheres, que só queriam se divertir com os locais sem qualquer preocupação com os sentimentos dos cenenses, eu estava me apaixonando por ela. Não vejo o povo deste planeta como diferente do nosso; são filhos de Talab tanto quanto nós. O que nos dá o direito de tirar a casa dos outros? E, se for necessário, até mesmo matar?

"Por outro lado, tenho plena consciência do problema de Climar e todo o sacrifício e dificuldade de encontrar um novo lar. Mas esse é um problema dos climarianos, não dos cenenses. Sei que a minha atitude não resolve a questão. A Harim transmitiu os dados coletados para Climar, mas sem as estações de retransmissão eles vão demorar séculos para chegar ao destino. Eu ganhei tempo para Cenes desenvolver sua tecnologia e ter alguma chance de resistir. Podem ser séculos ou algumas décadas, não tenho certeza. A Harim já era para ter retornado a Climar; nada impede que eles mandem outra espaçonave para descobrir o que aconteceu. Talvez até já tenham feito isso. Podem também ter desistido. Realmente não tenho como saber."

— E o mardarim? — perguntou, lembrando-se de Padre Dominic. — Muitas pessoas já morreram.

Kass desviou o olhar.

— Essa é a única consequência da minha decisão de que me arrependo. Não entendia o suficiente de engenharia aeroespacial e não fazia ideia de que, sem o anatar, a Harim teria um mau funcionamento e emitiria os raios que causam a doença que vocês chamam de mardarim. Fiz o que pude para ajudar. Quando os jornais começaram a descrever os primeiros casos da doença, me apressei para preparar uma medicação com compostos existentes em Cenes que pudessem ser fabricados com a tecnologia disponível aqui. Procurei Lorde Viramundo, o pai desse que veio falar comigo hoje, escondendo minha aparência com um camuflador, pois não queria que ele me reconhecesse. Eu já conhecia o homem das festas na Harim. Vendi a fórmula para ele porque a Farmabem era uma indústria de Azúlea, o lugar mais próximo à Harim e mais afetado.

O climariano se levantou, permanecendo em uma posição meio curvada, a mão apoiada em uma bancada.

— Você entende que, se eu não tivesse feito o que fiz, os climarianos já estariam ocupando Cenes?

— Talvez pudéssemos coexistir no mesmo planeta — argumentou Theo, incerto sobre até que ponto seu pai tinha razão.

— No início, quem sabe. E o que aconteceria quando os poderosos de Cenes, gente como seu amigo Lorde Viramundo, começassem a ter suas terras ocupadas por climarianos? Ataques, mesmo que pequenos, gerariam retaliações e ressentimentos de ambos os lados, que redundariam, mais cedo ou mais tarde, em guerra. Uma guerra que, posso te assegurar, os cenenses jamais ganhariam.

— Viramundo não é... — Theo começou a contestar, porém desistiu. Tinha coisas mais importantes em mente. — E a falha da Harim? Azúlea teve que ser evacuada; os casos de mardarim explodiram.

— Soube disso uns dias atrás, quando Quica me mostrou uma reportagem no jornal.

— E você não pensou em voltar a Azúlea e devolver o anatar? — Theo não conseguiu evitar o tom de indignação. — A Val me mostrou; centenas de climarianos dentro da espaçonave estão morrendo.

— Não sei se quero fazer isso — disse, ríspido. Depois mudou de tom, dando um suspiro de cansaço. — E, de qualquer maneira, não posso voltar. Não mais.

Theo ficou confuso, esperando uma explicação.

— Estou doente. Coração — disse, pondo a mão no peito e esboçando uma expressão de dor. — Tenho poucos meses. Meu poder de *Conexão* diminuiu bastante. Máquinas com inteligência artificial, e a Harim é a mais complexa que os climarianos já criaram, requerem um alto poder de *Conexão* para serem acessadas. Nenhum dos meus filhos tem o suficiente, exceto você.

— Você está morrendo?

Ele assentiu.

Theo tapou a boca com a mão, sentindo o estômago dar cambalhotas. Estava perdendo o pai que acabara de ganhar.

— Quando fugi, abandonando meu povo, abri mão de usar os biorrenovadores. Sabia que, para os padrões climarianos, não teria muito tempo de vida.

— Você não se arrepende?

— Nem por um momento. Construí uma vida maravilhosa aqui. Moro numa casa com um jardim, uma horta e até uma capela para uso da minha família. E o mais importante: filhos. Cinco! — disse, sorrindo com enorme satisfação. — Imagina só! Cinco filhos, quatro netos. Ninguém em Climar tem isso. Nem mesmo o homem mais rico. Quanto amor, quanta alegria. Se Talab permitir, vou morrer em casa, cercado pela família, como a natureza manda.

— Você poderia ter devolvido o anatar, usado o biorrenovador mais uma vez e...

Kass riu, balançando a cabeça como quem diz "que tolice". E era, de fato, uma tolice. Os climarianos jamais permitiriam. Val não permitiria.

Theo só queria a chance de ter uma família de verdade. Participar daquelas refeições. Irmãos, irmãs, sobrinhos.

Papa.

— E os climarianos presos na Harim? Há crianças lá. São inocentes. Val já perdeu o filho.

— Malak? Era esse o nome dele, não é?

Theo confirmou, um pouco surpreso por ele se lembrar.

Kass levou a mão ao peito de novo. Retornou à poltrona com a cabeça abaixada, mordendo o lábio.

— Não sei como equacionar essa situação sem prejudicar os cenenses — disse o climariano.

Theo teve uma ideia. Antes, precisava entender melhor como funcionava a Harim. Val dissera apenas que confiasse no seu poder de *Conexão*. Precisava entender melhor a tecnologia envolvida.

— Como funciona de fato a *Conexão* com a Harim?

— Do mesmo jeito que todas as máquinas climarianas que requerem *Conexão* para funcionar. É uma questão de usar a *Conexão*, manifestando sua intenção. A complexidade está na máquina, não na sua operação. Basta tocar em um dos painéis e dar o comando, pensando no que você quer que ela execute. A inteligência artificial vai realizar todas as operações necessárias, pedindo mais instruções se não houver dados suficientes.

— E quem reinserir o anatar no núcleo vai ter autorização para quê?

— Val te explicou o procedimento?

— Ela levou minha mente até lá e me mostrou o núcleo da Harim e o que fazer. Mas não disse mais que isso. Eu tinha entendido que a única coisa que conseguiria fazer era religar a espaçonave.

— É um pouco mais que isso. — O climariano franziu a testa. — Provavelmente.

— Provavelmente? — Ele precisava de certezas, não de conjecturas.

— Lembro quando a Harim foi ligada pela primeira vez em uma cerimônia com a presença de membros do Alto Conselho. A capitã Yali inseriu o anatar e a espaçonave ganhou vida, garantindo a ela as autorizações correspondentes ao cargo. Depois foram os chefes. A gente acha que, quando fica mais velho, essas coisas perdem o encanto. Não é verdade. Quando chegou a vez do médico-chefe, o meu cargo, eu estava tremendo. Aos poucos, todos os tripulantes, da capitã até os guardas, foram inseridos no sistema, cada qual com as autorizações correspondentes, com os de patente mais elevada autorizando os de patente inferior. Simplificando, para que você possa entender...

Ah, lá está ela, a arrogância climariana, pensou Theo.

— Existe todo um sistema hierárquico e de autorizações de acordo com os cargos registrados na Atena, a inteligência artificial da Harim, que tem a capacidade de se ajustar em emergências. Em teoria, até que a Harim esteja operante e o sistema identifique que os responsáveis previamente autorizados estão disponíveis para operar a nave, a pessoa que insere o anatar tem autorização equivalente à patente de capitão.

— Então, qual a sua dúvida?

— Com essas falhas que estão ocorrendo, com as seções se separando e retornando, não faço ideia do que está funcionando lá dentro.

— Você nunca pensou em uma solução alternativa?

— A Harim tem energia suficiente para operar por milhares de anos naquele estado. Sempre imaginei que um dia seriam enviadas outras naves e os tripulantes seriam liberados. Se você está hibernando, não sente o tempo passar.

O climariano se calou, fitando Theo com intensidade, buscando sua reação.

— Não me olhe assim — disse Kass, com irritação.

— Assim como? — Theo não havia percebido que o olhava diferente.

— Como quem está me julgando. Você não sabe como me debati com minha decisão. Concluí que a vida de centenas de milhões de cenenses era mais importante que arriscar a vida de pouco mais de dois mil e quinhentos climarianos. Só queria ganhar tempo para Cenes desenvolver sua tecnologia e ter uma chance de resistir. Nunca planejei que qualquer tripulante morresse. — Balançou a cabeça. — Fui médico deles por vinte anos. Como médico, jurei preservar a vida. Nunca vou ter certeza se fiz o que era certo, e vou morrer sem saber. Não sou um monstro egoísta — disse, encarando Theo.

Os olhos de Kass marejaram.

Theo colocou a mão no joelho dele.

— E se focássemos no que fazer daqui para a frente em vez de debater se as decisões do passado foram boas ou ruins?

— O que você propõe? — perguntou o velho quando se acalmou.

— Uma solução intermediária.

Theo contou sua ideia maluca.

— Não sei se funcionaria — disse o climariano, depois de pensar a respeito. — Atena é uma inteligência artificial extraordinária. Se ela entender que os comandos que você der vão prejudicar a Harim ou a tripulação, vai tentar impedir. Está programada para seguir as diretrizes da missão.

Val havia mencionado a primeira diretriz.

— Quais são elas?

— Primeira diretriz: preservar a vida da tripulação. Segunda: preservar os dados coletados na missão. Terceira: preservar a Harim. São diretrizes simples. Em resumo, nada de matar climariano ou destruir a nave ou os dados da missão. Tudo o mais é permitido, e a inteligência artificial está lá para ajudar a cumprir a missão.

— Como funcionam os casulos de hibernação? Os climarianos podem acordar de uma hora para outra e me impedir?

— O processo de sair do estado de hibernação leva entre uma e cinco horas, dependendo do tempo em hibernação e de cada organismo.

— Me deixa tentar — implorou Theo, depois de pensar um pouco.

Kass se levantou. Caminhou de um lado para outro, resmungando consigo mesmo, avaliando. Depois de um tempo, ele o examinou com uma expressão angustiada.

— Pode funcionar, mas é arriscado. Você pode morrer naquela espaçonave.

Theo sentiu um arrepio na espinha, o medo se embrenhando na mente. Escapara da morte na forca no dia anterior e já ia colocar a vida em perigo? Reuniu toda a coragem que lhe restava, acreditando que fazia o certo.

— Estou disposto a correr o risco.

21

Theo tocou o focinho de Marduk — o deus em forma de dragão — com a marreta.

— Aqui?

— Pode ser — respondeu Kass.

O abiadi balançou a ferramenta e acertou a divindade, abrindo um rombo na parede.

Um arrepio percorreu sua nuca. Tinha a sensação de estar fazendo algo proibido e ao mesmo tempo muito bom. Destruir o Deus da luz e do fogo antes que cuspisse chamas nos pecadores, mesmo que fosse apenas uma pintura na parede da capela familiar, nos fundos do terreno da casa do pai dele, deu-lhe mais satisfação do que a princípio imaginou.

Uma pequena vingança. Mesquinha e inútil. Ainda assim, uma vingança.

— Tem que aumentar o buraco — disse Kass.

Theo deu mais duas marretadas, derrubando o pescoço e as garras.

— É o suficiente?

Kass assentiu, tossindo algumas vezes enquanto abanava a nuvem de pó. Enfiou a mão dentro da parede, tateando o fundo.

— Achei.

Puxou um recipiente de madeira do tamanho de uma caixa de sapato e entregou-a para Theo.

O abiadi tremeu. Estava à procura do conteúdo daquela caixa desde os onze anos. Dedicara a vida àquela busca. Não sabia muito bem o que esperar. Limpou o pó acumulado na tampa com a mão.

A capela estava iluminada pela luz das luas que penetrava o óculo e por algumas velas que Kass havia acendido.

— Pode abrir — incentivou Kass.

Theo levantou a tampa. O objeto no formato de pirâmide — uma miniatura da Harim — feito de cristal climariano, que cabia na palma da mão, repousava em uma almofada.

O anatar.

Era tolo considerar a chave para ligar uma imensa espaçonave, construída por uma civilização alienígena avançada, um objeto sagrado. Mas Theo não conseguiu conter o impulso de tratá-lo como qualquer fanático religioso o faria. Segurou o anatar como se fosse uma relíquia forjada pelo próprio Talab.

— Usa a *Conexão*; diz para o anatar despertar — sugeriu Kass.

Theo fez fluir uma pequena carga de energia conectiva e comandou: *acorda*.

O anatar ganhou um brilho avermelhado.

— Em Climar usamos a *Conexão* para ligar quase qualquer coisa. Da máquina que aquece comida aos veículos, dos comunicadores aos elevadores. Não se esqueça disso quando estiver na Harim.

Theo guardou o anatar de volta na caixa.

— Obrigado, pai. — Era a primeira vez que ele chamava Kass assim. A primeira vez que chamava qualquer um assim.

O velho colocou a mão no seu ombro.

— Volte pra cá depois que resolver a bagunça que eu fiz.

— Tenho uma longa jornada até Azúlea. Espero que dê tempo.

— Vamos à oficina; tenho uma surpresa pra você.

Tomaram o caminho de pedras iluminado pelas luas, que serpenteavam pelo jardim até a oficina. As janelas da casa estavam fechadas, e apenas uma lâmpada fraca brilhava sobre a porta dos fundos.

Um vulto surgiu entre as árvores.

Cláudia.

Ela apontou a arma climariana para eles.

— Entrega o anatar, Theo! — ordenou.

— O que você está fazendo? — perguntou Theo.

— Você não estava na botica esta tarde?

— Cala a boca, velho! — disse Cláudia. As mãos dela tremiam.

— Quem você pensa que é, mocinha? Por acaso sabe usar essa arma?

Ela apontou para o chão e disparou, incinerando uma pedra.

— O anatar. Agora.

— Eu não tenho o anatar — blefou Theo.

— Não tenta me enganar. Ouvi vocês dois conversando.

— É por causa do dinheiro? — perguntou Theo.

— Se ela quer dinheiro, posso arranjar — disse Kass.

— Você sabe como o anatar é importante, muito mais que o prêmio do lorde — argumentou Theo.

— Eu quero a minha filha.

— O que a filha dela tem a ver com o anatar? — perguntou Kass.

— Ele pode te dar o dinheiro, Cláudia. A mesma coisa que Viramundo prometeu.

— Não estou interessada no prêmio do Viramundo. Lorde Valkyr conhece o juiz que cuida do processo de guarda da Zelda. Ele é muito influente e prometeu interceder em meu favor em troca do anatar. É a única chance que tenho de recuperar minha filha.

— Mocinha...

— Meu nome é Cláudia! — ela gritou.

— Está bem, está bem — disse Kass, levantando as mãos de maneira apaziguadora. — Cláudia, então. A vida da sua filha está em risco?

— Chega de papo furado — disse ela. Virou-se para Theo. — Me entrega o anatar. Já! — ordenou, estendendo uma mão para ele.

— Está certo — disse Theo, entregando a caixa para ela.

— Você está cometendo um grande erro. — Kass balançou um dedo. — A morte de muitas pessoas vai pesar na sua consciência.

— Se eu entendi bem o que ouvi antes, não mais do que pesa na sua.

Desde quando ela está ouvindo?, pensou Theo.

Kass se encolheu, como se tivesse levado um tapa na cara.

Cláudia deu um passo para trás, segurando a caixa com uma das mãos e oscilando a arma entre Theo e Kass.

Um graveto se partiu. Duas sombras avançaram pelas árvores. A luz das luas revelou a identidade da dupla. Pancho e Gielle.

— Finalmente achamos vocês — disse Pancho antes de perceber que Cláudia segurava a arma. — O que está acontecendo aqui?

— Theo achou o anatar e não ia entregar para o lorde — disse Cláudia.

— Theo? — perguntou Gielle, exigindo uma explicação.

Kass examinava a cena, aturdido.

— Cláudia quer entregar o anatar para o Lorde Valkyr — retrucou Theo.

— O quê? — perguntou Pancho. — Karlo odeia ele. Você está sendo paga para trabalhar para o Lorde Viramundo, não para o inimigo dele.

— Alguém pode explicar o que está acontecendo aqui? — disse Gielle.

— O que vocês dois estão fazendo aqui? — perguntou Cláudia.

— Quando percebemos que vocês tinham sumido, o tio achou que estivessem agindo pelas costas dele. O único jeito de acalmar ele foi prometendo que iríamos atrás de vocês. Custou um pouco, mas achamos alguém que sabia onde o boticário morava e viemos até aqui.

— Gielle, o anatar é mais importante do que você pensa — disse Theo. — A vida de todos os cenenses está em jogo. A questão é muito maior do que eu mesmo pensava.

A nobre franziu a testa, mantendo uma expressão de quem não estava entendendo nada.

— Eu posso explicar — disse Kass.

— Quietos — disse Cláudia. — Sou eu que estou com a arma e vou levar o anatar.

Pancho deu um passo em direção a Cláudia, estendendo a mão.

— Se quiser, eu falo com Karlo e ele cobre a oferta de Valkyr. A igreja precisa do anatar.

Kass soltou um suspiro de exasperação.

A abiadi examinou Pancho, com um ligeiro estremecimento de dúvida e temor. O momento de hesitação pairou no ar. Cláudia podia incinerar Pancho. Ela teria coragem? Ele estava muito próximo e era um ótimo lutador de lakma. Um golpe bastaria. Ele se arriscaria?

— Vamos nos acalmar — disse Gielle. — Todo mundo. Cláudia, a gente pode te ajudar com a questão da sua filha.

Ela não respondeu. Deu um passo para trás, com a clara intenção de fugir. Desequilibrou-se quando o salto do sapato afundou na terra, enquanto a ponta ainda estava no caminho de pedra.

Pancho aproveitou a oportunidade para aplicar um golpe de lakma — o mesmo que ele aplicara no menino no beco —, girando a perna, que bateu no braço dela, fazendo com que a arma voasse para longe. Cláudia ainda teve tempo de disparar, lançando um raio vermelho ao céu.

Theo e Kass se jogaram no chão.

Cláudia se recuperou rápido, arremessando-se em direção à arma, que caiu em um arbusto. O lutador a dominou depressa, dobrando o braço dela para trás e imobilizando-a com um mata-leão.

Theo se adiantou, recuperando sua arma. Guardou-a logo no bolso.

— Chega! — disse Theo. — Pancho, solta ela. Eu estou com a arma agora.

Pancho a soltou.

— Devolve o anatar! — ordenou Theo.

Ela se encolheu, apertando instintivamente a caixa, que fazia volume no bolso do casaco. Pancho avançou em direção a ela, logo a dominando e tomando o objeto.

Lágrimas vieram aos olhos de Cláudia.

— A minha filha, a minha filha... — ela repetia. — Nunca mais vou ter a minha filha de volta.

Theo nunca a tinha visto tão desolada. Ele a puxou para si, envolvendo-a em um abraço, sem se importar que instantes atrás ela lhe apontava uma arma. Cláudia se entregou, descansando a cabeça no peito dele e soluçando, enquanto ele afagava seus cabelos.

Os olhos de Pancho brilharam quando abriu a caixa.

— O anatar — disse, embasbacado.

— Pancho, me escute — disse Theo. — Eu tenho que levar o anatar para a Harim.

Pancho apertou a caixa com firmeza.

— Não, vou entregar para a igreja — disse, encarando Theo. — Você também procurava o anatar para o Padre Dominic. Deve isso à memória dele tanto quanto eu.

— Rapaz — disse Kass. — Você está enganado. Posso te garantir que esse objeto não tem qualquer relação com o lunismo. Talab não quer o que você está pensando.

— Como você pode saber uma coisa dessas?

— Reparou no meu cabelo? Na minha idade? A Harim chegou aqui sessenta anos atrás. Eu passei dessa idade há muito tempo.

Pancho o examinou, parecendo em dúvida.

— Karlo estava certo? Você não é abiadi; é climariano?

Kass assentiu.

— Pancho, o tio queria comprar o anatar, não roubar. Se o anatar é do seu Gregor, devolve pra ele.

— Não. — Fechou a caixa, segurando-a com ambas as mãos, com todo o fervor religioso que possuía. — É uma preciosidade, uma relíquia sagrada. Não pertence a uma só pessoa. Deve ficar numa igreja, numa catedral, pra todo mundo ver.

— Quem sabe o senhor explica por que é importante levar o anatar para a Harim — pediu Gielle. — Eu também não entendi muito bem essa história.

— Vamos para a oficina, conversar com calma — disse o velho, colocando a mão no peito.

— Pai? — perguntou Theo, preocupado, temendo que ele estivesse passando mal com toda aquela agitação.

— Pai? — perguntaram Gielle e Pancho ao mesmo tempo. A expressão de espanto seguia a de desconfiança.

— Não olhem pra mim desse jeito. Só descobri isso hoje.

— Está tudo bem comigo — disse Kass. — Vamos para a oficina.

Kass preparou para Cláudia um chá calmante, um composto de ervas e pós, enquanto explicava — omitindo os detalhes pessoais e até mesmo o real motivo da vinda dos climarianos a Cenes — a função do anatar dentro da Harim e que essa era a única maneira de acabar com a emissão de raios deletérios que causavam o mardarim. Quando Gielle o questionou sobre suas motivações para roubar o anatar, traindo seu próprio povo, ele respondeu com meias-verdades. Apaixonara-se por Cenes e por Carmilla e queria permanecer no planeta. Obrigado a retornar com os demais, roubou o anatar, sem saber que causaria o mau funcionamento na espaçonave.

A versão simplificada e incompleta convenceu Pancho. Gielle, contudo, permanecia com uma sobrancelha levantada e uma expressão de quem percebia ao menos alguns dos furos daquela história. Theo não contradisse o pai. Além de ser inútil para resolver o problema, a exposição a público de toda a verdade sobre as reais intenções dos climarianos só causaria pânico e traria mais preconceito e desconfiança contra seus descendentes cenenses — os abiadis. De qualquer maneira, a nobre se convenceu da necessidade de que o anatar fosse devolvido à Harim; a única questão que realmente interessava naquele momento.

Quando Theo pediu o anatar, Pancho fez menção de entregar a caixa, porém acabou recolhendo a mão.

— Se eu te entregar, você vai esquecer os nossos problemas do Pântano? — perguntou de maneira vacilante. Ele parecia envergonhado, sem coragem para dizer em voz alta que se referia aos espancamentos, às humilhações.

Theo decidiu que era hora de enterrar aquele passado. Ainda mais agora que o abiadi conhecia a história de Pancho. Era uma vítima de violência e abuso tanto quanto ele. Copiava o comportamento do pai. Nada disso justificava, mas ao menos explicava. Pancho havia sido suficientemente castigado e demonstrava arrependimento pelas suas atitudes quando criança e adolescente, entendendo quanto o havia prejudicado. Mais importante que isso: havia se esforçado para se redimir.

Estava mais do que na hora de quebrar aquele ciclo. Não havia motivo para não o perdoar.

— Depois de tudo que me aconteceu nos últimos dias, estou disposto a deixar de lado nosso passado. Enterrar as coisas ruins do Pântano. Seguir em frente.

Uma sensação de alívio percorreu o corpo de Theo, como se soltasse um fardo que carregava há tempos. Não se dera conta de quanto o rancor que guardara por tantos anos contra o chefe da trinca pesava em suas costas. Sentiu-se leve.

Pancho abriu um sorriso.

— Desde que você prometa não me atormentar mais. — Theo levantou um dedo, de forma meio brincalhona.

— Já estava ficando meio sem graça mexer contigo. — Pancho deu de ombros. Sorriu outra vez e, enfim, entregou a caixa.

— Cláudia. — Theo segurou seus ombros. O rosto dela estava inchado de chorar. — Eu vou te ajudar a recuperar Zelda. Nós vamos resolver isso juntos. Como nós resolvíamos as encrencas em que nos metíamos no orfanato.

Ela não parecia convencida. Ainda assim, balançou a cabeça em concordância.

— Tenho uma longa jornada pela frente — disse Theo para ninguém em particular. — Melhor voltar para o hotel e partir ao amanhecer para Azúlea.

— Tem uma maneira mais rápida — disse Kass. — Aquela surpresa que eu comecei a contar antes de nos interromperem. Tirem aquela lona. — Apontou para o que Theo havia achado que era uma carruagem quando entrou na oficina.

Theo e Pancho se encarregaram da tarefa, surpreendendo-se com o que havia embaixo.

Um aerocarro.

Mesmo à luz fraca das lâmpadas da oficina, o veículo brilhava. Nenhuma das ilustrações e fotos de má qualidade que Theo havia estudado em livros ao longo dos anos fazia justiça à realidade. O aerocarro era cheio de curvas. Metal e vidro se mesclavam. Superfície lisa como um ovo. Sem rodas ou portas aparentes.

Gielle e Pancho examinavam o veículo. Ele até passou a mão sobre a lataria, dizendo que parecia seda. Kass tinha uma expressão orgulhosa, contente com o efeito que a tecnologia climariana causava. Apontou para um ponto onde deveria estar a porta, se fosse possível ver uma.

— O painel de inicialização fica neste ponto. Use a *Conexão*.

Theo colocou a mão no local indicado e fez fluir a energia conectiva. *Ative-se*.

A porta do aerocarro se revelou, abrindo-se sem emitir ruído.

O veículo tinha quatro bancos, dois na frente e dois atrás. Theo se posicionou em um dos bancos da frente. Era muito macio e se ajustava às curvaturas do corpo.

— O painel de controle interno fica ao lado de sua mão direita, entre os dois bancos da frente — explicou Kass. — Não se preocupe com os raios que estão saindo da Harim; eles não vão penetrar o material de que é feito o aerocarro.

Pancho ajudou Kass a abrir a porta da garagem.

— Para os padrões de Climar, os aerocarros não são muito rápidos. — Kass verificou seu relógio. — Você vai chegar em Azúlea por volta do amanhecer. — Ele ficou pensativo, antes de fazer um comentário, que soou como um pedido: — Devolver o aerocarro é uma boa desculpa para fazer você voltar a Kishar.

— Vou voltar de qualquer maneira, papa.

Kass estremeceu, espremendo os lábios enquanto os olhos marejavam.

— Hora de partir. — Kass deu duas batidinhas com a palma da mão no aerocarro.

Ligar.

Uma porção de luzes se acendeu dentro do aerocarro. Uma infinidade de dados passava em telas na frente de Theo no idioma climariano. Letras e símbolos se misturavam. Ele havia aprendido um pouco, o suficiente apenas para identificar algumas palavras.

Traduzir.

O painel tremeluziu por uma fração de segundo, transformando o que estava escrito para seu idioma.

Aquilo era empolgante. Por um momento, Theo se deixou dominar pelo seu lado criança, esquecendo a gravidade e o perigo da tarefa à frente. O veículo flutuou, deslizando para fora da garagem e ganhando a noite estrelada. Um mapa da área ao redor aparecia no centro do painel.

— Qual o destino? — perguntou uma voz que vinha de dentro do aerocarro.

Theo levou um susto que fez Kass dar uma risada. O grupo havia saído da oficina e esperava que ele partisse.

— Cidade de Azúlea. Harim.

Nada aconteceu.

— *Conexão* — disse Kass.

O abiadi seguiu a sugestão.

Cidade de Azúlea. Harim.

O painel expandiu o mapa para a região ao redor, mostrando as cidades, os vales, as montanhas e o Mar das Brisas, crescendo até abarcar o continente inteiro e alcançar o destino. Uma linha foi traçada entre Kishar e Azúlea, indicando a rota a ser percorrida, a velocidade média e o tempo estimado de viagem.

O aerocarro manobrou entre a entrada da casa e a garagem, desviando-se dos arbustos e da copa das árvores. Com o caminho desimpedido, ganhou altitude, acelerando com suavidade. O brilho das estrelas e das duas luas — o Deus Mani e a Deusa Nianga, do lunismo — penetravam o teto transparente, envolvendo Theo. A velocidade se estabilizou. O aerocarro voava várias vezes mais rápido que o dirigível.

Logo as nuvens enveloparam o veículo, e gotículas cobriram o teto. Um arrepio de frio passou pelo seu braço.

Estou com frio.

O assento se aqueceu, e jatos de ar morno foram lançados. Puxou o relógio do bolso do casaco. Quase meia-noite. O cansaço finalmente o dominou. Não sabia como o veículo podia ajudá-lo com isso, mas não custava tentar.

Estou com sono.

O teto se tornou opaco, os indicadores no painel se apagaram ou enfraqueceram e o banco reclinou até uma posição mais confortável.

Como seria viver em Climar? Ter acesso àquela tecnologia a qualquer momento? A imaginação correu solta e embalou seu sono.

22

Theo acordou com o raiar do dia no horizonte. As luzes no painel se acenderam e piscaram. O banco retornou à posição sentada. O aerocarro reduziu a altitude, descendo abaixo das nuvens. Uma chuva fraca caía.

Ele reconheceu alguns dos prédios de um vilarejo: escuros e severos; feitos de pedra, com espirais, e janelas alongadas. O campus da Universidade de Azúlea, em Arvoredo. A moderna estação de trem, com cobertura de aço e vidro, mais adiante. As águas do rio Pérola, que costumavam fervilhar com barcos de passeio e de transporte de mercadorias, corriam modorrentas em direção à foz. Nas margens se estendia uma vastidão de fábricas, pequenas cidades e vilarejos abandonados por causa do mardarim. O veículo continuou sobrevoando o curso d'água, e em instantes Azúlea assomou no horizonte.

A Harim se destacava ao longe. As luzes que dela emanavam, normalmente apenas um ligeiro ondular, brilhavam forte sobre sua superfície dourada. Dois blocos se projetavam do corpo da espaçonave, dando a impressão de que se precipitariam em direção ao solo a qualquer momento.

As ruas da cidade estavam desertas, ocupadas apenas por carruagens abandonadas. Os trens não arranhavam os trilhos, tampouco as chaminés das fábricas expeliam fumaça. Um silêncio de morte dominava a metrópole.

O aerocarro fez uma curva, postando-se em frente à Harim, numa posição central em relação a uma das faces da pirâmide.

Nada aconteceu.

Theo colocou a mão no painel.

Abra.

Nada.

Abra a Harim.

Nada. E se ele não conseguisse entrar? E se, depois de tudo que passara, fracassasse na porta de entrada?

A respiração acelerou, o coração bateu forte. Gotas de suor se formaram na testa. Segurou o ar, expirando bem devagar. Precisava se acalmar.

Pegou a caixa com o anatar. Abriu-a e segurou o objeto na mão.

Trago o anatar. Me deixe entrar.

O painel do aerocarro se encheu de luzes, e informações jorraram em climariano. Theo não entendeu nada, mas funcionou.

Uma porta deslizou para cima, abrindo um vão no meio da pirâmide. O aerocarro avançou em sua direção. A sensação era a de estar sendo engolido por uma imensa bocarra.

O veículo pousou, abrindo a porta.

O hangar (era assim que se chamava?) estava escuro, iluminado apenas pela luz que penetrava pelo vão da porta da espaçonave, que não chegava até o fundo. Ele tentou coordenar as ideias e pensar no que fazer em seguida. Era como um bebê dando os primeiros passos, sem o amparo de um adulto.

Tinha que procurar um painel. Isso, um painel de identificação. Aquele lugar mais parecia uma caverna feita de metal. Identificou aerocarros estacionados. Foi a última coisa que viu antes de a porta da Harim se fechar atrás dele e mergulhar o hangar em uma escuridão opressiva.

E agora?

Caminhou bem devagar, tateando até esbarrar em um aerocarro. Contornou-o. Esbarrou em outro. Enfim, achou a parede. Tateou ao longo dela por vários metros, emitindo pequenas cargas conectivas. Quando achasse um painel, ele se acenderia. Aquilo poderia demorar horas.

Lembrou-se do que Val dissera. A Harim reconheceria o anatar e o ajudaria. Segurou o objeto e o acordou. Assim que o anatar brilhou, um painel acendeu mais adiante, emitindo luz suficiente para que ele encontrasse o caminho até lá.

O painel piscava e chiava, afetado pelo mau funcionamento da Harim. Ele o acionou.

Mostre o caminho para reinserir o anatar.

Informações em climariano surgiram, apagaram e surgiram novamente. A porta ao lado do painel deslizou para dentro da parede. Theo avançou. Havia dois corredores. Um seguia à frente e o outro seguia, tanto à direita quanto à esquerda. Três caminhos possíveis.

Luzes vermelhas próximas ao piso se acenderam no corredor da frente, que ia em direção ao interior da Harim. Theo as seguiu. Fazia sentido; ele precisava chegar ao núcleo, no centro da espaçonave. As luzes piscavam, muitas nem acendiam. Cruzou outros corredores e uma infinidade de portas fechadas. Em alguns pontos, painéis haviam se soltado e pendiam do teto.

As luzes se apagaram em frente a uma porta. Ela se abriu. Um compartimento quadrado pequeno, com apenas um painel. *Um elevador*, ele presumiu. Entrou.

O elevador se fechou e desceu dois ou três andares. Parou com um sacolejo. A porta se abriu no lugar errado. O piso daquele andar estava na altura do seu quadril. Theo tomou impulso e se içou o mais rápido que pôde, com medo de que o elevador se movesse e o partisse ao meio.

Novas luzes vermelhas o conduziram pelo corredor à direita até uma porta, que deslizou para dentro da parede uns poucos centímetros e emperrou. A passagem não era larga o suficiente. O abiadi forçou a porta, empurrando-a de leve. Não foi o bastante. Empurrou mais forte. Nada. Empregou toda a força que conseguiu reunir, contudo a porta mal se mexeu. Tentou se esgueirar pelo vão, porém só o que conseguiu foi arranhar o braço e apertar os machucados da surra.

Theo acessou o painel ao lado.

Não consigo abrir a porta.

O painel piscou e despejou informações em climariano a uma enorme velocidade. Mesmo que ele fosse fluente na língua, não teria sido possível entender.

Traduzir.

O texto no painel tremelicou, porém não se alterou.

Luzes do piso se acenderam até uma sala nos fundos do corredor. Um caminho alternativo?

Theo correu até lá. Armários e prateleiras abarrotados com artefatos climarianos preenchiam o ambiente do piso ao teto. Ele reconheceu alguns dos itens: aparelhos de tradução, comunicadores e aparelhos de diagnóstico médico portáteis.

Um depósito.

Mercadorias que valiam uma fortuna no mercado de antiguidades climarianas. Mas a Harim não era uma loja de antiguidades, nem ele estava lá a trabalho.

Foi abrindo um armário atrás do outro.

Um deles estava repleto de baterias de todos os tamanhos. Caixas e mais caixas. Uma delas, com centenas de minúsculas baterias. O modelo utilizado no seu camuflador. O suficiente para fazê-lo funcionar pelo resto da vida. Theo segurou a caixa, mesmerizado. Em uma onda de alívio, sentiu que os seus problemas haviam se resolvido. Instantes depois, caiu em si. Era como se ele fosse um bêbado tentando abandonar a bebida e colocassem na sua frente uma garrafa do melhor vinho.

Não, não. Ele havia largado aquele vício quando se entregou para a polícia de Tilisi. Jogou a caixa de volta no armário e o fechou.

Precisava encontrar algo que o ajudasse a abrir a porta.

Pôs-se a abrir todos os armários. Não conseguia encontrar nada de útil. Lembrou-se da soqueira. O que aconteceria se disparasse tiros dentro da espaçonave? Corria o risco de destruir uma peça qualquer que levasse a Harim ao colapso? Provocaria uma explosão? Um incêndio? A ideia de enfrentar o fogo dentro de uma gigantesca espaçonave que estava falhando lhe arrepiou a espinha e o deixou zonzo. Era melhor deixar para usar a arma climariana como último recurso.

Acessou o painel de controle no canto do depósito.

Mostre o que posso usar para abrir a porta.

Mais um texto em climariano surgiu. Se ele ao menos conseguisse ler ou o sistema de tradução funcionasse...

Mostre uma imagem do objeto.

Um objeto cilíndrico ficou piscando na tela. Um cano?

Theo abriu mais armários até encontrar várias caixas compridas. Dentro delas se deparou com barras de metal da cor de cobre que reluziam no escuro. Correu de volta para a porta emperrada. Usou a barra como alavanca, empurrando com toda a força. A porta amassou, contudo não se moveu nem um centímetro.

Em um acesso de fúria, ele bateu com a barra na porta repetidamente. Ótimo para descontar a frustração; zero efeito na tarefa de abrir a porta. O abiadi jogou a barra longe e se sentou no chão, suado e exausto.

Quando se recuperou, repetiu o procedimento que vinha fazendo desde que entrara na Harim. Quando em dúvida, pergunte ao painel.

Não consigo abrir a porta com o objeto.

Mais um longo texto em climariano apareceu. Theo tirou a soqueira do bolso.

Posso usar a arma para abrir a porta?

Um símbolo ocupou toda a tela. Ele o conhecia. Equivalia a um ponto de interrogação. O que isso queria dizer?

Não entendo.

De novo, o mesmo símbolo.

Se concordar com o uso da arma mostre o símbolo em verde, e se discordar, em vermelho.

O símbolo ficou piscando. Ora verde, ora vermelho.

Theo respirou fundo, se segurando para não pulverizar aquele painel maldito com a arma. Sério, isso era o melhor que a tão poderosa tecnologia climariana tinha a oferecer?

Deu espaço entre ele a porta. Apontou a arma. Fechou os olhos.

Pulverizar.

A porta explodiu. Faíscas e pedaços de metal voaram. Por um canto do olho, viu uma lasca de metal perfurar a parede ao lado da sua cabeça.

Não havia mais porta impedindo o caminho. No seu lugar, ficara uma cortina de fogo que vinha de dentro do vão, na parede para onde a porta, se ainda existisse, teria deslizado. A fumaça espessa e negra subia em direção ao teto.

Todas as luzes vermelhas no piso piscavam ao mesmo tempo. Os painéis despejavam instruções em vermelho. Era desnecessário falar climariano para saber o que significavam. Contudo, o painel ao lado da porta que ele acabara de explodir apresentava um único símbolo. Uma seta verde em direção ao interior daquela sala.

A inteligência artificial queria que ele atravessasse o fogo?

Imagens vieram à sua cabeça. As labaredas se espalhando pelo teto da casa do Pântano; a explosão; e a mãe em chamas no chão. Um borrão de puro terror.

Então, em um instante de desvario ou extrema lucidez, ele decidiu que dessa vez não ia falhar, que o fogo não o venceria.

Da sua garganta escapou um grito de fúria e loucura. Profundo, primitivo. Uma coragem que nem mesmo ele sabia de onde vinha.

Com o coração batendo no peito de um jeito que parecia que ia explodir, deu um salto e passou chispando pelo fogo. Assim que saiu do outro lado, jogou-se no chão, rolando de um lado para outro para matar as chamas, imaginárias ou reais, da sua roupa.

Custou um minuto ou dois até que Theo se acalmasse e verificasse onde estava. Um corredor, que rapidamente se enchia de fumaça. Agora ela escapava não apenas do lugar onde a porta se encaixava quando estava fechada, mas também dos vãos entre os painéis que cobriam as paredes. O fogo estava se alastrando pelo que existia — seja lá o que fosse — no corpo da espaçonave. O abiadi dirigiu sua visão para o fundo do corredor. Uma esfera emitia um brilho intenso e avermelhado. Chegara à câmara do núcleo, o motor da espaçonave.

Correu pelo corredor e atravessou a pequena ponte que ligava a plataforma, que circundava o núcleo, ao seu painel de controle. Acessou-o.

Quero inserir o anatar.

Mais luzes e informações em climariano. Uma pequena plataforma se elevou do chão, ao lado do painel. Um fio de luz verde circundava um compartimento. Uma tampa deslizou para o lado, revelando um orifício em formato piramidal. Trêmulo, Theo quase deixou o anatar cair e se perder para sempre na base da câmara, alguns andares abaixo. Respirou fundo e inseriu o anatar, a chave que ligava a Harim.

Os dentes de metal que estavam afastados e deixavam o núcleo exposto se fecharam. Um zunido preencheu o ar. As luzes se acenderam, brilhantes. Uma ventania atravessou a câmara. Máquinas poderosas sugavam o ar para dentro de orifícios nas paredes e, com ele, a fumaça. Theo não conseguia respirar. Caiu no chão, temendo sufocar. O processo durou um minuto ou mais. Uma eternidade desprovida de oxigênio. Quando encerrou, o fogo tinha se apagado. Ele se levantou enquanto recuperava o fôlego.

Cliques, estalos e zunidos preencheram o ar. Painéis se acenderam por todos os lados. Máquinas, equipamentos e sistemas se religaram. A Harim retornava do limbo depois de quarenta anos.

Houve um baque forte, seguido de um estremecimento de toda a espaçonave. Depois outro. *As duas seções que pendiam para fora da Harim estão retornando ao seu lugar*, deduziu Theo.

Portinholas nas paredes se abriram, e pequenos seres saíram delas. O abiadi se aproximou cautelosamente. Eram robôs. Alguns com várias pernas, com a aparência de aranhas enormes, corriam para os painéis que haviam se queimado, desatarraxando-os e mexendo no seu interior. Outros, no formato de caixas redondas, giravam para lá e para cá pelo chão, recolhendo os detritos e a sujeira.

A Harim trabalhava para se curar, aprontando-se para servir aos seus mestres climarianos. O painel de acesso ao núcleo piscou com uma mensagem em climariano.

Traduzir.

O painel traduziu a mensagem para o idioma de Theo. Pedia a identificação do capitão. Theo respondeu usando a *Conexão*, torcendo para que desse certo.

Inseri o anatar. Sou o Capitão.

Houve um chiado. Uma voz iniciou, falando meio grogue. Foi emitido um sinal, do mais agudo ao mais grave. Era a inteligência artificial da Harim testando sua própria voz.

— Acesse este painel no local demarcado e use a *Conexão* — disse Atena. A voz tinha uma cadência e um tom diferente do aerocarro; mais real, como se viesse de uma pessoa de verdade. Era ao mesmo tempo reconfortante e assustadora.

O canto inferior direito do painel piscou. Theo obedeceu, sentindo a superfície rugosa sob sua mão e um formigamento.

— Diga seu nome.

— Theodosio Siber. Me chame de Theo.

— Eu me chamo Atena. Você não é climariano.

— Como você sabe?

— Leitura genética. Theo, filho de Kass Talmar. Mãe desconhecida. Mestiço de climariano e cenense.

Mãe desconhecida? Mestiço? Estranho ouvir aquilo vindo de uma máquina. Até o dia anterior, o desconhecido era seu pai. Atena sabia até que ele era filho de Kass. Era muito invasivo e soava preconceituoso. Sentiu-se nu e meio ofendido. Uma máquina podia ofender, intencionalmente ou não?

— Você terá as autorizações provisórias correspondentes à patente de capitão após a reativação de todos os sistemas e até que a capitã Yali efetue o primeiro acesso. Reparos na espaçonave serão necessários para o pleno funcionamento de todas as funções. Atividades de reparo e manutenção automáticas já iniciadas.

— Atena, quanto tempo leva até a reativação dos sistemas?

— Indeterminado. Gostaria que exibisse o progresso?

— Sim.

Um gráfico circular surgiu no painel. A indicação em percentual marcava o andamento: 12%, 12,3%, 12,5%...

Um vulto apareceu ao seu lado, trajando o uniforme de tripulante.

Val.

Ela olhou para o núcleo, certificando-se de que o que estava vendo era de fato verdade. Normalmente tão reservada e sarcástica, pela primeira vez ele a via exultante. As palavras saíam em um jorro meio maníaco.

— *... Theo, você está vivo. como? como você conseguiu escapar? graças a Talab. já tinha perdido as esperanças, estava sem contato com os sistemas da espaçonave, só esperando pela morte. só percebi que alguma coisa estava acontecendo quando os sistemas começaram a ser reativados. sempre soube que você ia nos salvar. quarenta anos de espera. quarenta anos! não dá para acreditar. me conta tudo...*

A guardiã o envolveu em um de seus não abraços. Ele não correspondeu. Estava feliz por ela ainda estar viva, mas furioso pelas mentiras acumuladas e por ter sido manipulado.

— *... o que foi?...*

18,2%

— O seu marido e a sua filha estão bem? — perguntou ele de um jeito frio.

Ela assentiu.

— Encontrei Kass.

— *... onde o traidor estava se escondendo?...*

O abiadi achou melhor não responder, tinha receio de que ela fizesse alguma coisa contra ele.

— Ele é meu pai.

25,1%

Val desviou o olhar, parecendo apenas um pouco surpresa.

— Você desconfiava, não é mesmo?

— *... achava que era uma possibilidade, por causa do seu cabelo, do seu poder de* Conexão. *Kass gostava de alguém quando estávamos para partir, por isso não queria ir embora. Roubou o anatar por amor...* — Fez uma expressão de desprezo. — *... nunca vi essa mulher, mas não podia ser Milena; ela ainda era uma criança naquela época. então, nunca tive certeza...*

42,6%

— Ele me contou dos planos dos climarianos para Cenes. A ocupação.

A guardiã fez um esforço para fitá-lo direto nos olhos.

— *... eu não sei o que ele te disse, mas não havia plano algum...*

— Você vai negar?

Ela desviou o olhar outra vez, apertando as mãos, agitada.

— *... era só uma sugestão do Conselho da Harim, tomada por maioria. a decisão final seria do Alto Conselho das Nações, em Climar...*

— Por que você nunca me contou da dimensão dos problemas de superpopulação em Climar? Que o prêmio para os tripulantes da Harim era uma autorização parental? Você mentiu para mim durante esses anos todos. Repetiu a mentira que vocês contaram por vinte anos aos cenenses.

58,6%

Theo esperou por uma resposta, todavia ela se manteve calada.

— Estamos aqui apenas para estudar seu belo planeta, para aprender; é tão divertido viajar pelas estrelas... — ele debochou.

Val lhe lançou um olhar de desafio.

— *... se você soubesse dos planos para realocação de uma parcela da população de Climar para Cenes, me ajudaria? responde com sinceridade...*

— Eu deveria? É certo o que vocês pretendiam fazer com a gente? Com a população nativa de um planeta inteiro? Nos desalojar? Nos matar, se fosse preciso?

71,7%

— *... ninguém precisaria morrer. se Kass te disse isso, foi ele que mentiu. só queremos mais espaço para viver. os cenenses vão acabar se beneficiando. olha só todo o avanço que nós trouxemos: a eletricidade, os trens, as máquinas a vapor, a medicina. imagina o quanto mais vocês poderiam aprender e se desenvolver. tem ideia de como a vida em Climar é mais avançada, mais confortável?...*

— E quando os climarianos se tornassem a maioria nesse planeta? Porque isso ia acontecer, não é mesmo? Vocês viriam para cá com direito a ter filhos. Você mesma teve dois enquanto estava aqui. E não morrem nunca; não de causas naturais. Quando isso acontecesse e vocês precisassem de mais e mais espaço, de toda a terra deste planeta, e nós estivéssemos espremidos em um canto e nos recusássemos a dar o que restasse para vocês? Vocês iam fazer o quê, hein?

88,9%

— *... ninguém pretendia tirar nada de ninguém. Climar é rica, imensamente mais rica que Cenes. podemos pagar com dinheiro, com tecnologia, com o que for preciso...*

— Sério? Vocês nos dariam a tecnologia que interessa? Os biorrenovadores, por exemplo? Me deixa adivinhar; eles só funcionam para quem tem *Conexão*?

— *... os abiadis se beneficiariam...*

Eles ficaram se encarando. Os lábios de Val eram um risco; a testa franzida, o olhar desafiador.

— Todos os sistemas reativados. Espaçonave pronta para seu comando, capitão Theo.

Theo não conteve um sorriso antes de dar o comando:

— Atena, desconecte a seção onde estão os casulos de hibernação e pouse na superfície.

— *... o que você está fazendo?...*

— Comando incompatível com a última ordem da capitã Yali.

— Qual a última ordem?

— Retorno ao planeta de origem.

— Cancelar a ordem.

— Ordem que requer nível máximo de segurança. Somente o ocupante efetivo do posto de capitão pode cancelar.

A climariana cruzou os braços, examinando-o com olhar vitorioso.

Theo teve uma ideia. Para ela funcionar, precisava de uma tragédia, uma em específico.

— Atena, verifique quantos casulos ainda estão funcionando.

— 1.218 em funcionamento, 1.315 desativados.

— Capitã Yali?

— Desativado. Sem sinais vitais.

Val estremeceu, pressentindo o que estava por vir.

— *... quem te deu o direito de nos condenar a viver em Cenes? você nem entende direito o que está acontecendo, está confiando nas palavras de Kass, aquele fanático religioso idiota. e as pessoas que ele matou com o mardarim? vai acreditar nele, um climariano que acabou de conhecer? estou na sua vida desde que Milena morreu, praticamente criei você...*

Theo nada respondeu, mas por dentro fervia. Fechou os olhos e cerrou os dentes. Como ela podia usar a relação deles daquele jeito? Lembrar a morte da sua mãe, fazê-lo se sentir culpado, como se devesse algo a ela?

O abiadi prosseguiu com os comandos:

— A capitã Yali não vai mais voltar, Atena. Sou o único capitão. Desconecte a seção de hibernação. Pouse na superfície. Programe para acordar a tripulação assim que aterrissar.

— Necessária autorização por *Conexão.*

Ele a deu.

— Iniciando o processo de separação da seção de hibernação.

— *... não, não, não!...* — Val gritou. Jogou-se em Theo em uma confusão de pernas e braços que se agitavam em uma explosão de fúria. Os golpes atravessavam o corpo do abiadi, inúteis. — *... desgraçado. depois de tudo que fiz por você...*

A Harim estalou e rangeu, cumprindo a ordem de seu novo capitão.

— Para com isso. Você perdeu.

— *... nós vamos dar um jeito de voltar para a Harim e sair deste planeta imundo, deste fim de mundo primitivo...*

— Ah, não vão, não.

Ele acessou o painel outra vez, comandando com a *Conexão.*

Preparar para viagem a Mani, a lua maior de Cenes. Pousar na superfície. Permanecer lá até novas ordens do capitão. Iniciar viagem ao meu comando.

A base da câmara do núcleo se acendeu com um brilho vermelho intenso e começou a girar. Uma coluna de luz rubra se lançou do teto ao piso ao redor do núcleo.

Theo não conseguiu esconder o que estava tentando fazer. Como guardiã, Val tinha acesso ao que acontecia na Harim. Ao menos ela não poderia anular os comandos que ele desse.

— Já disse, acabou.

A climariana gritou de ódio.

Sem pronunciar uma palavra, ela fez um gesto, como se chamasse alguém. Num primeiro momento, parecia ter enlouquecido. Seu propósito logo se revelou. Um grupo das maquininhas em forma de aranha, que tinham sumido — provavelmente realizando reparos em outras partes da espaçonave —, veio correndo na direção de Theo.

Ela não conseguiria cancelar o comando do capitão, mas, com a espaçonave religada, podia dar ordens para as máquinas. Theo chutou uma delas para longe, depois outra e mais outra. Eram dezenas. Uma delas subiu no seu sapato, atravessando o couro com um tentáculo. Sentiu a agulhada no pé, como se houvesse pisado em um prego.

— Cancelar permissões para a guardiã comandar os robôs.

— Não é possível executar a ordem por motivos de segurança da tripulação.

Ele continuava chutando as aranhas de metal.

— E a segurança do capitão? Faço parte da tripulação.

— Comandos conflitantes com a diretriz de proteção da tripulação. Segurança da tripulação remanescente mais importante do que a segurança do capitão. Aplicando regra de não interferência. Anulando comandos que coloquem em risco a integridade física do capitão.

As aranhas pararam de atacá-lo. Ele se sentou no chão e arrancou o robozinho do seu pé. Uma mancha de sangue se espalhou pelo calçado. Precisava sair daquele lugar. E rápido.

— Mostre o caminho para o hangar.

Theo saiu mancando, seguindo a direção indicada pelas setas verdes, que piscavam nos painéis de controle ao longo dos corredores. Val bloqueara a porta que ele havia explodido para conseguir entrar na câmara do núcleo com um emaranhado de robôs de limpeza e aranhas.

Ele sacou a arma. Com receio de iniciar outro incêndio, deu vários disparos fracos. As aranhas saltaram para longe, chamuscadas e contorcidas, enquanto as caixas de limpeza romperam em chamas. Theo se assustou, mas Atena se encarregou de apagar os pequenos focos, esguichando uma espuma química vinda de orifícios no teto ou na parede.

A guardiã o esperava no corredor com uma expressão ardilosa, vestida com roupas de oficial de segurança climariano. Ela havia usado robôs voadores, utilizados para o transporte de objetos, e bloqueado o acesso ao elevador com uma montanha de móveis, máquinas e peças.

O plano dela era trancá-lo na Harim tempo suficiente para despertar os climarianos de seus casulos e retomar a espaçonave. Ele precisava escapar o mais rápido possível.

Atena já indicava outro caminho, e ele disparou em direção a uma porta. Atrás dela havia uma escadaria. Subiu os degraus correndo. Quando abriu a porta no andar do hangar, Val o aguardava no corredor com dezenas de robôs voadores. As pequenas hélices zuniam.

Theo capengou pelo corredor. A um sinal da guardiã, um robô se jogou contra a parede, despedaçando-se. Pedaços de metal voaram para todos os lados.

A guardiã Val aprendia rapidamente a jogar aquele jogo. Estava impedida de agredi-lo diretamente, mas não de destruir as máquinas.

Ele continuou o mais rápido que pôde, enquanto ela fazia os robôs se arrebentarem à sua volta, atingindo o teto, a parede e o chão. Farpas de metal ricocheteavam, acertando-o e penetrando-lhe a carne. Quando chegou ao hangar, Atena fechou a porta atrás dele, impedindo que os últimos robôs voadores entrassem. O abiadi estava coberto de feridas. Uma grande mancha rubra aumentava na coxa direita, e uma menor se espalhava pelo ombro esquerdo.

Theo acessou o painel de controle.

Abrir porta do hangar.

A bocarra se abriu. Uma lufada de ar frio penetrou no salão de metal.

O abiadi deu o comando final.

Iniciar viagem a Mani em... — o abiadi ficou em dúvida de quanto tempo precisaria — *... um minuto.*

Ele se arrastou em direção a um dos aerocarros.

Val apareceu na frente do veículo assim que ele se sentou no banco; estendeu os braços para os lados e fez um gesto, como se chamasse alguém.

Portas ao longo do hangar se abriram e delas saiu um exército de robôs enormes, com três metros de altura, de aspecto humanoide. Androides. Do tipo que os climarianos utilizavam para realizar reparos na parte externa da Harim.

A guardiã fez outro gesto e os androides correram, postando-se na porta do hangar, bloqueando a saída. Com outro gesto, todos os aerocarros estacionados se ligaram.

Antes que Val pudesse enviá-los para se juntar aos robôs, sua imagem tremelicou e ela soltou um grito de ódio enquanto sumia. Seu corpo estava despertando no casulo, e ela perdia sua projeção de imagem e o controle sobre as máquinas.

O abiadi não teria tempo de acessar um dos painéis de controle da Harim. Ligou o aerocarro.

— Voar para longe daqui.

— Saída bloqueada.

— Sair assim mesmo.

Theo se encolheu no banco. O veículo avançou até trombar em um dos robôs, que caiu sobre o capô.

A Harim rugiu, iniciando os procedimentos de decolagem.

— De novo! De novo! — gritou Theo, desesperado.

O aerocarro deu marcha à ré, acelerou e passou pelo vão deixado pelo androide que havia caído, raspando a lateral em outro, que foi lançado para fora da espaçonave, precipitando-se em direção ao solo.

O veículo ganhou o céu enquanto a porta do hangar se fechava atrás dele.

A seção de hibernação, uma estrutura do tamanho de um prédio, estava pousada no maior parque de Azúlea.

A Harim começou sua ascensão suavemente, em direção à lua maior. A passagem da estrutura gigantesca deslocou as nuvens, abrindo um buraco entre elas por onde penetrou o sol. Continuou subindo, subindo, subindo, cada vez mais rápido, até desaparecer na imensidão do céu.

23

Theo ajeitou o casaco, protegendo-se do vento frio que vinha do rio Pérola. O sol brilhava em um céu livre das nuvens e da espaçonave em forma de pirâmide que flutuou sobre a cidade de Azúlea durante décadas.

O abiadi ia apressado, desviando-se do burburinho onipresente do centro e carregando várias sacolas com damascos secos, chocolate em pó e nozes. Estava empolgado para testar uma nova receita de bolinho.

Uma mulher saiu de um prédio de escritórios. Pele marrom, vestido de veludo verde, perfume de jasmim. O acessório de prata, que prendia no peito o xale adamascado que lhe caía sobre os ombros, refletiu a luz do sol.

Gielle.

Trocaram sorrisos.

— Oi — disseram ao mesmo tempo.

Encararam-se por um momento infinito, sem se dar conta de que ocupavam metade da calçada estreita ou se importar com os esbarrões e as caras feias vindos dos pedestres.

— Que tal um chá com bolinhos? — perguntou Theo. — Conheço o lugar perfeito. É pertinho daqui.

— Você está mesmo me devendo um convite para uma refeição — respondeu ela, mudando de braço a pasta que carregava.

— É dobrando a esquina, na próxima quadra.

Ela o acompanhou.

— Quanto tempo faz? — perguntou ele.

— Uns sete, oito meses. Desde que você saiu de Kishar para salvar o mundo.

— Salvar o mundo? Nossa, como eu era poderoso naquele tempo!

Ela fez a gentileza de rir da piada boba.

— Que você anda fazendo? — Theo perguntou.

— Hum. Bastante coisa. Me mudei de vez de Monte Belo para Azúlea. Tentei publicar meu livro, mas descobri que nenhuma editora queria meu trabalho. Não sem que o tio Karlo pedisse. Me irritei e planejei minha vingança.

— Vingança?

— Abri minha própria editora, a Olhar Feminino.

— Quer dizer que no final das contas você é uma mulher de negócios?

Ela assentiu, revelando um sorriso de satisfação.

— Publiquei meu livro para ganhar experiência, aprender o ofício. E já publiquei outros três. Todos de escritoras mulheres. Um deles está sendo um grande sucesso de vendas, o suficiente para me arriscar a expandir o negócio. Sabia que menos de 20% dos textos publicados são de autoras?

— Só? Não fazia ideia.

— Decidi me especializar em literatura feminina. Além de livros, estou preparando o lançamento de uma revista, com artigos sobre beleza, moda, problemas atuais que afetam as mulheres, entrevistas com mulheres que estão influenciando o mundo, esse tipo de coisa.

— Vai dar certo; não tem nada parecido no mercado. Chegamos.

— Não conhecia esta casa de chá. Se for boa, viro freguesa. Estou abrindo o escritório da Olhar Feminino naquele prédio de onde eu estava saindo. Acabei de alugar.

— Então vamos ser vizinhos de trabalho.

— A casa de chá é sua?

— Abri há algumas semanas.

— Linda! Adorei a fachada!

Dois janelões ovalados ladeavam uma porta em arco no centro. As janelas tinham desenhos de xícaras e canecas fumegantes na parte central e de trepadeiras nas bordas. No topo em letras brancas, com detalhes de botões de rosa sobre um fundo verde, havia o nome: DOCE CONEXÃO — CASA DE CHÁ E CONFEITARIA.

— Eu me inspirei na arquitetura de Kishar. Queria um lugar acolhedor, aonde os clientes pudessem vir relaxar por uns momentos, trazer a família, encontrar os amigos, beber alguma coisa e comer um doce.

Theo colocou as sacolas no chão e abriu a porta para eles. O sino que anunciava a entrada de fregueses tilintou.

O abiadi guardou as sacolas atrás de um grande balcão de madeira, que tinha uma vitrine na parte de baixo, expondo bolinhos da natureza de vários sabores, tortas doces e salgadas e empadas. As paredes eram decoradas com pinturas de vasos de flores, acompanhadas de taças de chá e bolinhos. Em um nicho, uma vela iluminava um pequeno altar lunista.

— Lembra do meu sobrinho Gio?

— Oi. — Gio sorriu, olhando de relance para trás. A máquina em que ele preparava café chiou e emitiu vapores. O cheirinho de café recém-passado inundou o ar.

— Oi — respondeu Gielle. — Além de boticário você é barista?

— Só nas horas vagas — disse o rapaz. — Sou calouro na Faculdade de Economia e Negócios, da Universidade de Azúlea.

— Escolha uma mesa — pediu Theo. — Esse horário é calmo. Em algumas tardes já estamos conseguindo casa cheia. Contratei um confeiteiro e dois atendentes, que chegam perto da hora do almoço. Aceitamos encomendas para bolinhos e tortas.

Eram nove horas da manhã, e a maioria das mesas estava vaga. Uma delas era ocupada por um climariano e sua namorada cenense.

O nome dele era Fick, um dos climarianos que tinha se conformado com a perspectiva de viver em Cenes para sempre e não guardava rancor contra Theo. Lecionava Química na universidade. Eles se cumprimentaram com um aceno.

Gielle escolheu uma mesa próxima da vitrine, banhada pela luz do sol, para espantar o frio.

— Gio me ajuda no balcão e aprende, na prática, como funciona um negócio. Ele mora lá em casa.

Gielle pediu um chá de hortelã. Ele a acompanhou e sugeriu bolinhos de amêndoas com cobertura de creme de avelã. O sabor preferido da freguesia.

— Quando o tio me contou o que aconteceu com o Relax, achei que você fosse abrir um restaurante. Não era esse o seu sonho?

— Ajudava minha mãe com os bolinhos quando era criança, sem saber que os bolinhos da natureza, nem sabia que era assim que eles se chamavam, eram uma especialidade de Montes Claros e que eu tinha nascido lá. Passei um tempo em Kishar depois de tudo o que aconteceu. A Quica, esposa do meu pai, me ensinou umas receitas novas. Resolvi começar com um negócio pequeno, para aprender. Daqui a um ano ou dois decido se vou abrir um restaurante, ou uma casa de chá maior, ou uma rede de casas de chá e confeitaria.

Eles interromperam a conversa enquanto Gio servia o chá e os bolinhos.

— Quanto tempo você ficou em Kishar?

— Dois meses, até meu pai falecer.

Rugas de pesar vincaram o rosto da nobre.

— Não sabia, sinto muito — disse ela, pousando a mão sobre a dele por um momento.

— O coração dele estava falhando; a gente já sabia que ia acontecer. — Sentiu um aperto no peito; a morte de Kass ainda doía. — Me sinto grato por ao menos ter tido esse tempo com ele e por ter encontrado minha família. Foi a melhor coisa que já me aconteceu.

Gielle mordeu o lábio, examinando-o com aqueles belos olhos escuros, dando um tempo para ele se recuperar. Theo ficava emotivo quando falava do pai e da família, num misto de saudade e alegria. Era difícil não deixar transparecer.

Ela provou o bolinho. Fez uma expressão de quem tinha gostado, mordendo, logo em seguida, uma porção maior. Theo sorriu, contente por passar pelo teste do paladar exigente da nobre.

— O tio contou que, basicamente, foi você que negociou o contrato do Relax. Ganhou o respeito de Lorde Viramundo. Não é todo mundo que consegue essa façanha.

Theo não conteve o sorriso de satisfação. Não que se importasse se o lorde o respeitava, mas por se lembrar da cena. A cabeça do milionário parecia que ia explodir.

Kass alterou seu testamento antes de morrer, reconhecendo Theo como filho legítimo e dividindo seus bens em porções iguais entre os cinco filhos. Quica herdou a casa e um valor em dinheiro.

Theo ficou atordoado com a morte do pai, sem saber muito bem o que fazer da vida. Os irmãos queriam que ficasse em Kishar, ajudando com os negócios da família. Afinal, agora ele era um dos proprietários.

Uns dias depois do enterro, os advogados da Farmabem — a empresa farmacêutica de Lorde Viramundo — entraram em contato com a Botica Além do Céu para tratar do Relax. Verdadeiros abutres farejando carniça. Tati, a irmã de Theo que gerenciava os negócios e da qual ele tinha se tornado próximo, ainda estava abalada com a morte do pai e ele se ofereceu para ajudá-la nas negociações. Não que entendesse qualquer coisa de contratos ou da produção de remédios, porém conhecia como funcionava a mente de Viramundo.

O nobre engasgou quando o viu no lado oposto da mesa de reuniões, contudo logo se recompôs, sentando-se em uma posição relaxada na poltrona, com uma postura de gato pronto para dar o bote no camundongo.

O lorde ofereceu 100.000 ducados como bônus no momento da assinatura do contrato de cessão de direito de fabricação do Relax e 2% do valor das vendas.

Theo propôs 500.000 e 5%.

O lorde rebateu com 200.000 e 3%.

Theo não se abalou. Repetiu: 500.000 e 5%.

Viramundo cerrou os punhos e aumentou a proposta para 250.000 e 3,5%.

Theo insistiu: 500.000 e 5%.

O nobre ameaçou ir embora. Tati lançou olhares nervosos na direção do irmão. Theo serviu um chá de camomila. Viramundo recusou o chá e acendeu o cachimbo. Entre uma baforada e outra, mencionou que a Farmabem era a empresa mais bem posicionada no mercado, com capacidade de produção imediata em larga escala e com capital suficiente para expandir.

— A Farmabem é a melhor alternativa para vocês. — O vozeirão ecoou pela sala.

— Pelo contrário — disse Theo. — O Relax é a melhor alternativa para a Farmabem, agora que ninguém mais precisa de Benetox.

O lábio do lorde virou um risco. Ele sabia que Theo tinha razão. O Benetox tinha sido o produto campeão de vendas da Farmabem por quarenta anos.

— Correção: a Farmabem é a única alternativa viável para a Botica Além do Céu lucrar de verdade com o Relax — disse Viramundo.

Theo tirou do bolso do casaco o seu grande trunfo: uma mensagem de telégrafo.

— Essa afirmação não é exata. Entramos em contato com as Organizações Valkyr uns dias atrás, e eles estão abertos a negociações. — A menção ao grupo empresarial do seu arqui-inimigo fez Viramundo se contorcer na cadeira. — Esta mensagem do telégrafo diz que não é para fecharmos negócio com ninguém sem antes ouvirmos a proposta deles.

A expressão de fúria do Sexto Lorde Viramundo enquanto lia a mensagem foi impagável.

No fim das contas, o nobre aceitou as condições que Theo ofereceu, desde que eles fechassem o negócio na hora. Selaram o acordo com um aperto de mãos. Tiveram que esperar o lorde calçar as luvas. Tati se sentiu meio ofendida por ele achar que ela quisesse trapacear usando a *Conexão*.

Theo achou graça. Ia ganhar tanto dinheiro com o contrato — cem vezes mais do que o lorde tinha oferecido antes da expedição — que, por ele, Viramundo podia usar a luva que quisesse ou mesmo se recusar a cumprimentá-lo. Fazer o bolso do mui digno Sexto Lorde Viramundo sangrar lhe dera quase tanto prazer quanto o dinheiro que estava prestes a receber. Quase.

O abiadi ficou rico. Além dos seus sonhos mais desvairados. Voltou para Azúlea e, quando recebeu a sua parte do bônus, comprou uma casa espaçosa na Bela Vista — o mesmo bairro em que ficava seu antigo apartamento. Usou a desculpa do excesso de espaço para se aproximar da família. Convidou o sobrinho para morar com ele enquanto estivesse estudando em Azúlea. Tati, Lino e Mel já tinham vindo visitá-los duas vezes.

E já havia começado a receber sua parte nos royalties. Um por cento da venda de cada comprimido de Relax pelo resto da vida. Os cartazes espalhados nas farmácias de Azúlea diziam: RELAX. ACALMA OS NERVOS. ANALGÉSICO E ANTI-INFLAMATÓRIO. PARA UMA BOA NOITE DE SONO. Até se tornou cliente especial do Banco Confiança, o banco de Lorde Viramundo.

— Você ainda está morando na Mansão Viramundo?

Ela balançou a cabeça enquanto sorvia um gole do chá.

— Me mudei para um apartamento aqui no centro. O tio queria que eu ficasse lá, mas se eu quiser ser independente... — Ela deixou a frase no ar.

— Encontro o Pancho na igreja uma vez por semana. Ele me contou que está morando com o lorde e que vão adotar uma criança.

— Carol. Ela é uma graça. Oficialmente, é o tio que está adotando.

Theo a conhecia do orfanato. Menina de sorte. Direto do Pântano para a Mansão Viramundo. Por outro lado, teria o lorde como um dos pais.

— Uma herdeira, então.

— Pois é. — Ela deu de ombros. — Em parte, foi um alívio. Não me sinto mais obrigada a seguir com os negócios da família, apesar de o tio Karlo insistir que eu trabalhe com ele na sede do grupo. Quem sabe mais para a frente, depois que a Olhar Feminino estiver bem estabelecida.

Depois que provar seu valor, pensou Theo.

— Aquele lá não para quieto — continuou Gielle, referindo-se ao tio. — Está envolvido com a empresa de petróleo que criou para explorar a concessão em Vastraz. Anda nas nuvens porque contratou uma engenheira climariana para gerenciar o projeto.

— Engenheira climariana?

— É — disse ela, franzindo a testa como quem tenta se lembrar de algo. — Val alguma coisa. Ela e o marido estavam em um jantar que o tio deu no fim de semana passado para as gerências das empresas Viramundo. O tio não parava de fazer perguntas sobre os costumes e a tecnologia de Climar e apresentar ela pra todo mundo, como se estivesse exibindo um troféu. Deixou a coitada desconfortável.

Theo refreou a vontade de cair na gargalhada. Imaginou Val mordendo a língua para não responder com alguma observação sarcástica a algo que Viramundo, seu novo patrão, dissesse. E ele, com toda aquela admiração por climarianos, lidando com alguém que o desprezava profundamente. Aqueles dois se mereciam. Além disso, a orgulhosa engenheira-chefe da Harim, que fez de tudo para tomar o planeta para seu povo, se obrigava a colaborar no tão necessário desenvolvimento da tecnologia de Cenes que, um dia, poderia ajudar na resistência à ocupação por Climar.

Ela não era a única; a tripulação sobrevivente da Harim, a maioria formada por cientistas, vinha sendo recrutada a peso de ouro por empresas e universidades, ansiosas por aproveitar seu conhecimento. Os climarianos estavam se adaptando à nova vida em Cenes; sem sua espaçonave ou uma perspectiva de retornar ao planeta natal, tinham que ganhar a vida como qualquer cenense.

— Como ficou a situação de Cláudia? Nunca mais a vi.

— Voltou para Baía Grande com a filha. O avô da menina acabou morrendo de mardarim e a avó ficou com sequelas. O juiz acabou decidindo em favor dela.

Theo ajudou-a a pagar o advogado. Como Zelda já tinha se afeiçoado à avó, o juiz devolveu a guarda para a mãe, contudo deferiu direito de visita para a avó, que embarcava no trem uma vez por semana rumo a Baía Grande para visitar a neta. No fim das contas, Theo e Cláudia permaneceram amigos. Trocavam cartas contando as novidades.

— É horrível que o avô tenha morrido, mas fico contente que mãe e filha estejam juntas — comentou Gielle.

Então eles conversaram sobre o tempo — aquela primavera estava ridiculamente fria —, sobre o manuscrito do romance de uma promissora escritora que ela carregava na pasta para ler em casa — uma história de amor picante entre uma senhora de meia-idade e o dono de uma floricultura —, sobre os planos de Theo de colocar mesinhas na rua — ele pretendia instalar um toldo e demarcar a área com floreiras — e sobre quem ela queria na matéria de capa da primeira edição de sua revista. Gielle estava tentando agendar uma entrevista com uma das únicas mulheres do Parlamento de Primeia. Enfim, conversavam sobre tudo que era possível falar, menos sobre o que interessava de verdade.

Quando esgotaram todos os assuntos, a nobre ajustou o xale sobre os ombros, como se estivesse com frio, apesar de a temperatura estar no nível ideal, um morno aconchegante, dentro da Doce Conexão. Trocaram olhares por um tempo. Ambos em dúvida sobre como abordar a situação deles.

— E você? — perguntou a nobre. — Achei que Azúlea tivesse perdido um ilustre morador.

— Hum. A cidade ia sentir saudades?

Ela sorriu levemente enquanto ajeitava o cabelo.

— Talvez.

— Tenho família em Kishar, mas cresci aqui. Azúlea é meu lar. Quero ajudar o pessoal do Pântano; todos os meus funcionários moram lá. E o orfanato, agora que tenho dinheiro.

Theo estava construindo uma escola técnica no Pântano, com acesso garantido aos adolescentes órfãos — eles nunca eram adotados —, onde poderiam aprender uma profissão e ter a esperança de um futuro melhor. Além disso, estava arcando com os custos do estudo universitário para um rapaz e uma moça, ambos alunos exemplares, vindos do orfanato. Queria que outros órfãos tivessem a mesma oportunidade que ele.

Ela desviou o olhar, terminando o chá. Estaria disfarçando um certo desapontamento?

— Assuntos pendentes, então? — perguntou ela.

Theo custou a responder. Vinha adiando aquele momento há mais tempo do que deveria. Gielle era inteligente, charmosa e linda. A mulher mais interessante que ele conhecera. Será que havia encontrado alguém durante os últimos meses? Um homem sem toda a bagagem que ele carregava e a quem família aceitasse sem reservas?

Por fim, ele venceu o medo da rejeição e lançou-se à sorte.

— Vários. Um deles muito mal resolvido, que eu venho aguardando a oportunidade se apresentar para retomar.

Gielle se animou.

— É?

Theo acariciou a mão dela.

— Que tal jantarmos amanhã? Eu escolho o restaurante e você o vinho.

O sorriso da nobre se alargou.

— Acho que posso abrir um espaço na minha agenda atribulada.

Theo criou o hábito de se sentar na varanda dos fundos de sua casa todo final de tarde e beber uma xícara de chá com Gielle. Os anos se passaram, e daquela varanda eles celebraram o nascimento dos filhos e os assistiram crescer. E, mais tarde, a alegria foi redobrada, com os filhos dos seus filhos.

Assim como o pai, a família era sua maior riqueza. Tinha orgulho de quem se tornara, da vida que haviam construído.

De vez em quando o abiadi observava o céu, com uma pontinha de medo de visitantes indesejados. Ele guardou para si os planos dos climarianos para ocupar Cenes. Quem acreditaria nele? E, mesmo que acreditassem, o que poderiam fazer além de se preocupar? Felizmente nunca foi surpreendido.

AGRADECIMENTOS

Antes de me aventurar no mundo da escrita, não imaginava a quantidade de pessoas necessária para transformar uma ideia de livro em realidade. Editor, revisor, leitor crítico, capista, diagramador. Enfim, todo um grupo sem o qual o texto sairia bem mais pobre, isso se chegasse a ser finalizado.

Os meus mais profundos agradecimentos à Isabel Santos, que leu todas as várias versões deste livro (foram muitas), desde seu início incipiente até estar finalizado. Eu jamais teria conseguido sem sua orientação e encorajamento.

Às colegas escritoras Flávia Vicentin, Patrícia S. Lima e Clarice Shaw, por lerem e darem sua opinião.

Ao pessoal da Editora Labrador, responsável pela revisão final e parte gráfica.

Muito obrigado a todos vocês.

Esta obra foi composta em Bely 12 pt e impressa
em papel Polen Natural 80 g/m² pela gráfica Meta.